괴산명품 농업인의
성공 이야기

희망

나눔

소통

정성

함께

괴산명품 농업인의
성공 이야기

초판 1쇄 발행 2017년 4월 13일

지 은 이 김갑수 외 19인
발 행 인 권선복
편   집 권보송
디 자 인 김소영
기록정리 권미연
전 자 책 천훈민
마 케 팅 권보송
발 행 처 행복한 에너지
출판등록 제315-2011-000035호
주   소 (157-010) 서울특별시 강서구 화곡로 232
전   화 0505-613-6133
팩   스 0303-0799-1560
홈페이지 www.happybook.or.kr
이 메 일 ksbdata@daum.net

값 20,000원

ISBN 979-11-86673-77-5

행복한 에너지는 독자 여러분의 아이디어와 원고 투고를 기다립니다. 책으로 만들기를 원하는 콘텐츠가 있으신 분은 이메일이나 홈페이지를 통해 간단한 기획서와 기획의도, 연락처 등을 보내주십시오. 행복한 에너지의 문은 언제나 활짝 열려 있습니다.

괴산명품 농업인의 성공 이야기

- 김갑수 외 19인 -

행복한에너지

차
례

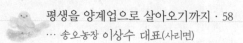

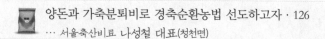
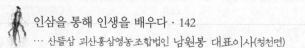

추천사

김건영(농협중앙회 괴산군지부장)

지난 2015년 괴산유기농엑스포의 성공은 충북의 농업 중심지 괴산군의 가능성을 잘 보여주는 뜻깊은 행사였다고 생각합니다. 괴산군 농업인들의 진솔한 삶 이야기를 들려주는 이 책 『괴산명품 농업인의 성공 이야기』가 또 다른 괴산 농업의 가능성을 비추어 보이리라 생각하며 일독을 권합니다.

김규호(증평농협조합장)

최근 정부에서 귀농을 장려하면서 귀촌하는 분들이 늘어나고 있는 모습입니다. 농업은 기반산업으로서 그 잠재력을 결코 무시할 수 없지만 또한 아무런 지식이나 정보 없이 무작정 시작할 수 있는 일 또한 아닙니다. 그런 의미에서 『괴산명품 농업인의 성공 이야기』의 출판은 괴산 농업인들이 일궈온 농업 현장의 본보기가 되어 귀농·귀촌하는 분들은 꼭 읽어야 할 필독서라 생각합니다.

김영배(괴산군의회 의장)

충북 중앙에 위치한 괴산군은 특히 농업에 있어서는 천혜의 조건을 갖춘 곳입니다. 이미 괴산연풍사과, 괴산대학찰옥수수, 괴산청결고추 등 괴산 농산물은 높은 품질과 맛을 갖춘 하나의 브랜드로 인정받고 있습니다. 괴산 농산물의 우수성을 널리 알리는 계기가 될 책의 발간을 진심으로 축하드립니다.

김정구(재경괴산군민회장)

천혜의 청정지역인 괴산 지역에 연고가 있는 사람들만의 진솔한 모습이 담겨 있는 『괴산명품 농업인의 성공 이야기』의 출간을 8만여 수도권 출향인을 대신해서 축하드립니다. 뜨거운 열정으로 괴산을 풍요롭게 가꾸고 있는 20인의 주인공들에게도 감사의 박수를 보냅니다. 이 책에서 묻어나오는 고향의 냄새가 전국의 모든 괴산인들에게 전해져서 괴산인 전체가 하나로 합쳐지는 계기가 되길 바랍니다.

김창현(괴산군수 권한대행 부군수)

『괴산명품 농업인의 성공 이야기』 책자 발간을 진심으로 축하드립니다. 괴산 사람들의 감성과 생활상을 고스란히 담고 있는 이야기들이 독자들에게 널리 알려져 생활의 활력을 불어넣고 우리 고장의 진솔한 삶의 모습을 전국에 알리는 홍보 역할을 톡톡히 할 것입니다. 다시 한 번 책자발간을 위해 혼신의 노력을 기울여주신 도서출판 행복에너지의 노고에 깊은 감사를 드립니다.

박철선(충북원예협동조합장)

충북, 특히 괴산의 과일과 원예작물은 높은 품질을 자랑하며 전국 각지의 시장에서 그 브랜드 가치를 인정받고 있습니다. 이는 최고의 과일 및 원예작물을 생산하기 위해 불철주야 땀을 아끼지 않는 괴산 농민들의 힘일 것입니다. 이 책을 통해 괴산 농민들의 노력으로 만들어진 고품질의 농산물이 더 많은 사람들에게 알려지기를 꿈꿔 봅니다.

손관모(군자농협조합장)

신토불이라는 옛말이 있다. 사과에서부터 옥수수, 한우까지 우리 땅에서 나고 자란 농산물에는 외국 것이 따라갈 수 없는 힘이 있다. 많은 어려움 속에서도 꾸준히 농사를 짓고 품질을 향상시키면서 괴산의 힘을 보여주고 계시는 분들이 이 책을 통해 더욱 잘 알려지기를 바란다.

유지선(아이디에스 회장)

농·축산업이 어려운 상황이라고 하지만 비가 온 후에 땅이 단단해지듯이, 지금도 안전하고 높은 품질의 농·축산물을 공급하기 위해 끊임없이 노력 중인 사람들의 진솔한 모습을 이 책을 통해 보게 됩니다. 이 책 『괴산명품 농업인의 성공 이야기』가 더 안전하고 경쟁력 높게 대한민국 농·축산업을 조성해 나가는 괴산 농·축산인들의 모습을 많은 사람들에게 전달해 주었으면 좋겠습니다.

유화준(괴산군 리우회장)

'작물은 사람의 발소리를 듣고 자란다.'라는 말이 있듯이 농사는 많은 사람들의 정성과 함께 천천히 이루어져 가는 일이라고 할 수 있을 것입니다. 이처럼 쉽지 않은 일이기에 옛 조상들은 두레와 품앗이 등 상부상조의 미풍양속으로 공동의 목표를 달성해 나갔습니다. 『괴산명품 농업인의 성공 이야기』 책 출판이 괴산 농업인들의 단합의 촉진제가 되어 서로가 서로에게 도움이 되기를 기원합니다.

이삼구(㈜239바이오 대표이사)

우리 땅에서 나는 생물은 자연의 선물입니다. 쌀과 야채, 과일은 물론 무심히 지나치기 쉬운 귀뚜라미 등의 곤충도 우리 몸에 이로운 성분을 숨기고 있는 보물 같은 존재입니다. 이 책의 발간을 계기로 많은 사람들이 우리 농업의 소중함을 깨닫고 미래의 세계적 농업경쟁에 대비하는 마음가짐을 갖게 되기를 소망하며 『괴산명품 농업인의 성공 이야기』 책이 대한민국 방방곡곡에 전파되기를 기원드립니다.

이완호(괴산농협조합장)

모든 산업의 기반에는 농업이 있으며, 오늘도 고품질의 농산물을 공급하기 위한 괴산 농민들의 노력이 곳곳에서 빛을 발하고 있습니다. 많은 어려움에도 불구하고 이 땅의 농업을 지키기 위해 생업에 매진하는 괴산 사람들에게 힘찬 응원의 박수를 보냅니다.

이형균(괴산군 주민자치협의회 위원장)

충북의 중심, 괴산군 농민들을 조명한 이번 책의 발간을 진심으로 축하드립니다. 생산하는 건 각기 다르지만 삶의 터전을 성실히 일궈 나가면서 자신의 땅과 생산하는 것에 대한 자부심을 갖는 것은 모든 농민이 같다고 할 수 있을 것입니다. 이 책이 담고 있는 농민들의 자부심과 성실한 삶의 자세가 많은 사람들의 삶에 귀감이 되리라 생각합니다.

장재영(괴산군 문화원장)

괴산군은 충청북도에서 가장 먼저 3·1운동의 함성이 끓어오른 바 있는 충절과 호국의 고장입니다. 이러한 고장에 대한 강한 애착과 애향심을 가지고 끊임없이 땀 흘리며 '괴산 농산물'의 이미지를 구축해 가는 분들이 있습니다. 2015년 세계유기농엑스포를 성공시킨 농업 중심지 괴산군 농업인들의 발전을 기원드립니다.

정연서(괴산증평산림조합장)

산림을 경영하는 임업은 굉장히 중요한 산업이며 전문적인 지식과 배움이 필요하다 할 것이다. 책 『괴산명품 농업인의 성공 이야기』의 발간을 축하드리며 괴산 농민들의 열정과 함께 전문적인 지식을 갖고 산림을 경영하는 임업 종사자들의 활동이 활발해지기를 기원합니다.

정응태(쌀전업농연합회장)

어느 때보다도 농민들이 어려운 시기입니다. 이 어려운 시기를 이겨낼 수 있는 것은, 정부는 물론 국민들의 우리 농산물에 대한 끊임없는 관심과 애정일 것입니다. 이 책 『괴산명품 농업인의 성공 이야기』의 발간은 우리 농업이 처한 현실을 알리는 동시에 어려운 현실 속에서도 더 나은 농산물을 생산하기 위해 힘쓰는 괴산 농민들의 모습을 전달한다는 점에서 중요한 일이 될 것입니다.

최흥락(괴산군 농업경영인회장)

쌀값 하락, AI에 이은 구제역 여파··· 농업인들에게는 시련의 시기라고 할 만한 시기를 넘겼다. 수많은 농업인들의 가슴에 상처가 남았지만 그럼에도 서로 힘을 합쳤기에 이겨낼 수 있었다. 그렇기에 이 책에서 보여주는 괴산 농민들의 위기 극복의 지혜, 오뚝이와도 같은 열정의 힘이 힘겨운 시기를 이겨내고 있는 농업인들의 용기를 북돋워 주기를 바란다.

홍일기(괴산중앙감리교회 목사)

하나님께서 인간에게 내려 주신 농업은 땀 흘리는 만큼 보상받는 일이며 우리에게 정직한 땀이 얼마나 귀한지 알려줍니다. 그런 의미에서 『괴산명품 농업인의 성공 이야기』의 발간은 아주 고무적입니다. 괴산 농민들의 단합과 정보 교환은 물론 괴산 농산물의 이름을 전국에 알릴 수 있는 좋은 기회가 될 것으로 믿어 의심치 않습니다.

괴산명품 농업인의
성공 이야기

경매 사상 최고가의 명품사과, 연풍사과만의 특별함

연풍사과
박출동 대표(연풍면)

연풍의 '박출동 사과' 하면 가락동 농수산물 시장에서 우수 농가로 자리매김하고 있다고 생각한다. 항상 좋은 경매가를 받았기 때문이다. 얼마 전에는 전라도 장수사과가 우세했으나 무슨 이유에신지 홍로하면 연풍이라는 가락동 시장분들의 말씀에 우리는 자부심을 가지고 더 노력하고 있다.

이런 상황이 지속되자 은근히 경쟁심이 발동하고 더 노력하려는 마음도 생겼다. 우리 집 사과는 가락동 중앙청과로 들어가는데 요즘 같은 시기에는 출하는 안 하고 저장 사과로 들여 놓고 보관한다. 설에 출하할 것을 대비해서 창고에 저장해 두는 시기인 것이다.

우리 집 사과를 드시는 단골들은 매년 미리 한꺼번에 금액을 치르고 드시는 편이다. 저장고가 있는 것을 아시기에 1년치 금액을 먼저 치르고 사과는 맡겨 놓은 셈 쳐서 이듬해 8월까지 꾸준히 받아 드시곤 한다. 청주 사시는 분 중에는 1년에 400만 원어치씩 꼬박꼬박 드시는 분이 계신다. 15년이 넘도록 우리 사과만 드신 분으로 이전에 대장암을 앓으셨던 분인데 매일 사과를 드시며 관리를 해 오고 계신 덕에 건강을 유지하신다고 한다.

　이분은 우리 집 사과를 맛보시기 전까지만 해도 원래는 다른 지역 황토사과를 드셨다고 한다. 그런데 우연찮게도 이 근처에 산행을 오셨다가 우리 사과를 드시고는 그 후로 단골이 되신 것이다. 매년 꼭 직접 오셔서 사과를 가져가시는데 그 안주인이 우리 집 사과 아니면 안 드실 정도로 사과 맛을 기막히게 감별하신다 하니, 사람 입맛이라는 게 참 무섭긴 무섭다.

　예전 나 어렸을 때만 해도 다들 배만 채우면 그만이었다. 하지만 싸고 배부르면 만족했던 시대에서 어느새 이제는 어떻게 해서든 맛있는 것을 찾아 먹는 시대로 변화했다. 시골 사람들도 어디에 맛 집이 있는지 찾아다니며 일부러라도 찾아가 먹어봐야 직성이 풀리는 시대이다.

　그렇다면 어떻게 해야 사과농사를 잘 지어서 맛있는 사과를 수확할까? 사실 사과농사를 잘 짓는 데 있어서 기술은 따로 없다. 기술이 있다면 다름 아닌 정신력이라고 할 수 있겠다. 쉬지 않고 일하는 것 말고는 방법이 없는 것이다. 그 다음은 선별작업이다. 조금이라도 흠이 있거나 멍이 든 사과가 들어가면 마케팅 전략에서 빵점인 셈이다. 전부 다 좋은 것으로만 넣어야지, 안 보인다고 조금이라도 문제가 있는 사과를 바닥에 숨기기라도 하면 그 뒤로 신용은 무너지는 것이다. 그간 내 신용은 내가 지켜야지 하는 마음으로 철저히 선별작업을 해왔다. 그러다 보니 거래처에서도 인정을 받았다. 이제는 연풍 입석사과 하면 선별에 지적받지 않을 정도로 신용을 얻은 것이다.

2010년 10월에는 가락동 시장에서 홍로 5kg짜리 한 상자가 이날 최고가인 8만 5,000원에 낙찰되면서 매스컴을 타기도 했다. 당시 같은 마을에 사는 친구네도 8만 원에 경락되었는데 연풍지역에서 출하한 사과 대부분이 높은 가격에 거래되며 지금까지 인정을 받고 있다.

기후와 토양이 어우러진 최적의 조건

생각해 보면 무엇보다 고랭지에서 재배하고 있다는 점이 최고의 사과 품질을 만들 수 있는 이유라고 생각한다. 농산물은 결국 재배 지역의 타고난 토질과 맞는 기후가 최고의 품질을 만들어 내기 때문이다. 해발 300~400m의 조령산

기슭, 석회질 토양에서 자라는 연풍 사과는 일교차가 크고 일조량이 풍부한 자연환경 덕분에 아삭아삭하고 당분이 높다. 또한 그동안 사과 재배와 토질 관리 등에 대한 각종 교육은 물론 괴산군이 실시한 친환경 사과작목반 교육 등에 꾸준하게 참여하였으며 특히 괴산군이 마련한 친환경농업대학에서 교육을 받아 일찍부터 환경 친화적인 재배법으로 사과를 생산하고 품질을 차별화해 왔다. 그러면서 사과의 특성과 맛있는 사과를 키워내는 기술 등을 나름 연구하며 사과만 바라보며 살았던 것도 연풍 사과의 맛을 만들어내는 데에 큰 역할을 했다고 생각된다.

2011년에는 농촌진흥청의 탑프루트·탑과채 품질평가회에서 품목별 최고 품질 사과로 선정되는가 하면 15kg짜리 한 상자에 22만 5,000원까지 받아 다시 한 번 품질에서 자신감을 얻을 수 있었다. 이렇듯 연풍사과가 좋은 품질을 유지하니 청과에서도 우리들에게 극진한 대우를 해주고 있다.

한번은 가락동 시장 내의 다른 청과상이었던 S청과와 거래가 이루어진 적이 있었다. 그때 원래 거래하던 J청과에서 난리가 났었다.

"아이고, 형님. 그러면 되시나요. 우리와 거래한 지가 얼마인데, 다른 데 넘기시면 안 됩니다. 일단 만나서 이야기합시다. 형님."

"아, 나는 잘 몰랐지. 판매과에서 그렇게 했나 본데, S청과가 값을 더 잘 줘서 보냈다고 하던데….."

"에이, 그런 거면 아무 것도 아니네요. 중간에 소통이 잘 안 돼서 그랬나 봅니다. 가격이야 우리도 당연히 맞춰 드리죠. 걱정 마시고 우리랑 계속 거래하시면 됩니다."

이렇게 거의 읍소하듯 부탁하는 통에 다시 J청과와의 관계는 원래대로 회복되었다. J청과는 한 상자당 만 원 이상을 더 주는 상황에서도 우리와의 거래를 위해 애를 썼다. 그리고 변함없는 거래를 약속 받아갔다. 이렇게 대접받는 날이 올 줄 모르고 한때 죽을 마음까지 품었던 적이 있으니, 인생이란 참 모를 일이요, 살아볼 만하다는 생각이 든다.

불편한 몸으로 무일푼에서 시작한 농사

어린 시절 고향인 괴산을 떠나 서울에서 살아 보려 했었다. 태권도를 익혀 왔던 터라 태권도장에서 사범노릇도 했었고 해병대에 자원해서 서울에서 헌병으로 복무하기도 했다. 그러던 어느 날 태권도장에서 허리부상을 당하게 되었다. 그때만 해도 저절로 낫겠지 하는 마음으로 제대로 치료도 하지 않고 대수롭지 않게 여겼다. 군(해병대)에서 불의의 사고로 허리에 부상을 입어 해군 병원에 입원 후 개월 후 의병제대를 해서 사회에 출발했으나 벌어먹고 살길이 없어 전에 하던 도장에서 일을 하다 보니 군에서 부상 입었던 곳이 재발되어 결국 걷기도 힘들 정도의 불구의 몸이 되었고 그렇게 절망의 상황에서 다시 고향 괴산으로 돌아오게 되었다.

그때 나는 지금의 아내와 결혼해서 젖먹이 아들까지 둔 가장이었다. 아내는 서울에서 태어나고 자라 한양여고까지 나온 그야말로 남의 집 귀한 딸이었다. 그에 비해 나는 학교도 제대로 나오지 못한 촌 무지렁이었다. 그나마도 한창 일할 젊은 나이에 걷지도 못할 만큼 불구자가 되었으니, 당시 아내의 마음은 아마 하늘이 무너지는 심정이었을 것이다. 떠나지 않은 것이 참으로 고마운 일이다.

거기다 불의를 보면 못 참는 나의 정의감 때문에 집사람은 속앓이도 많이 했다. 남 일 해결해 주려다 대신 치료비 물어 준 적도 많았다. 도박도 싫어하고 부정한 것을 보면 못 참는 내 성미에 약자를 괴롭히는 것은 그냥 보아 넘기지 못하였다. 이런 내 성격으로 집사람이 많이 불안해하고 걱정했던 기억이 난다.

우리 가족을 살린 내 아내, 윤순

집사람의 참을성과 부지런함은 참 대단하다. 몸을 사리지 않고 죽기 살기로 농사일을 해 왔다. 그렇게 무리하며 살아오는 바람에 아내는 양쪽 무릎관절이 다 손상되어 몇 해 전에 수술까지 받았다. 그때를 생각하면 지금도 정말 미안하고 가슴이 아프다. 아내는 요즘에도 날씨가 꾸물거릴 때면 안 아픈 곳이 없어 한다.

내가 가족을 데리고 고향에 돌아왔을 때, 아기에게 먹일 암죽 쌀도 없는 형편이었다. 그때가 1970년대였는데 고무신 살 돈도 없어 철사로 꿰매서 신고 다니곤 했다. 농사 생초보인 집사람을 의지해 함께 농사일을 하면서 1990년대까지 계속 그렇게 가난하게 살았다. 하지만 아내 덕분에 2남 1녀를 잘 키웠고 생활의 안정도 누리며 이만큼 살 수 있게 된 셈이다. 아이들이 착하게 잘 커준 것도 감사할 따름이다. 가난한 살림에 뒷바라지해준 것 없이도, 스스로들 알아서 잘 자라주었다.

사과농사를 한 지는 20년 되었다. 처음에 나 혼자 힘으로는 사과 한 박스도 들지를 못했다. 집사람과 같이 들어서 경운기에 실을 수 있었으니 오래도록 불구자로 살아온 셈이다. 돈이 없어 수술도 못 하고 약도 못 쓰고 살아온 인생이었다.

그런데 어느 날 고향 친구를 통해 노루 사골을 고아 먹으면 허리가 낫는다는 말을 듣게 되었다. 밑져야 본전이라는 생각으로 노루 사골을 구해 고아 먹기 시작했다. 그러자 신기하게도 어느 날부터 허리가 점점 호전되면서 걸을 수 있게 되었다. 불구자가 살아난 셈이니 기적이 따로 없었다. 지금은 젊은 사람보다 무거운 것도 더 잘 들고 체력이 강해져서 못 할 일이 없을 정도이니 정말 신기한 일이다. 열심히 살아 온 인생에 하늘에서 선물이라도 내려주었나 하는 기분이었다.

건강을 회복한 이후로 그동안 고생한 집사람에게, 빚을 갚는 심정으로 잘해 주고자 노력하고 있다. 쑥스러워서 제대로 고맙다는 말 한 번 못 했지만, 이렇게라도 진심을 전하고 싶다.

"순이야, 그동안 고생 많았고 너무 고맙다. 사랑한다."

세계시장에서도 살아남을 사과가 되어야

이 일을 하다 보면 1년 내내 쉬는 날이 없지만 그래도 12월이 조금은 한가하다. 겨울이라고 해도 밭에 거름도 주어야 하고 전지작업도 해 놓아야 하고 할 일은 많지만 짬을 내서 여행도 다녀오고 그랬다. 주로 따뜻한 곳으로 갔었는데, 중국도 가고 동남아도 갔었다.

한번은 조합에서 중국의 시장개방에 대비하여 중국의 사과 경작 실태를 파악하러 단체로 견학 간 적이 있었다. 5일간 중국 단둥의 사과 농가를 돌며 사과 재배 현황은 어떤지, 중국에서 해외 시장을 개척하면 우리는 어떻게 될지 등을 파악하는 차원이었다. 중국은 우리 국토 넓이의 몇 배가 사과 산지인데 개방이 돼서 시장경제가 본격화되면 우리가 살아날 길이 없을 것이라는 말들도 있었다. 중국 정부에서는 사과농가에 천 평씩 되는 농지도 분배해 주며 적극적으로 지원을 해 주고 있다 한다.

현지에 도착해서 중국 사과를 보니 모양새는 볼품이 없었다. 색이 안 나와도 그냥 따는 것 같고 사과 알도 작았다. 포장이라는 개념도 없어 그냥 양파 망 같은 데에 집어넣고 무게별로 달아서 팔고 있었다.

그런데 먹어 보니 맛은 괜찮았다. 조직이 단단해서 아삭한 맛도 좋았고 당도도 아주 높았다. 비가 안 오는 지역이라 농약도 잘 안 쳐서 저절로 친환경 재배도 되고 있었다. 껍질이 두꺼운 데다 속이 단단하고 야물어서 양파 망에다 담아 팔아도 물러지지 않는다는 것이다. 품종은 같은데 토양과 기후가 다르다 보니 생산되는 사과가 이렇게 다른 것이다.

아직 생산 기술이야 우리 사과를 따라오려면 멀었지만 모양과 색을 내고 포장하는 기술 등을 적용시킨다면 중국 역시 나 얼마든지 좋은 사과를 생산해 내지 않을까 싶다. 우리나 라가 일본사과를 따라잡고 있는 것처럼 말이다.

많이 따라잡았다 해도 아직도 일본사과는 우리보다 한 수 위이다. 옛날에는 일본 사과 농가를 견학하는 경우도 많았는 데, 일본 농부들이 잎을 따 주고 일일이 과실을 돌리며 재배 하는 모습에 다들 혀를 내둘렀다고 한다. 저렇게 힘들게 해 서 어떻게 사과농사를 짓겠냐며 못 따라 하겠다 한 적이 있 었다는 것이다. 그런데 지금 우리는 그 몇 배를 하고 있다. 일일이 잎을 따고 색이 골고루 나오게 사과를 돌리며 별짓 다 하고 있다. 지금에 비하면 옛날에 사과 농사를 하던 사람 들은 그냥 벌어먹은 거나 다름없을 정도이다.

그냥 2, 3등 해서 박리다매로 팔아먹어야지 하는 마음으로 사과 농사를 지었다가는 망하기 십상이다. 요즘 사람들은 지 나치게 배부른 것도 싫어하고 조금 먹더라도 맛있는 것만 찾 는다. 고품질로 차별화된 명품사과를 만들어 내야 하는 이유 이다.

우리나라 사과 농가들도 일본처럼 고품질로 승부를 거는 전략으로 수출길이 더 많이 열렸으면 하는 바람이다. 중국이 따라오기 전에 우리사과를 명품브랜드화할 수 있도록 발 빠 르게 연구하고 개발할 수 있기를 후배 사과농가들에게 당부 하고 싶다.

산기슭 돌밭에서 명품사과를 만들다

사과 농사를 시작한 후 한 7년간은 농사에 재미를 붙여서 신나게 일을 했다. 돈 버는 재미가 쏠쏠해서 그동안 고생했던 세월들이 눈 녹듯이 지워지는 기분이었다.

처음에 땅을 살 때만 해도 제일 싼 땅으로만 구하느라 산비탈에 돌밖에 안 나오는 땅을 구할 수밖에 없었고 여태껏 그 땅에서 사과를 생산해 내고 있다. 애초에 아무도 관심 갖지 않는 불모지 같은 땅이었다. 오죽하면 사과나무를 심으려고 땅을 파면 돌밖에 안 나와 나무를 세울 수가 없을 정도였다. 나무뿌리가 흙에 엉켜 붙어 있어야 하는데, 그게 불가능해서 나무가 세워지지 않아서 결국 다른 땅에서 흙을 퍼다 날라서 나무를 심어야 했으니, 보통 수고스러운 것이 아니었다.
그렇게 싼 땅을 사서 열심히 일구다 보니까 오히려 농사가 더 잘됐다. 나중에는 땅 판 사람들이 오히려 후회할 정도로 뭐든지 우리가 하면 잘되고 그랬다. 심어 놓고 가만히 있으면 잘될 리가 없지만, 불리한 땅이라 여겨서 더 노력을 하니까 좋은 땅이 만들어진 것이고 좋은 사과가 나온 것이다.

지금도 사람들은 "과수원이 순 돌밭으로 이루어졌다.", "그래도 잘되니 신기하다.", "손이 고르다."고 하며 우리가 하면 어떤 땅이든 기름지게 가꾼다고들 한다. 허튼 짓 안 하고 살

아서 하늘이 도와주는 건지는 모르겠으나, 아무튼 그 덕분에
좋은 사과를 만들어 내고 있다.

우리 집 보물 1호, 영농일지

처음 농사짓던 순간부터 누구의 도움도 받지 못했다. 그때
부터 집사람이 빠짐없이 기록한 것이 바로 영농일지이다. 영
농일지엔 그날그날 일어난 것을 다 기록했다. 콩, 들깨 심은
날짜며, 무슨 비료를 썼는지, 혹은 무슨 병에는 무슨 약을 썼
고 그 결과는 어땠는지 등등을 계속 기록했다. 지금까지도
집사람은 사과 판 가격이며 수량, 약 쓰는 것까지 다 기록하

고 있다.

일지가 있으니까 언제든지 일지를 들여다보며 대비를 할수 있다. 작년 몇 월 며칠에 사과를 출하를 했고 가격은 어땠는지, 가격이 좋았으면 왜 좋았는지, 작년 이맘때는 뭐 했는지 궁금해지면 바로바로 찾아보는 것이다.

요즘 농부들은 이런 작업을 컴퓨터로 하지만 우리는 컴맹이라 그저 손으로 기록하는 게 편하다. 집에 컴퓨터는 있지만 기껏 보는 게 사과 값이 전부다. 기록을 안 하면 올해 한해만 농사 잘 짓고 끝날 뿐, 내년에 헛일이 되어 버리는 걸 알기에 일지 쓰기는 철칙이 되었다. 지난 일지들을 볼 때마다 그렇게 든든하고 믿음직스러울 수가 없다.

때때로 외지인 중에 귀농하러 온 젊은이들 보면 답답할 때가 많다. 도시에서마냥 9시 출근하고 6시 퇴근하는 식으로 일하고, 주말에 놀고 그러는 게 이해가 안 간다. 내 생각에 농사는 놀면 안 된다. 비 오는 날이 노는 날이지, 하루도 쉬지 않고 일해야 한다. 정신력으로 버티며 일하는 것 말고는 더 좋은 방법을 모르겠다. 저렇게 해서 돈 벌겠나 하는 생각도 들거니와 내가 해 줄 수 있는 말은 그저 "쉬지 말고 일해라."이다.

오늘도 집사람은 일지를 적고 있다. 과수 관리하며 일한 내용도 적고 주문관리도 적는다. 개 밥그릇, 물그릇에 살얼음이 꼈으면 그것까지 적는다. 날씨가 어떤지 정확히 느낄 수 있도록 하기 위해서이다. 내년 농사를 준비하는 마음으로, 앞날을 생각하며 하루를 마무리하는 것이다. 그렇게 바쁘게 살다 보니 어느 순간 삶의 만족과 행복을 누리게 되었다. 더 크게 바라지 않고 내가 할 수 있는 최선의 노력을 다하는 것. 그 우직함이 나와 아내의 생활철학이라 말하고 싶다.

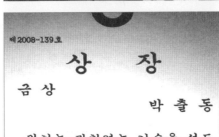

제 2008-139호

상 장

금 상

박 출 동

귀하는 과학영농 기술을 선도 실천하여 본 조합 2008.충북 과수농업인대회 및 품평회를 맞이하여 과실류 품평대회에서 위와 같이 입상하였기 이에 상장을 드립니다.

2008년 11월 13일

충북원예농업협동조합

조합장 박 철 선

괴산대학찰옥수수로 시작한
제2의 인생

장연농장
심구섭 대표(장연면)

괴산에서도 장연면은 대학찰옥수수의 원조 재배지이다. 이 품종은 작물육종학의 거두인 최봉호 박사가 충남대 농대 교수로 재직하던 지난 1980년경 종자를 개발(연농1호)해 고향인 괴산군 장연면에 처음 보급하면서 본격적으로 재배되기 시작됐다. 부드러우면서도 쫄깃한 특유의 맛 때문에 새로운 옥수수는 큰 인기를 끌었고, 같이 종자를 심으며 농사짓던 분이 대학교에 계시니까 대학찰옥수수라고 하자고 하여 지금의 이름이 붙었다고 한다.

특히 시험재배 때부터 장연면 지역의 기후와 토양조건에 맞춘 데다 이곳은 일교차가 심하고 토양이 석회암 지대여서 타 지역에서 재배한 것보다 옥수수의 당도가 뛰어난 것으로 평가받고 있다. 또한 12~17줄인 일반 옥수수와 달리 대학찰옥수수는 8줄, 10줄, 12줄까지 짝수로 알이 굵고 쫀득쫀득하며 당도가 높고 치아에 잘 달라붙지도 않아서 어린이와 노인들도 즐겨 찾는다.

괴산이 대학찰옥수수 명산지로 부상한 것은 1980년경부터라 한다. 당시 장연면 지역에서 시험재배 한 대학찰옥수수는 몇 년간 연구를 거치며 괴산군의 토질과 기후에 맞게 특화하는 데 성공, 소비자들로부터 최고라는 찬사를 들어 왔다. 또한 전국 농산물을 대상으로 한 한국능률협회 경영인증원 심사 결과 웰빙 상품으로 선정될 정도로 그 명성이 널리 알려지게 되었다.

사업실패 후 고향에서 찾은 희망의 끈

내가 고향 장연면으로 돌아온 시점은 대학찰옥수수에 대한 인지도가 상당히 높은 시기로 모두 개인고객을 갖고 있는 상황이었다. 원래는 사과농사를 하려고 묘목까지 다 심어 놓은 상태에서 대학찰옥수수의 맛에 푹 빠져 매력을 알아보게 되었고, 승부를 걸 만하다고 느껴 이것을 재배하기로 계획을 전면 수정하게 되었다. 그렇게 시작된 옥수수와의 인연이 벌써 15년이나 되었다.

도시에서 가구업을 하다가 몇천만 원의 빚을 안고 고향에 돌아와 처음 지은 농사였다. 새롭게 시작하게 된 농사이니 당연히 녹록지는 않았다. 작목반원들의 도움을 받으면서 수확까지 무사히 마치고 나니 판매가 걱정이었다. 고정고객 한 명 없이 과연 내 옥수수가 팔릴까 하는 마음에 밤잠을 설치던 기억이 아직도 생생하다.

그런 상황이었기에 홍보를 위해 작목반원들 모두가 똘똘 뭉쳐서 정말 열심히 노력했다. 당시 우리 회원들이 54명이었는데 모두 적극적으로 나섰다. 괴산IC 주변 19번국도 옆 공간으로 군청에서 지원하여 설치하였다. 대학찰옥수수에 대한 자부심과 열정을 가지고 홍보를 위해 군청을 드나들고 언론사에 먼저 인터뷰 요청도 하였다. 그때는 종자 개발자이신 최 박사님과 우리가 하나가 되어 다양한 방법으로 대학찰옥수수를 알리고자 뛰어다녔던 시기였다. 괴산군 차원에서도 적극적으로 홍보를 위해 도와주면서 괴산대학찰옥수수의 명성이 드디어 빛을 발하기 시작하였다.

그러자 신기하게도 옥수수가 갑자기 잘 팔려 나가기 시작했다. 그때가 한 15년 전쯤 된다. 농사짓는 양이 모자랄 정도였다. 아무리 산더미같이 쌓아 놔도 다 팔려 나갔다. 한 자루에 옥수수 30개를 넣어서 팔았는데 택배로만 하루에 한 4~500자루가 나갈 정도였다.

물량이 달리다 보니, 옥수수를 주문하시는 분들도 짧으면

1주일에서 길게는 보름까지도 기다렸다가 받아야 할 형편이었다. 그래도 다들 기다려서라도 받겠다고 했다. 옥수수를 따기가 무섭게 불타나게 팔리니까 다른 집 옥수수를 밭떼기로 사서 작업해다 팔기까지 했다.

당시는 나만 그런 것이 아니라 반원들 모두가 그렇게 잘 팔았었다. 그 여세를 몰아 장연면 옥수수농가들이 뭉쳐 영농조합법인도 설립하게 되었다. 한 12년 전, 그때에 영농조합법인을 만들 정도면 재배와 판매규모가 무척 컸다는 이야기이다. 요즘과 달라 당시에는 영농조합법인을 내는 것이 드물고도 특별한 경우였다.

그리고 조합 자체적으로 4천 8백만 원의 예산을 들여 괴산 대학찰옥수수 축제를 열기에 이르렀다. 군청에서 천만 원을 지원해 주고 지역에서 4백만 원을 도와주었다. 그리고 대부분은 전부 다 조합원들이 자비로 부담한 것이다. 그 당시에 어찌나 잘 팔리던지, 괴산군에서도 대학찰옥수수를 특화작물로 선정했고 이는 더욱 전국적인 명성을 얻을 수 있는 계기가 되었다,

화려한 시절은 가고

하지만 매스컴으로 소문이 나면서 점차 전국적으로 재배농가가 확대되게 되었다. 종자가 전국적으로 퍼져 나가게 되

자 이웃한 충주와도 경쟁이 붙었다. 그 결과 30개 들이로 하루 최소 4~500자루 팔리던 옥수수가 지금은 200~300자루만 작업할 정도로 줄어들었다. 그만큼 생산농가가 많아진 것이다. 그러다 보니 장연 사람들로서는 불만이 생길 수밖에 없었다. 종자 개발 당시부터 최 박사님이 고향 장연면을 위해 개발하신 것이었고 대학찰옥수수가 명성을 얻게 된 데에도 장연면의 공로가 크다고 생각했기 때문이었다.

군청에서 대학찰옥수수를 특화작물로 선정해 준 것은 고마운 일이었지만 군 차원에서 종자가 퍼지는 것을 막을 수는 없었을까 하는 아쉬움들이 있는 것이 사실이다. 물론 나만 잘살겠다는 것도 욕심이고 당연히 다 같이 나눠 먹어야 하지만, 옥수수로 부농을 꿈꾸던 예전을 생각하면 마음이 착잡하기만 하다.

따지고 보면 대학찰옥수수를 전국적으로 알린 건 우리들이었다. 2000년 초반만 해도 아는 사람들만 알았지, 전국적으로는 잘 몰랐다. 그런데 우리가 뛰어다니고 방송을 타고 괴산군에서 특화작물로 밀어 주면서 홍보가 되다 보니 전국적으로 재배농가가 확대된 것이다. 전국적으로 생산량이 7~8배 정도 늘어난 셈이다 보니 가격경쟁이 붙어서 우리 농가의 수입은 뚝 떨어지게 되었다. 이렇게 대학찰옥수수로 인생의 좋은 순간, 나쁜 순간을 다 경험하였다.

내가 장연사람을 대표하는 입장은 아니지만, 장연사람들

입장은 대부분 비슷하지 않을까 싶다. 사실 괴산군청에서도 나름대로 종자를 붙들려고 노력을 하기는 했다. 독과점식으로 종자를 확보해 놓으려고도 했지만 근본적인 해결책은 아니었다. 사실 종자가 전국적으로 나가는 것을 못 막았던 이유는 종자 개발자인 최 박사님의 입장이 있기 때문이 아니었나 싶다. 그분에게는 대학찰옥수수가 자식이나 마찬가지인 것이다. 자식이니 자꾸 퍼져 나가기를 바라셨을 것 아니겠나.

최 박사님과 장연찰옥수수 법인이 함께 대학찰옥수수의 선구자 역할을 했는데, 그런 연유로 어느 순간 박사님과의 관계도 소원해지고 만 것 같다. 그래도 기왕에 되돌릴 수 없는 상황에서 더 이상의 안타까움은 의미가 없을 것이다. 최 박사님이 고향 장연을 위해서 노력하신 마음을 잘 알기 때문이다. 장연의 토양과 기후에 적합한 종자를 만드신 만큼, 다른 지역 옥수수와는 차별화되는 고품질로 앞서가야 한다는 생각이 들 뿐이다.

절임배추와 매장 운영으로 수익 향상 모색

잘나가던 시절에는 옥수수만 해도 충분했다. 그러다 상황이 달라지다 보니 다른 대안이 필요했다. 괴산에서는 문광지역이 절임배추의 선두였는데 여기 장연은 절임배추 농가가 거의 없었다. 그런데 10여 년 전부터 몇몇 농가가 절임배추

농사를 시작했었고 군청에서도 옥수수와 절임배추를 병행하라고 권유하였다. 절임배추 수요가 점차 늘어나다 보니 병행 작물로 시작하게 된 것이다.

다행인 것은 장연 사람들에게는 확보된 개인 고객들이 있다는 것이다. 우리에겐 옥수수 농사를 할 때부터 쌓아온 개인 고객들이 있었다. 우리는 옥수수를 시중으로 내지 않고 웬만하면 개인고객을 확보해서 직거래를 해왔다. 이 점은 문광면 사람들도 마찬가지일 것이다. 개인고객은 신주 모시듯 하여 정보 보호를 철저히 하는 편이다. 그러니 절임배추를 해도 판로개척이 어렵지는 않은 상황이었다.

문제는 체력이었다. 절임배추나 옥수수는 다년생이다 보니까 수확철에는 눈코 뜰 새 없이 바쁘다. 옥수수는 성숙하는데 2~3개월밖에 걸리지 않아 수확 후 다시 심거나 다른 작목을 재배할 수 있어 2~3모작도 가능하다. 사과나 다른 작물이면 꾸준히 일을 분산시켜 할 수 있지만, 옥수수, 절임배추는 짧은 기간에 수확을 하고 또 심고 재배하는 과정이 빠르게 진행되어야 하니 속도가 생명이다. 잠시도 쉴 틈 없이 일해야 한다. 또 옥수수는 3년만 같은 곳에서 연작을 해도 땅을 망친다는 설이 있을 정도로 땅의 영양분을 잘 빨아들인다. 그래서 토양 관리에도 무척 심혈을 기울여야 한다.

이런 어려움이 있었지만 노력 끝에 우리 집 농산물과 괴산의 특산물을 상설 판매하는 매장도 운영하기 시작했다. 매장

을 운영하니까 고향분들의 사랑방 같은 역할이 되어서 좋은 것 같다. 고향분들이 한 번씩 오셔서 차도 마시고 같이 식사도 하시니 이렇게 소통하는 게 또 하나의 즐거움이다.

보통 10월 이후에는 가판대들도 철수를 해서 물건 파는 데가 드물다 보니, 우리 매장을 찾으시는 분들이 꽤 있다. 이제는 옥수수만으로 잘나가던 시절은 지났지만 이렇게 힘이 되어 주시는 고향분들과 고객들이 있어서 또 살아갈 힘을 얻게 되는 것 같다.

허황된 꿈에서 벗어나 농사의 가치를 알기까지

어린 시절 가난이 싫어서 집을 뛰쳐나가 서울로 갔었다. 크게 돈을 벌고 싶었고 돈을 많이 벌어 명예도 얻고 싶은 시절이 있었다. '돈맥'을 찾는 마음으로 경험을 쌓았고 닥치는 대로 일을 하였다. 건축, 식당, 가구 등 한 30여 가지 일들을 경험한 것 같다. 악착같이 살던 끝에 소파 제작을 하며 큰돈을 벌기도 했는데 규모를 더 키우려고 동업을 한 것이 화근이었다. 동업이 문제가 되어 결국 마지막 사업도 실패로 끝났다. 그렇게 방황과 고난 속에서 다시 고향 괴산에 돌아온 것이다. 허무하게 돌아온 나에게 주위의 시선이 곱지만은 않았다. 나에 대한 믿음이 없으니 당연한 일이었다. 스스로 내 삶의 의지를 입증할 일만 남은 것이었다.

한동안 무엇이 잘못되었던 건지 고민도 많이 하였다. 결국 깨달은 건 내가 너무 비현실적인 목표를 지녔던 것이 문제라는 점이다. 실현 가능한 작은 목표를 세우고 이루어 갔어야 했는데, 서울에서 보게 된 재력가들의 모습을 막연히 따라잡고 싶었던 것이다. 서울 사는 친척 중에는 엄청난 부자들도 많았다. 나와는 너무 다른 세상이 존재한다는 것에 충격을 느끼며 허황된 생각에 빠졌던 것이다. 돈 가지고 이기는 게 아닌데 말이다. 돈으로 성공하고 싶다는 생각, 이제는 그 허상을 버린 지 오래다.

지금은 그저 열심히 해 나가는 과정이라고 생각하며 정직한 노동의 대가에 만족하고 있다. 이제는 어엿한 농부로 착실히 살아가고 있어, 어머니와 형제들도 나를 온전히 신뢰하고 있다. 어렵게 돌고 돌아서 왔지만, 이제라도 제자리를 찾은 듯하다. 무엇보다 내 일에 대한 열정과 진심을 인정받고 있다는 점이 가장 기쁘다.

산돼지가 옥수수밭을 망쳐버린 날

올해 옥수수농사가 참 잘 됐었다. 수확만을 남겨 둔 시점이었는데 어느 날 밭에 나가 보니 온통 쑥대밭이 되어 있었다. 3천 평의 옥수수밭 절반 이상이 폭격을 맞은 것처럼 결딴나 있었다. 산돼지들 짓이었다. 금액으로 치면 750만 원 정도가 순식간에 날아간 것이다. 죽을힘을 다해 힘들게 농사해 놓은 것을 그렇게 날려 버리니 허무하기가 이를 데 없었다.

피해 보상을 위해 사진도 찍어 놓고 그랬지만 보상받을 수 있다는 기대는 하지도 않았다. 전에도 그러하였듯이 믿음이 안 가서 신청도 안 했다. 절차만 복잡하고 결국 보상 나오는 것은 없거나 미미한 정도라는 걸 알기 때문이다. 어쩌겠는가, 그저 이런 날도 있구나 하며 팔자를 탓할 수밖에.

문제는 재발 방지인데 밤새 지킬 수도 없고, 산돼지를 포획하는 것도 어려운 일이라 고민이다. 내년에도 또 이런 피해가 생기면 안 될 텐데 정부나 군 차원에서 대안책을 모색해 주었으면 하는 바람이다. 그리고 덧붙이자면 농가를 위해서 정부에서 보조되는 돈이 상당히 많을 텐데 그런 보조지원금들이 편중되지 않고 공평하게 돌아갔으면 하는 마음이다.

농사짓는 면적이나 규모가 다 공개되어 있으니까 비례해서 보조해 주면 좋을 텐데 기업식으로 운영하는 농업인들한테 치우쳐 있는 것 같아 아쉽다. 일반 소농들은 면이나 군청 지도소를 직접 찾아가지 않는 이상, 지원 제도가 있는지도 모르고 받을 생각도 못 하고 사는 경우가 대부분이다. 근근이 먹고 사는 소농업인들이 소외되지 않도록 좀 더 현실적이고 공정한 지원이 이루어지기를 바란다.

농사꾼으로서 행복한 순간

농사지으면서 인건비 부담이 만만치 않다. 나만 해도 고정 직원 2명을 두고 있고 바쁜 철에는 단기 인부들을 고용하고 있다. 연간 몇 천만 원씩 인건비로 지출하고 있으니 이 정도면 일자리 창출에 한몫한다고 상이라도 줘야 하지 않을까? 하루 일당으로 여자 8만 원, 남자는 10~12만 원 정도 지출이 된다. 절임배추 철에는 전화주문을 받는 직원을 한 달간 고용하는 데 220만 원이 나간다.

사실 다른 집들은 안사람이 주로 전화를 받고 택배 보내는 일을 맡아 하는데 그 점이 나에게는 아킬레스건이다. 사업 실패 후 고향에 내려오기 전에 이혼했기 때문이다. 그런 탓에 고향에 와서는 어머니와 둘이 일을 하다시피 했다. 어머니 나이가 올해로 86세이신데 나 때문에 고생을 많이 하셔서 속이 말이 아니실 것이다. 몸도 많이 편찮으셔서 걱정이다. 가장 많이 속을 썩인 아들이 나인데, 어떻게든 효도를 해 드려야겠다는 마음뿐이다.

다행인 건 작년부터 여동생이 와서 일을 도와주고 있어 많은 보탬이 된다는 것이다. 식구가 많으면 물량이 가슴에 와 닿게 주문을 받을 텐데, 나 같은 경우는 바꿔가며 사람을 써야 하니까 속상할 때가 많다. 그러니 여동생이 와서 도와주는 것이 천군만마를 얻은 듯하다.

주위에서는 재혼하라고 성화이지만 시골에 와서 기꺼이 일하겠다는 여자를 찾기란 쉬운 일이 아니다. 나는 노력하지 않고 편하게 살려고 하는 사람은 원치 않는다. 아무리 인물이 좋고 돈이 많아도 같이 일하며 살 사람이 아니라면 의미가 없다. 이런 사람을 과연 찾을 수 있을지 아직은 미지수다.

한편 큰아들은 도시에서 기능직으로 직장을 다니고 둘째는 군대에 가 있다. 큰아들이 내 일을 같이 하겠다는 의사를 밝힌 적도 있지만 아직은 어리다는 생각이 들어 진로에 대한 분명한 뜻이 설 때까지 지켜보고 있다. 농사가 쉬운 일이 아니기에 굳은 각오와 의지가 아니고서는 버텨내기 힘들 것이다. 어쨌든 둘 다 심성이 곱고 반듯하게 잘 자라준 것이 너무도 고맙고 대견스럽다.

앞으로도 10년은 일에만 몰두하며 이 일을 좀 더 안정되게 키워 나갈 수 있지 않을까 내다본다. 다른 계획은 없고 그저 대학찰옥수수와 절임배추 이 두 가지는 계속 가져가야 한다는 생각이다. 고품질로 승부를 거는 수밖에는 없다고 본다. 배움에는 끝이 없다고 하거니와 아직도 농사짓기를 위해 배워나갈 것이 많다고도 느낀다.

"옥수수 너무 맛있어요. 선물로 더 주문하려고요."
"좋은 물건 보내주셔서 감사해요. 맛있게 잘 먹을게요."
"저번에도 맛있게 잘 먹었습니다. 이번에도 좋은 걸로 보내주세요. 기대할게요."

농사지으면서 가장 행복했던 순간들은 바로 이렇게 소비자들이 좋은 물건을 보내줘서 고맙다고 할 때이다. 열심히 농사지어서 더 좋은 상품으로 보답하겠다는 심정이 절로 드는 순간이기도 하다. 앞으로도 이런 기분 좋은 전화를 받고자 게으름 부리지 않고 더 부지런히 농사를 지어나갈 생각이다.

"당신들 월급 덜 받으라 하면 기분 좋겠소?"

전국 절임배추의 원조
괴산시골절임배추 군연합회
김갑수 회장(문광면)

괴산에서 나는 꽤나 유명인사에 속한다. 절임배추의 원조 창시자로서 각종 매스컴 인터뷰를 거치며 괴산시골절임배추를 브랜드로 정착시킨 나름의 공로 때문이다. 2011년 물가 안정에 기여한 공로로 국민훈장 목련장을 받으며 여기저기서 찾는 데도 많았다. 그러나 한편으로는 누구 앞에서나 거침없이 직언직설을 해대는 성깔 있는 고집쟁이 농부라는 타이틀도 내 유명세에 한몫하는 부분일 것이다. 오늘 아침에도 고객과의 전화통화 중에 기어이 화를 내고 말았다.

"김갑수 절임배추 맞죠?"
"네, 그런데요."

"주문 좀 하려는데, 20kg 1박스에 얼마인가요?"

"1박스에 3만 원입니다."

"마트에서 2만 5천 원에 팔던데, 무슨 직거래가 더 비싸요? 좀 깎아 주세요, 네 박스에 10만 원에 해 줘요."

"그럼 마트 가서 사세요. 저희 배추는 박스당 3만 원 정찰제입니다. 그것도 최대한 욕심 안 부리고 책정한 가격이고요. 저희 배추 매일 정해진 생산량에 맞춰서 주문량만큼 나가는데 물량이 없어서 못 팔 지경이에요. 농부들 고생하는 거 모르고 깎으려고만 드시면 되겠어요?"

나는 1996년 절임배추 아이디어를 창안하고 개발한 이래로 최상의 절임배추에 대한 연구와 시도를 한순간도 게을리한 적이 없다. 처음에는 우리 밭에서 농사지은 배추만으로는 밀려드는 주문을 감당할 수 없어 다른 경작자의 배추까지 사들여 절임배추로 가공하여 팔기도 했다. 그러나 지금은 오로지 내 밭에서 농사지은 배추만으로 절임배추를 만들어 팔고 있다. 아무리 좋은 소금에 좋은 물로 만들었다 해도 배추의 품질에 따라 결과물은 다를 수밖에 없는 것이다. 초기에 그 원칙을 지키지 않고 더 많이 파는 데에만 급급했던 짧은 생각은 지금도 가장 부끄러운 기억으로 남아 있다.

돌이켜 보면 무서운 건 고객들의 입맛이었다. 절임배추의 속성까지 고려하여 단단하게 재배한 내 배추에 길들여진 고객들은 다른 식감의 배추를 단박에 알아냈다. 고객들의 항의와 불만이 이어졌고 그때의 따끔한 질타와 충고들이 나를 다시 본래의 자리로 돌아오게 해 주었다. 김장용 절임배추는 섬유질이 단단하고 조직감이 치밀한 배추로 만들어야 가장 맛이 좋다. 그래서 배추 모종에서 생육단계까지 나름대로의 노하우를 가지고 섬유질이 단단한 배추를 생산해 오고 있다.

본디 괴산 지역은 천혜의 자연조건을 갖추고 있고 공장이 없는 청정지역이라 농산물들의 품질이 높기로 유명하다. 또한 배추 품질을 향상시키기 위한 괴산군 내의 교육과 교류도 활발한 편이다. 그런 점에서 괴산절임배추는 다른 지역의 절임배추와 질적으로 차별화된다고 생각한다. 단지 원조라서 유명한 것이 아니라 품질과 맛에 있어서 단연 1등이라고 자부하기 때문이다.

그래서 나는 불만이 많다. 명품이 명품 대접 받지 못하고 어떻게든 싸게 팔려고 하는 분위기가 싫다. 늘 농민들만 손해를 감수하고 고객에게만 이익이 가도록 하는 분위기가 불공평하다고 느끼는 것이다. 괴산시골절임배추 군연합회 회장을 맡고 있는 나로서는 군에서 시행하는 다양한 교육세미나에 참여할 때가 많다. 그때마다 만나게 되는 군 관계자나 정책 담당자들에게도 나는 쓴소리를 자주 한다.

"농법 교과서에 나오는 내용으로 교육시키는 거 아무 소용 없습니다. 실제 경험한 노하우들을 공유하고 알려야지. 책에 나오는 이론으로 농사지어서 성공하면 농사 실패할 사람이 누가 있습니까. 현장 체험을 통해서 농사기법을 교류하고 활성화하는 자리를 만들어야지, 여기서 ppt 깔아 놓고 연구원들 이야기 듣는다고 효과가 있겠소?"

"교육행사 주관하신 높으신 분들 인사말은 짧게 합시다. 정해진 시간 중 누구누구 인사말 듣는 시간으로만 시간이 지나가 버리니 주객전도 아닙니까? 2시간으로 예정된 교육 시간에 인사하는 데에만 1시간을 잡아먹는 상황이 말이 되나요?"

"도시와 농촌 간에 자매결연한다는 명목으로 퍼주기 행사는 하지 맙시다. 누구를 위한 자매결연이고, 행사입니까? 군

에서 농민들을 위해 농산물 행사나 자매결연을 한다고 하는
데, 왜 농사꾼들에게만 양보하라고, 퍼주라고 종용합니까?
담당자분들도 월급 덜 받아 가라고 하면 기분 좋겠습니까?"

나 역시 소비자들을 위해 좋은 제품을 싸게 팔자는 철학을
가진 사람이며 지금까지 욕심껏 이윤을 남긴 적도 없다. 오
죽하면 2010년 배추파동으로 배추 한 포기 값이 1만 2천 원
까지 치솟을 때에도 괴산절임배추 20kg를 2만 5천 원에 팔
았을까? 당시 시세의 5분의 1 가격이었다. 그 바람에 물가안
정에 기여한 공로라며 이듬해 이시종 충북지사로부터 국민
훈장 목련장을 전수받기도 했으니, 의도치 않게 가문의 영광
을 남기게 된 셈이다.

그렇다고 농민에게만 출혈을 감내하라는 분위기는 절대로
그냥 보아 넘기지 못한다. 내가 선택한 최선책은 직거래이
다. 22년 넘게 지금까지 나는 직거래만을 고집해 오고 있다.
말 그대로 내 농산물이 도매금이 되는 걸 원치 않거니와 유
통단계에서 생기는 제3자의 이익 대신 고객과 내가 같이 이
익을 보고자 함이다. 더도 덜도 아니고 내가 생산해낼 수 있
는 최선의 제품을 만들고 나와 소비자 모두에게 이익이 되는
합의점에서 거래를 하려는 신념에는 변함이 없다.

고객만족을 위한 진화의 과정,
김장용 꾸러미 상품

　최근에는 배추뿐만 아니라 김장용 부재료들까지 묶어서
판매하는 꾸러미상품을 출시했는데 이것도 반응이 좋다. 괴
산의 자랑인 청결고추로 직접 빻은 고춧가루며 무, 파, 갓 등
을 깨끗이 손질해서 절임배추와 같이 꾸러미로 판매하는 것
이다. 역시 다 내가 직접 농사지은 재료들이라 품질에 있어
서는 자신 있게 소개하고 판매하고 있다. 나를 믿고 꾸준히
주문하는 3천 명 이상 고정 고객들은 이 또한 반기며 믿고
구매하고 있다.

　김장용 상품은 절임배추 20kg에 부재료들을 더한 후 양념
비율까지 정확히 계량하여 한 꾸러미로 만들어진다. 김장을
못하는 사람이라도 꾸러미에 들어 있는 분량을 모두 사용하
면 실패가 없다. 이렇게 비율을 정해 꾸러미를 만들어야 하
다 보니 나는 김장에 대해 누구보다도 연구를 많이 하였다.
　사실 70~80세 어머니들 중에서도 김장의 정확한 양념 비
율을 모르는 사람들이 허다할 것이다. 직접 하는 데에는 문
제가 없으나 막상 물어보면 대답을 못 하는 것이다. 그도 그
럴 것이 대충 손대중, 눈대중으로 계량을 하고 간을 봐 가면
서 완성을 하니까 그렇다. 그러다 보니 항상 같은 맛을 내기
도 힘들고, 부재료들을 넉넉하게 준비하다 보니 남게 되는

낭비도 생긴다. 절임배추를 팔면서 나는 고객들에게 김치 담
그는 방법도 안내하곤 한다.

"절임배추를 4박스 사려고 하는데, 이걸 어떻게 담가야 맛
이 있어요?"
"당장 드실 거면 속 재료 이것저것 넣고 굴도 넣고, 풀도
쑤어서 넣고 다 되고요, 오래 저장할 김치는 속 재료 많이 넣
지 마시고 풀 쑨 것 넣지도 마세요. 아, 양파도 넣지 마시고
요. 그래야 시원하게 오래 두고 먹어요. 3박스는 오래 저장
할 용도로 담그시고, 1박스는 당장 먹도록 맛있게 원하는 거
다 넣고 담가 드세요."

여기에 고춧가루 분량이며 부재료 종류에서 양까지 정확
하게 알려 준다. 사실 이러한 정보는 김치 연구하는 곳에서
연구해서 보급해 주면 좋겠는데 말이다. 나도 스스로 터득해
서 이런저런 김장 방법의 노하우를 갖고 있다.
절임배추만 팔면 그만인 것이 아니라, 괴산절임배추에 최
적화된 김치 담그기 방법까지 알아내서 알려주는 것이 내가
할 도리라는 생각 때문이다. 집사람은 이런 나를 완벽주의라
고 유난스럽다고도 한다. 그러나 한발 앞서 생각하고 더 나
가는 것이 도태되지 않는 방법이라 생각한다.
꾸러미 상품은 이런 생각 끝에 나오게 된 것이라고 할 수
있다. 김장용 부재료들의 값이 더 비싸기 때문에 생산자의

입장에서도 이익이 늘고 소비자들도 노동력을 아끼면서 고품질의 김장김치를 맛볼 수 있어 서로에게 이득이 되는 거래인 것이다. 주부들의 입장에서도 그네들의 노동력과 수고를 아낄 수 있어 마다할 이유가 없을 것 같다.

요즘 사람들은 자신의 노동과 시간에 대한 개념이 분명한 편이다. 조금 더 싸게 사겠다고 발품 팔고 시간 축내며 몸을 괴롭히기보다는 합리적인 선에서 편익을 추구한다. 농부 입장에서도 뼈 빠지게 일군 농산물을 무작정 대량으로 싸게 팔던 시대는 지났다고 생각한다. 더 이상 농민들 스스로 노동의 가치를 헐값으로 후려치는 일이 있어서는 안 된다는 것이 나의 입장이다.

돌잡이로 낫을 들어 농사꾼이 될 팔자?

6남 2녀 중 넷째로 태어난 나는 아버지 말로는 유독 예쁜 짓을 많이 해서 나만 특별히 돌잔치를 차려 주셨다고 한다. 그러면서 늘 하셨던 말씀이 지금껏 내 발목을 잡아 왔다.

"돌잔치 상에 올려놓은 돌잡이 물건들 중에 네가 잡은 것이 낫이여, 낫. 허허허, 어쩜 그리 하는 짓이 예쁘던지, 딱 내 뒤를 이어 농사꾼 될 놈이다 싶었지. 될성부른 나무 떡잎부터 알아본다고, 우리 갑수가 내 땅을 지켜줄 놈이라는 걸 내가 그때부터 알아봤다니까."

　도대체 누구 마음대로 나만 농사꾼이 되어야 한단 말인가? 돌잡이로 낫을 든 것이 내 죄라면 죄일까? 어쨌든 아버지 말씀대로 결국 나만 괴산 땅에 남아 죽어라 농사를 지어야 했다. 어린 시절 나는 농사짓기보다 공부하고 싶어 하는 아이였다. 중학교도 가지 말라고 하시는 걸 1년 동안 아버지에게 조르고 졸라 1년 늦게라도 기어이 괴산중학교에 입학하게 되었다. 당시에는 중학교에 들어가려면 시험을 봐야 했다. 그런데 입학시험 준비도 한 1주일 했을까? 산수책 조금 들여다보고 치른 입학시험이었지만, 전교 7등으로 입학하였다. 중학교 내내 농사일에 지쳐 공부할 여건이 안 되었지만, 그래도 성적은 늘 상위권을 유지하였다.
　그러나 공부는 거기까지였다. 괴산고 나온 큰형님, 청주상고 나온 둘째 형님처럼 나도 공부해서 도회지에서 취직하고 싶었지만 내 운명은 농부의 후계자일 뿐이요, 농사로 돈을 벌어 식구들 뒷바라지를 해야 하는 처지일 뿐이었다. 지금도 그때를 생각하면, 괜히 억울한 마음이 북받쳐 눈물이 돌기도 한다.

　하긴, 농사꾼 자식으로 태어나 억울한 사람이 어디 나 하나뿐이겠는가? 사연 없는 사람도 없고, 농사일 하고 싶어서 한 사람도 별로 없을 것이다. 적어도 우리 시절에는 그랬다. 요즘에는 과학영농이니, 기업영농이니, 전문영농인 등의 소리를 하며 나름 전문직 대우받는 일도 있으나, 우리 때에는 비전을 생각해서 농사 시작한 사람은 없을 것이다.

어쨌든 나는 고향을, 땅을 지켰고, 더 많은 땅을 일구며 아버지의 바람대로 농사꾼으로서의 가업을 이어 왔다. 그리고 나 또한 가장이 되고 아버지처럼 늙어 가면서 차츰 알게 되었다. 아, 그때 아버지의 마음이 이런 기분이었겠구나, 그때 아버지가 하신 말씀이 이런 뜻이었구나 하는 공감이 들 때가 그런 것이다. 아버지와 농사를 지으면서 나는 좋은 땅을 보는 안목이 생겼고, 내심 마음에 둔 땅을 눈여겨보곤 했다. 아버지에게 빚을 내서라도 땅을 더 사자고 제안하기도 했다. 아버지는 무슨 빚까지 내서 땅을 사냐며 한 소리 하셨지만, 결국 그 땅은 이듬해 우리 땅이 되곤 하였다.

다른 집 자식들은 부모님께 땅을 팔아 다른 것 해 보겠다, 혹은 도와 달라 하는 판에 부지런히 돈을 모아 땅을 더 사자고 하는 나의 모습은 아버지에게 나름 감동으로 전해졌나 보다. 빚을 내서 땅을 넓히고, 그 땅에 농사지어 다시 그 빚을 갚아나가는 생활을 하다 보니, 땅도 늘어나고 나에 대한 아버지의 신뢰도 강해졌다.

땅이 있어 먹고 살 수 있기에

아버지의 건강이 악화되시면서, 급기야 중풍이 오기에 이르렀다. 중풍에 걸리신 아버지를 대신해서 나는 가장 아닌 가장 역할을 해야만 했다. 그 와중에 아버지는 입버릇처럼 "이 땅은 전부 갑수 네 땅이다." 하시곤 했는데, 사실 형님들에게도 땅을 떼어 주시긴 했다. 그런데 고마운 건, 아버지 돌아가신 후에 형님들이 나에게 땅을 다시 주신 것이다. 예전처럼 쭉 농사짓게 그 땅 달라고 한 나의 요구에 두 형님 모두 그러마 하고 땅을 포기하신 것이다.

조금만 재산이 있어도 서로 차지하려고 물고 뜯는 일들이 횡행한 세상에서, 두 형님들이 땅을 포기하신 것은 지금 생각해 보면 정말 대단한 아량인 것 같다. 아무리 아버지와 내가 피땀으로 일구어 온 땅이지만, 형님들 입장에서 막상 욕심을 내려놓는다는 것이 쉬운 결정은 아니었을 것이다. 이러한 가족들의 도움 덕에, 우리 집은 괴산 땅을 지킬 수 있었다.

주위에도 우리 집처럼 땅 갖고 농사짓던 집들이 흔했지만, 자식들 성화에 못 이겨 조금씩 팔아먹다가 흐지부지 있던 땅들을 녹여 없애버린 경우들이 있다. 야금야금 땅 팔아먹다가 결국 누구도 잘사는 가족 없이 다 가난해져 버리는 경우도 흔하다. 그런 점에서 우리 집안은 땅을 지켜내고 더 넓힐 수 있어서 다행이었다. 과거에도 땅을 팔아 뭘 해 보자, 한 번만 도와달라는 유혹들이 있었지만, 고집스럽게 땅만큼은 건드리지 않겠다는 신념을 지켰다.

땅은 계속 먹을 것을 제공해 준다. 돈이 나오는 땅인 만큼, 땅을 없애는 건 있을 수 없다. 다만 그 땅에서 나오는 농산물들은 얼마든지 일가친척을 위해 제공해 줄 수 있다. 식구들 먹을 만큼의 식재료들은 거의 다 농사짓고 있다. 쌀, 고추, 옥수수, 깨, 파, 무 등 없는 게 없다. 주된 농사 수입원은 절임배추이지만, 뭐든 농사지을 수 있는 것은 안 해 본 것이 없다.

돈으로 도와주기는 어려워도, 먹을 것을 달라고 하면 얼마든지 가져가라고 한다. 농사꾼이라 좋은 점이 뭐든 심어서 만들어 낼 수 있다는 것 아닐까. 땅만 있으면 내 노동으로 먹고 살 수 있는 이 길이 내 운명이라는 것이 이제는 감사할 뿐이다. 아버지가 물려주신 농사꾼으로서의 피가 내 몸에 흐르고 있는 것이 얼마나 다행스러운 일인지 이제는 알 것 같다.

공부 못 하게 막았던 부모님에게 품었던 원망과 회한의 마음이 언제부터 사라졌는지 기억이 나지 않는다. 어느덧 나이를 먹어 가면서 내가 바로 아버지의 모습을 닮아 가고 있었던 것 같다. 돌잡이로 낫을 들어 억울하게 농사꾼이 되었다는 생각도 버린 지 오래다. 그저 재미 삼아, 농담 삼아 이야기하던 것이 이제는 낫을 들어 차라리 다행이었다는 생각으로 바뀌었다. 공부를 더 해서 회사에 취직을 하고 월급을 받아 살았던들, 이만한 보람을 느낄 수 없었을 것이다. 공부 많이 하고 도시로 간 친구들도 지금은 나를 더 부러워한다. 괴산 땅을 벗어나지 못했지만, 땅과 함께 모진 세월을 이겨 낸 괴산의 터줏대감이 된 것에 만족한다.

아들에게도 대를 이어 줄 농사의 가치

슬하에 2남 1녀를 두고 모두 출가를 시켰다. 기특하게도 큰아들 내외가 가업을 이어 귀농할 뜻을 보여 내심 반기고 있다. 아직은 도시에서 직장생활을 하지만, 언제든지 고향으로 와서 가업을 이어가겠다면 대환영이다. 단지 직장생활의 도피처로 생각하지 않기를 바랄 뿐이다. 아직은 도심 속 사회생활을 통한 시련과 고난을 더 느껴보는 것도 좋을 것 같다. 어떤 식으로든 바깥에서 고생하고 힘들었던 경험들이 농업에 종사하는 데에도 큰 밑거름이 된다고 생각하기 때문이다. 시대가 달라져서 농촌도 현대화, 기계화되어 더 이상 순박한 시골농부의 이미지로 대표되지 않는다. 세상 물정도 알고 배움을 게을리하지 않아야 농업도 살아남을 수 있다.

아들도 이런 점을 알고 농업에 대한 비전도 생각하는 것 같다. 아들도 아들이지만 귀농을 찬성하는 며느리도 무척 고맙다. 땅의 가치를 알고 농사에 대한 전망과 계획을 고민한 결과 현명한 판단을 내렸을 것이다. 예쁜 손주를 안겨 준 것도 고마운데, 영농후계자의 삶을 선택하도록 격려하고 보필

해 준 고운 심성이 더없이 고맙다.

농사일에서 안사람의 역할은 남편 이상의 역할이라 해도 과언이 아니다. 일은 일대로 다 하면서 잡다한 살림과 이웃 관계까지, 신경 써야 할 것들이 한두 가지가 아니다. 지금의 내 안사람만 보아도 나를 만나 고생한 이야기를 하자면 책 한 권도 모자랄 지경이다. 일꾼들과 똑같이 모종 심고, 밭 매고, 배추 뽑고 다듬어서 절임배추 만들고, 전화주문까지 신경 써 가면서 이렇게 수십 년을 일하다 보니 안 아픈 곳이 없다. 절뚝거리며 아픈 다리를 이끌고 걷는 안사람을 보면 미안한 마음이 가득하다. 퉁명스러운 남편 만나 다정한 위로도 못 받고 평생 일만 하며 살아온 집사람에게 고맙다는 말 한 번 제대로 못 했다. 집사람이야말로 내 인생의 가장 든든한 동반자이자 가장 큰 선물이다.

농사로 대접받는 시대

배추 수확기부터 김장철까지인 3개월은 1년 중 가장 바쁜 때이다. 새벽 4~5시에 기상해서 밤 9시까지 쉴 틈 없이 일과가 돌아간다. 오전에는 주문전화와의 전쟁이다. 홈페이지도 없고 오직 전화로만 직거래 주문을 받다 보니, 전화 받는 직원들도 둬야 한다. 200평 규모의 절임배추 공장에서 절임배추를 가공하는 과정도 일일이 확인하고 돌아봐야 한다.

농촌 일손이 부족하다 보니 중국 대학생들 17명 정도를 농번기마다 데려와서 숙식을 제공해 주며 보조 인력으로 쓰고 있다. 이들에게는 한 학기 등록금을 벌어가는 좋은 기회이기에 한 번 온 학생들 중 이듬해 다시 찾아와 친숙해진 학생들도 많다. 잠자리나 샤워시설에 불편함이 없도록 하고 식사도 신경 써서 준비한다. 쉬는 날도 있고 회식도 시켜 주며 나름 극진히 대접을 하는 편이다. 농사일이라고 3D업종이라 생각하면 오산이다. 몸만 건강하고 부지런하면 된다. 다른 스트레스 받지 않고 단순작업만 반복하면 되는 일이니 단기간에 일하고 벌어가는 돈으로는 적지 않다.

괴산만 하더라도 대부분 외국인 근로자들을 고용하며 영농을 이어가고 있다. 아마 대부분의 농촌의 실정이 비슷하지 않을까 싶다. 주변 지역에서 아무리 인력을 구해 오려 해도 워낙 일손이 없거니와 인력회사에서 보내주는 일꾼들도 대부분 고령자라 일을 시키기 미안할 정도이다. 우리나라가 실업률이 아무리 높다 해도 농촌에서는 사람을 구할 수 없어 막막할 지경이니 어찌 된 건지 모르겠다. 뉴스에서 나오는 이야기는 먼 나라 이야기로만 들린다. 서울 같은 도시에 사는 실업자 중에 얼마든지 단기간으로 농사일을 할 만한 사람들이 많을 것 같은데도 사람을 못 구해 결국 외국인 근로자를 부를 수밖에 없다.

일당이 업종에 따라 최소 6만 원에서 11만 원이고 숙식도 제공해 주는데 과연 생활고에 시달리는 도시 실업자들 중에 일할 사람이 없을까. 인구가 많은 대도시를 중심으로 농사철만이라도 정부 차원에서 인력시장을 통해 일자리를 연결해 주면 방법이 생기지 않을까 하는 생각도 해 본다. 지금도 인력업체에서 버스로 사람들을 태워 오고 태워다 주면서 그날그날 인력을 연결해 주고 있는데, 가까운 대도시는 충분히 출퇴근 식으로 오고 갈 수 있을 것 같다. 1일 생활권인데 괴산까지 올 만한 거리의 사람들은 찾아보면 있지 않을까?

오늘도 나는 절임배추 공장에 딸린 작은 컨테이너 숙소에서 잠을 청한다. 바쁜 철에는 집에 가지 않고 공장을 지키며 숙직 아닌 숙직을 한다. 돈도 벌 만큼 벌었는데 고생 그만 해도 되지 않냐는 이야기도 듣는다. 그래도 평생 일해 온 것에 이력이 붙었는지, 이렇게 해야만 마음이 편하다. 자식 같은 배추들을 두고 공장을 떠날 수가 없다.

그나마 지금은 조금 편해진 셈이다. 3년 전까지는 소도 100마리 가량 치면서 축사도 같이 운영을 했다. 건강에 적신호가 오면서 힘든 일들은 먼저 가지 정리를 하고 오리지널 주업만 남기기로 결심해서 규모를 줄이게 된 것이다. 축사에 대한 미련이 아직 남아 있어서 아들이 와서 같이 경영하게 되면 다시 소를 먹이고 싶다. 그럴 요량으로 다시 축사로 쓸 땅도 준비하고 있는데 아들이라면 잘 해낼 것이라고 생각한다.

그래도 70 평생 살면서, 이제는 농업도 대우받는 시대가
된 것을 느낀다. 불경기에 다들 살기 힘든 시대가 되어서인
지 농사짓겠다고 귀농, 귀촌하는 사람들이 많아졌다. 전문
농업경영인이라고 추켜세워 주는 사람들도 많다. 우직하게
땅을 지키며 살아온 인생이 이만하면 괜찮지 않나 하는 생각
도 해 본다.

평생을 양계업으로
살아오기까지

송오농장
이상수 대표(사리면)

　내가 태어난 고향은 충남 서산이다. 남들은 바다를 끼고 있는 아름다운 고장에서 어린 시절을 보냈을 거라 생각들 하지만, 사실 그러한 기억은 거의 나지 않는다. 초등학교를 졸업하고 경기도 광주로 이주를 하면서부터 내 인생은 지금까지 양계장을 떠나 살아 본 적이 없다.

　중학교 시절 아버지가 하시던 사업이 급격히 기울면서 나는 큰형님을 따라 양계장에서 일을 하게 되었다. 그때가 중학교 2학년 때였던 것 같다. 큰형님은 나보다 12살이나 위여서 나에게는 아버지만큼이나 어렵고 무서운 존재였다. 그러면서도 한없이 다정하게 나를 챙겨주시는 분이 큰형님이었다. 그런 큰형님이 있어 어린 나이에 양계장에서 고단한 하루를 보내는 것을 참아 낼 수 있었다.

　지금 생각해 보면 그저 생활형편이 어렵다 보니 이런저런 생각이나 불만을 가질 겨를도 없이 묵묵히 양계장에서 일을 해 나간 것 같다. 워낙에 동물을 좋아하는 성향이라 닭에게 사료를 주고 계란을 수거하는 일들이 그리 싫지는 않았다. 다만 처음에는 철장 안에 갇혀서 알만 낳는 닭들이 불쌍하다는 생각이 들 뿐이었다. 그러나 그런 생각도 잠깐, 닭을 돌보고 계사를 청소하며 반복되는 일상 속에서 닭은 그저 고마운 생계의 근원일 뿐, 더 이상의 동정도 들지 않았다.

　타고난 천성이 남에게 싫은 소리 잘 못 하고 주어진 일을 성실히 하는 편이라 나에게는 이 일이 타고난 천직이라고 생각을 한다. 새벽 5시에 일어나 계사를 살피고 사료를 주고 알을 수거하고, 청소를 하는 규칙적인 일과에 익숙해지다 보니 어느 순간 이 일이 편하게 느껴지기도 했다.

　물론 1년 365일 하루도 어김없이 반복되는 일들이라 남들처럼 주말도 없고 휴가를 따로 내기도 힘들다. 그래도 매일같이 계란을 수거할 때 느끼는 감정은 이게 다 돈이구나 하는 뿌듯함이요, 우리 집안의 생계를 책임져 주는 황금알이구나 하는 소중함이었다. 그러다 보니 오히려 어린 시절 이 일을 시작한 것이 다행이라고 여기고 큰형님이 이 길로 이끌어 주신 것에 늘 감사한 마음을 지닌다.

고향이나 다름없는 괴산

　1990년, 3월에 괴산에 터를 잡고 자리를 일구었다. 사실상 고향이나 다름없는 곳이다. 처음에 큰형님과 함께 경기도 광주에서 처음 양계장 일을 한 이후, 독립을 하여 소규모로 양계 농장을 운영하게 되었다. 하남시 초월면에서 농장을 운영하였고 다시 경기도 광주 신월리로 확장해서 농장을 키워나갔다.

　그러다 마침 경기도 광주의 땅값이 오르자 그 땅을 팔아 넓은 부지에 터를 잡아야겠다는 생각을 하게 되었다. 재래식으로 하던 농장에서 탈피해 현대식으로 설비를 세우고 규모를 갖추어 농장을 운영하고 싶은 마음이 든 것이다. 그리고 본격적으로 전국 각지의 땅을 알아보게 되었다. 제대로 규모를 갖춘 산란계 농장을 구상하면서 한 곳에 터를 잡아 대대로 이어갈 수 있는 농장 부지를 찾고자 하였다. 새로운 시작을 하는 과도기였기에 당시에 내 마음은 온통 꿈과 희망에 부풀어 있었다. 전국 각지를 안 돌아본 데가 없는 것 같다. 전라도, 경상도, 문경, 상주, 진천, 그리고 최종 낙점한 곳이 바로 이곳 괴산이다.

처음 괴산 땅을 보러 온 계기에는 함께 양계업을 했던 친구의 조언도 컸다. 또한 100% 농업군인 지역이고 자연조건이며 인심이 좋다는 것에 마음이 갔다. 지리적으로도 우리나라 중심부에 위치하여 어디든지 이동하기도 좋고 수도권과도 가까워 더욱 매력이 느껴졌다.

그렇게 드디어 괴산에 와서 땅을 둘러본 날이었다. 그때의 기억은 지금도 생생하다. 지금의 이 땅을 보는 순간, 딱 여기구나 하는 느낌이 왔다. 머릿속으로 이만큼은 계사를 짓고, 저만큼은 텃밭도 일구고, 집도 짓고 하며 단번에 그림이 그려졌다. 이미 다른 지역들을 수도 없이 봐 온 터라, 이만한 땅을 못 찾을 것이라는 확신이 들었다.

그렇게 해서 결정된 터가 지금의 이 송오농장이다. 지금 생각해도 그때의 선택은 탁월했다. 어디를 가 봐도 우리 농장만큼 좋은 지리적 여건과 환경을 지닌 곳은 못 본 것 같다. 물론 내 땅이라 더 애착이 가는 것도 있을 것이다. 그렇지만 여기에 농장을 세워서 지금까지 전염병 한 번 겪은 적이 없다. 이렇게 무탈하게 경영해 오며 돈도 모으고 주변 땅도 더

갖게 되면서 나름 대규모의 농장으로 키워 왔으니 나로서는
더 바랄 게 없다.

　그저 괴산과 주위 주민들에게 고마울 뿐이다. 공기 좋고,
물 좋고, 인심 좋은 괴산이 아니었다면 이처럼 만족한 노년
을 보낼 수 없었을 것이다. 올해 4월에는 제7대 바르게살기
운동 괴산군 협의회장에 취임하였다. 주민들에게 조금이라
도 도움이 될 수 있으면 무슨 일이든지 하려는 마음에서 부
족하나마 수락하게 되었다.

　2014년 10월 15일에는 21회 괴산군민대상 지역경제부문
에 선정되어 수상하기도 했다. 송오농장을 운영하면서 주위
산란계 사육농가를 중심으로 사양기술을 전수해 축산농가의
경쟁력 강화에 앞장서고 가축분뇨의 효율적인 처리와 자원
화로 농가 경영비 개선과 농가소득 증대에 이바지한 공로가
수상 이유라고 했다.

　그냥 내 할 일과 도리를 한 것뿐인데 큰 상까지 주시니 그
저 감사할 뿐이었다. 무엇보다 내가 어엿한 괴산군민으로
인정받은 것 같아, 더욱 괴산에 대한 사랑의 마음이 샘솟았
던 기억이 난다. 일찍부터 보광초등학교 운영위원장, 사리
면 주민자치위원장을 맡으면서 주민들과 소통하려고 노력
하고 주민들과 하나가 되고자 살아온 인생이 헛되지는 않은
것 같다.

의류회사 다니던 아들이 양계업을 이어가겠다고 결심

하남시 초월면에서 농장을 할 때 큰아들이 태어났다. 양계
장 집 아들로 태어나 닭똥냄새 맡으며 자라는 아들을 서울에
서 공부시키고 싶은 욕심이 들었다. 큰형님과 형수님이 서울
에 사실 무렵에 초등학교 다니는 아들을 서울로 보내게 되었
다. 우리 부부는 농장에서 일하고 큰아들은 서울 큰형수님에
게 맡겨 놓으며, 아들에게도 형수님에게도 미안한 마음이 많
이 들었다. 그래도 속 한번 썩이지 않고 잘 커 준 아들이 너
무나 대견스럽다.

물론 우리 아들을 친자식처럼 살뜰하게 보살펴 준 큰형수
님에 대한 은혜는 지금도 잊지 않고 있다. 지금도 설날이면
우리 부부는 큰형님 내외에게 세배를 드린다. 마치 부모님
께 드리는 것처럼. 나와 우리 가족을 보살펴 주신 형님 내외
분이 아니었다면 지금의 행복도 없었을 것을 너무나 잘 알고
있다.

아들은 어느덧 대입을 치르게 되었고 원하던 4년제 대학이
있었으나 아쉽게 떨어지고 말았다. 그때 나는 연암대학교 축
산계열에 진학하는 것을 제안했다. 아들은 별로 마음에 없는
눈치였지만 나는 아들이 내 일을 이어가는 것을 염두에 두었
기에 적극적으로 의견을 내놓게 된 것이다.

내 바람대로 아들은 연암대학교 축산계열에 원서를 넣었

고 수석으로 입학하였다. 장학금까지 받아가며 학교를 다니게 되었다고 자랑도 하고 다니며 기뻐했지만 아들의 마음은 그게 아니었던가 보다. 1년 간신히 다니더니 결국은 자퇴하고 다시 다른 4년제 대학 경영학과에 원서를 내서 들어가 버렸다. 아들의 마음이 정 그렇다면 어쩔 수 없는 일이라고 생각했지만, 언젠가는 나에게 오지 않을까 하는 생각은 들었다. 그래도 아들의 선택이니 존중할 수밖에 없었다. 그렇게 아들은 대학을 졸업 후에 유명 의류회사 영업직으로 취업을 하였다. 스스로 원하던 길을 찾아 가는 줄 알았는데 몇 년 뒤에 나에게 조심스레 말을 꺼냈다.

"아버지, 저 아무래도 아버지 일, 해야 할 것 같아요."
"…그래, 회사일이 녹록지가 않지?"
"잘 생각했다. 같이 해 보자."

결국 내 예상대로 아들은 내 일을 이어받게 되었다. 기왕에 직장생활 하는 거, 조금 더 고생해 보고 경험하다 오는 것도 괜찮다 생각하던 차였다. 그래도 아들의 결심이 내심 고마웠고 든든했다. 그리고 이제는 아들이 주도적으로 농장을 운영하고 있고 믿고 맡겨도 될 만큼 잘하고 있다.

내가 이 일을 아들에게 넘긴 지도 18년이나 됐다. 10년 정도는 양계업을 해야 닭을 보면 바로 상태를 알아보고 선별도

가능해진다고 생각하는데 아들은 18년을 일했으니 이제 믿고 맡길 만하다. 아들에게 기술을 가르치고 책임을 넘긴 이후부터야 내 인생에도 비로소 날개가 생긴 것 같다. 그전까지는 엄두도 못 냈던 여행을 집사람과 같이 다닐 수 있게 됐고 괴산군을 위한 여러 가지 봉사활동이나 직책도 맡아서 할 수가 있게 되었으니 말이다.

축산도 대규모 추세, 시설 투자 아니면 살아남기 힘들어

요즘 시대에 어디나 마찬가지겠지만 축산업도 소규모로는 살아남기가 힘든 것 같다. 우리 농장만 해도 상주 직원만 6명이다. 한국인 2명에 태국인 2명, 베트남인 2명이다. 새벽 5시에 일어나 사료 주고, 계란 수거하고, 알 선별작업까지 하다 보면 오후 2시쯤 주요 일과는 끝난다. 그 뒤로는 직원들이 청소하고 계사 관리하는 일들을 한다.

우리 농장에서 일하는 외국인 직원들의 월급은 한 달에 180만 원이다. 숙식은 당연히 제공하고 4대 보험까지 다 들어 주었다. 작년에 170만 원에서 시작해서 올해는 10만 원을 더 올려 주었다.

우리나라 사람으로는 직원을 구하기도 어렵고 임금도 더 비싸다. 그런데 동남아 청년들이 와서 열심히 일하는 모습을 보면, 월급을 더 주고 싶은 마음이 저절로 생길 정도이다. 먹이고 재워주고 회식도 시켜주다 보니 월급을 거의 그대로 모을 수 있는 구조이다. 그러다 보니 그들에게는 큰돈을 버는 기회가 되고 자신들의 고국에 송금해주는 보람도 크게 느끼는 것 같다.

　이렇게 직원을 두고 회사처럼 경영하다 보니 농촌도 옛날처럼 가족들이 매달려 고된 노동에 시달리는 풍경은 찾아보기 힘들다. 나도 아들에게 농장을 맡긴 이래로 내 생활 하면서, 학교 운영회원장, 로타리장 같은 사회봉사활동직도 하며 별도의 개인시간을 운용하고 있다. 이렇게 지낼 수 있는 것도 지속적인 시설투자를 통해 계사를 현대화하며 체계를 갖추었기 때문이다. 농장규모는 커졌지만 직원들을 두고 관리시스템하에 경영하기 때문에 이전보다는 과중한 노동에서 벗어난 셈이다.

　지금 운영하는 계사도 5개 동 중 3개 동만 운영 중이다. 시설을 더 개선하고 현대화하는 과정에서 2개 동은 아직 설비가 마무리되지 않아 비워 둔 것이다. 현재는 30만 수의 닭들을 관리하고 있지만, 시설이 완비되면 더 늘어날 것이다.

　사료 값이며 약품비용, 인건비 등을 충당하려면 최대한 규모를 크게 늘려서 생산단가를 낮추는 수밖에 없다. 계단식으로 계사를 짓고 질병 예방을 위해 칸막이는 물론 강제환풍시설까지 갖춰 나가려면 자본금이 많이 든다. 돈을 벌어도 결국 재투자비용으로 고스란히 들어가는 셈이다.

　과거와 비교하면 계란 생산량은 느는데 가격 경쟁은 심해지다 보니 양계업을 하는 사람들 중 포기하는 사람들도 많이 보았다. 계란 한 알에 도매가로 100원꼴로 쳐서 나가고 있는데 따져보면 예전이나 지금이나 계란값은 거의 변함이 없다. 그래도 지난여름 폭염으로 인해 전국적으로 산란계 농가들이 피해를 봐서 그나마도 계란값이 높게 매겨진 상황이다. 하지만 사료 값은 높아지고 인건비도 만만치 않아 소규모 농가들은 산란계로 이익을 내기가 어려운 형편이다.

　그나마 유정란을 생산하는 농가들은 소규모로도 가능하다. 암탉 20마리당 수탉 1마리를 한 계사에 두고 사양하는 방법이라 우리 같은 대규모 계사 대신으로 선택할 수 있다. 전에는 유정란 생산을 위해 암탉에 정액주사를 놓는 방법이 주로 이용되곤 했다. 그러면 20일 정도는 정액이 살아 있어 유정란을 낳을 수 있는 기술이다. 그러나 그것도 여간 번거로운 일이 아니고 성공 확률이 100%인 것도 아니다 보니 요즘에는 그 방법을 잘 쓰지 않는 것 같다.

　이런 연유로 유정란 생산은 소규모 농가들을 중심으로 수탉을 집어넣고 사양하는 방법이 추세인 듯하다. 결국 대규모 산란계 농장을 하기에는 자본금이 많이 들기 때문에, 소자본으로 하기에는 유정란 생산농가가 적당할 것 같다.

18개월이면 운명을 다하는 산란계

　산란계는 18개월이면 운명을 다한다. 알을 더 낳을 수는 있지만 사료 값 대비 산란율이 떨어져 수익성이 없다. 18개월이면 계사를 비우고 젊은 닭으로 교체하는 것이 통상이다. 닭은 개월 수가 지나면서 알 크기는 더 커지는데 알 만드는 시간이 오래 걸려 점차 수익성이 떨어진다. 반면 어린 닭일수록 알 크기는 작은데 대신 산란율이 95%까지도 간다. 처음에는 23시간 만에 나오던 알이 시간이 지나면서 20시간 만에 나오고, 더 지나면 18시간 만에 나오는 식이 되면서 결국 산란계로서의 최후를 맞이하게 되는 것이다.

일반인들은 시중에서 파는 왕란이 알도 크고 가격이 비싸니까 더 좋은 알이라고 착각들을 한다. 하지만 실상은 다르다. 알이 크다고 좋은 것이 아니라, 나이 든 닭이 알을 크게 낳는 것이고 많이 못 낳아서 값을 더 받는 것이다. 오히려 대란 정도가 품질로는 더 좋다고 볼 수 있다. 젊은 닭이 낳기에 껍질도 더 단단하고 맛과 질에 있어서 낫다고 할 수 있는 것이다.

폐닭이라고도 불리는 노계는 대부분 동남아로 수출된다. 우리나라에서는 육계를 따로 사육해서 식용으로 쓰지, 늙은 산란계를 먹지는 않으니까. 그래도 동남아에서는 노계를 식용으로 쓰는 식문화가 발달되어 있나 보다.

노계를 싹 교체할 시기에 계사 한 동을 비우는 작업을 하고 난 뒤가 그나마 잠시 휴가를 누릴 수 있는 타이밍이다. 18개월간 우리 농장에서 열심히 수고해 준 닭들을 보낼 때의 마음은 왠지 착잡하다. 고맙기도 하고 미안하기도 하다.

평생 닭에게 의지해 살아오며 무덤덤해질 만도 하지만 여전히 살아있는 생명에 대해 드는 안쓰러운 마음은 버릴 수가 없다. 다만, 내 농장에 있는 동안 병 걸리지 않게 하고 최대한 깨끗한 환경에서 건강하게 살 수 있게 하는 것만이 내가 할 수 있는 최선의 도리일 뿐이다.

살다보면 풍파는 겪는 법

우리 농장에 있는 닭이 30만 수인데, 아무리 철저히 관리를 해도 아프거나 약한 닭은 생기기 마련이다. 축산에서 가장 핵심은 질병관리이다. 사람도 때맞춰 예방접종하듯 동물들도 예방접종과 위생관리가 최우선이라 할 수 있다. 상태가 안 좋은 닭을 식별하는 안목도 필요하거니와 바로 조치를 취하는 것이 노하우라 하겠다.

아픈 닭 한 마리를 모르고 방치하다가 집단 전염으로 옮을 수 있기 때문에 청결과 위생은 아무리 강조해도 지나치지 않는다. 계란 수거 차량도 계사에서 멀리 떨어진 곳에 세워 둔다. 보통은 계란을 수거하러 차량이 닭장 가까이 가지만, 여기는 닭장에서 멀리 떨어진 곳에 외부 차량을 대 놓고 우리 차로 직접 옮겨다 싣는다.

아직까지 괴산에서는 조류독감이 돈 적이 없었다. 근처의 증평, 음성은 조류독감이 있었어도 괴산은 조류독감 피해가 없었던 것이다. 농가들의 관리도 철저하지만 군에서도 질병이 어디까지 왔는지 수시로 정보를 주며 단속시키고 소독과 예방에 노력을 기울였다. 계사 근처에도 아예 외부인 출입을 금하게 하여 전염병이 생기지 않도록 만전을 기했었다.

더불어 무항생제 인증에, 충북에서 해썹HACCP을 3번째로 인증받을 정도로 빨리 시대의 흐름에 맞춰 가고자 노력도 했

다. 어차피 가야 할 방향이니 하려면 빨리 해야겠다는 마음
가짐이었다. 우리 농장에서 삼립 빵에 들어가는 계란도 납품
하는데, 거기 직원들이 수시로 찾아와 농장 상태를 확인하고
계란을 선별해 혹시 모를 항생제 사용 여부도 감별하고 간
다. 그러니 속일 생각도 못 하고 대충 관리할 수도 없다. 당
연히 스스로도 철저한 관리를 하지만, 외적으로도 감시망이
두텁기 때문에 소비자 입장에서는 의심 없이 믿고 구입해도
좋다고 자부한다.

   그렇다고 고비가 없었던 것은 아니다. 남들 겪는 일들 다
겪긴 했다. IMF 직후에는 사료 값이 폭등하여 애를 먹었다.
사료가 다 외국에서 들여온 수입품이라 치솟는 사료 값을 감
당하기 어려웠다. 농장 운영을 위해 대출을 받아 시설 리스
를 하고, 은행에서 융자를 받아서 건축물을 세우고 그러던
때였다. 그런데 금리가 높아지니 이자 부담은 커지고, 한동
안은 제대로 된 수익구조가 나오지 않아 고민이 이만저만이
아니었다.
   그때 이후로 비용을 절감하기 위해 경기도 광주에서 인연
을 맺었던 산란계 농장들과 모임을 결성해 공동으로 병아리
를 구매하고, 사료나 약품을 사들였다. 10명이 모여서 한 트
럭으로 사료를 사서 나누는 식으로 조금이라도 사료 값을 절
감하고자 했다. 지금도 그때 당시 농장주들의 2세들로 결성
된 모임이 잘 운영되고 있다. 조카가 2세 모임의 회장을 맡

았고 우리 아들도 모임을 통해 공동구매도 하고 정보를 교류하며 협력관계를 유지하고 있다. 대규모 추세도 추세지만, 이제는 협력과 공조관계를 통해 위기를 대비하고 미래를 지향하는 것이 대세인 것 같다.

지난 여름에는 또 폭염이 심해서 더위 먹는 닭들이 꽤 나왔었다. 더위를 먹어 기력이 쇠해지면 산란율도 떨어지고 질병에도 취약하다. 닭이 워낙 열이 많은 동물이라, 추위에는 끄떡없는데 더위에 많이 약하다. 청소를 깨끗이 하고 강제 환기를 시키며 쾌적한 실내 환경이 되도록 많이도 신경을 썼다.

가족 간 화목이 가장 우선이라고 생각해

아들 내외 집은 청주에 있다. 아들은 출퇴근하고 있는 상황이다. 손주들 건사하고 남편 출퇴근시키면서 농장에도 자주 찾아오는 며느리도 고맙다. 아들은 직장 생활보다 낫다고도 하고 아무튼 열심히 하니까 보기가 좋다. 아들 딸 결혼 시키고 손자 생겨서 같이 모여 있을 때가 가장 행복하다.

딸이 결혼하고 한동안 아이가 안 생겨 걱정이었는데 외손녀가 태어나 너무 기쁘고 더 바랄 것이 없다. 모여 살지는 않아도 자주 만나며 지내는 편이다. 명절은 물론이고 조카 생일에도 모일 정도이다. 아들, 며느리, 조카, 조카며느리까지 서로들 친하게 지내니 보기 좋다.

워낙에 형수님이 사람이 좋으시고 화목한 분위기를 주도해 오셔서 형제들 사이며 조카들끼리도 우애 있게 지낼 수 있었다고 생각한다. 이번 김장도 우리 농장에 모여서 직접 재배한 배추로 담갔다. 형님들 덕에 이만큼 살 수 있었고 어려운 고비마다 가족들의 도움이 있어 지금껏 이겨내며 자리 잡을 수 있게 된 것이다.

괴산 친구들과 이웃들도 가족이나 마찬가지

일찌감치 축사를 시작했으니 다행이지 요즘에는 신규로 축사를 허가 받는 일조차 거의 불가능하다. 일단 주민들 반대 때문에라도 축산을 시작하기가 어렵고 시작하더라도 이웃주민들과 갈등을 안고 갈 확률이 높다.

가장 민감한 것이 냄새이다. 괴산군에서는 항균 발효제나 자원화 시설 등을 개발해서 최대한 위생적으로 분뇨를 처리하고 냄새를 억제할 수 있게 연구와 지원을 많이 하는 편이다. 그렇다 해도 냄새를 완전히 차단하기는 불가능하다. 이 부분에서 이웃들의 배려와 이해가 더욱 고마울 뿐이다. 나 스스로도 혹시나 이웃에게 피해가 되지 않을까 노심초사한다. 나 혼자만 잘살면 그만이라고 여기면 큰일 난다. 공동체를 위해 봉사도 하고 자진해서 도움이 될 수 있도록 노력하는 것이 그나마 이웃들에게 해야 할 도리라고 생각한다.

계분을 비료로 만들어 공급할 수 있도록 비료공장을 만든 것도 그 때문이었다. 지금은 비료공장 운영까지 신경 쓰기가 힘들어 월세만 받고 손을 뗀 상태이다. 계분도 무상으로 제공한다. 계분을 처리하는 비용도 줄이고 비료로 만들어 주민들이 저렴하게 구입할 수 있으면 됐다. 그 정도면 나도 좋고 남도 좋은 일이니 그걸로 만족할 뿐이다. 그 이상은 욕심내서는 안 된다고 본다.

여러 가지 제약이 많은 일이지만 그래도 아직까지는 정부에 기대지 않으면서도 자본 회전이 빠른 부분이 있어 축산에 매력을 느낀다. 쌀이나 콩은 1년 열심히 농사를 지어야 결과가 나오지만 이 일은 3~4개월이면 수익이 만들어진다. 농사보다는 자본의 회전율이 빠르고 천재지변의 영향도 덜 받는다는 점이 장점이라면 장점인 것 같다.

그런데 지금 신규로 진입하기에는 어려움이 많을 것이다. 건축법 울타리, 시설 규제 등 복잡한 조건이 꽤 된다. 더구나 산란계 사양은 시설비가 많이 들어 몇 억은 있어야 시작이 가능하다. 자본력도 많이 커야 하고 경험도 중요하므로, 새로 시작하는 사람은 도전하기에 쉽지 않은 일이다. 자본금을 들여도 자리 잡기까지 시간은 필요할 테니 생계를 위해서라면 차라리 월 200만 원 받을 만한 일을 찾는 게 낫지 않을까 한다.

　농촌에서도 월 200 주는 일자리를 찾는 것이 어렵지는 않다. 섣불리 귀농, 귀촌하려 하지 말고 일단 농사 인력으로 투입돼서 인건비로 돈을 버는 생활을 하며 첫발을 디디는 게 어떨까 하는 조언을 들려주고 싶다. 내가 괴산에서 제2의 인생을 살며 만족하는 것처럼 괴산을 또 다른 고향으로 만들어 가는 이웃사촌분들이 많아지기를 기대하는 마음으로 말이다.

젖소 4마리에서
한우 350마리까지

대원한우농장
김대원, 김영희 부부(신풍면)

  남편과 나는 동갑내기 초등학교 동창이다. 그렇다고 서로 연애를 걸었던 건 아니고, 중매로 만나긴 했다. 선보기 전에 사진을 먼저 봤는데, 이름하고 얼굴을 보니 누군지 바로 알아볼 수 있었다. 그때는 쑥스러워서 싫다고 그랬는데 자꾸 만나다 보니까 정이 들어 결혼하게 되었다.

  처음에는 남들이 천생연분이네 웃으며 하는 말을 대수롭지 않게 여겼었다. 그런데 휴대폰을 처음 개통할 때 놀라게 되었다. 우연치고는 너무나 신기한 것이 남아 있는 번호를 선택하는 과정에서 남편 번호와 뒷자리만 두 자리씩 순서가 바뀐 번호를 받게 된 것이다. 남편보다 7년이나 늦게 마련한 휴대폰인데 지금도 누가 보면 일부러 그렇게 맞춘 줄로 안

다. 전혀 의도치 않게 받게 된 번호인데 말이다. 우리 부부도 그때부터는 진짜로 우리가 연분인가 보다 하는 생각을 하며 이야깃거리로 삼아 오고 있다.

항상 거실에 걸린 가족사진을 볼 때마다 흐뭇하기만 하다. 아들, 딸 모두 일가를 이루고 손주들까지 모두 모여 활짝 웃고 있는 사진을 보면, 빈손으로 시작해서 이만큼 온 것이 꿈결처럼 느껴질 정도이다.

일찌감치 서울에서 생활하며 악착같이 돈을 모았다. 남편은 사우디에서 1년 동안 포클레인 기술자로 일하며 돈을 보내왔고 그 돈을 종잣돈 삼아 장사를 시작하게 되었다. 양품점도 하고 식당도 하면서 나름대로 돈을 벌고자 무던히 애를 썼다. 그런데 장사에는 소질이 없었던 것 같다. 기본적으로 장사를 하려면 사람들 상대로 일종의 영업 마케팅을 해야 하는데 남편이나 나나 정직하게 내 할 일만 하는 성격이어서 그런지, 돈만 다 잃고 말았다.

남편하고 결혼하고 아이 둘을 낳아 겨우 키울 때였다. 남편은 서울살이가 힘들고 싫었던지 소 먹이는 게 꿈이었다고 하면서 고향 괴산으로 내려가자고 했다. 나는 서울에 있고 싶은 마음이었지만 남편의 의견을 따를 수밖에 없었다. 평생 꿈이었다는데 어쩌겠나, 소원 이루어줘야지 하는 마음이었다.

그때가 1984년도, 영농후계자 자금으로 정부에서 지원해주는 대출금을 받아 젖소 4마리를 분양받은 것이 시작이었다. 젖소 4마리는 후계자 자금으로 마련한다 해도 먼저 초지 허가를 내서 축사를 지어야 하는데 그것부터 문제였다. 부모님 땅이 있긴 했지만 산골짜기 땅이라 축사를 지을 수도 없거니와 살기도 어려운 곳이었다. 그렇다고 돈 한 푼 없이 땅을 살 수도 없는 상황이었다. 젖소를 기르려면 차가 들어와 우유도 실어가야 하니 도로와도 가까워야 했고 마을 사람들과도 떨어지지 않은 곳이어야 소통하며 지낼 수 있다는 생각으로 축사 지을 땅만 머릿속에 그리고 있었다.

그때 당시에 마음에 쏙 드는 땅이 있었다. 맑고도 차디찬 냇물줄기가 흘러들어 와 우유병을 보관할 냉장고 역할을 할 수 있거니와 뒤로는 산이 있고 도로변하고도 인접해 있으면서 마을과도 가까운 것이, 내가 생각하는 모든 조건에 딱 들어맞았다. 여기에 축사를 지으면 얼마나 좋을까 싶어 남편과 같이 땅 이야기만 하며 밤을 지새우던 시절이었다. 돈이 없어 살 생각은 못 하고 그저 그림의 떡이었다.

그때 마침 서울에서 친하게 지내던 동창 친구도 같은 무렵에 고향에 내려와 있었고 친구에게 그 땅 이야기를 했다. 나는 축사 자리로 너무 좋아 보이니 너라도 그 땅을 사라고 하던 차였다. 그 과정에서 땅 주인이 수안보에 산다는 것도 알게 되었다. 그렇게 내 조언으로 친구는 그 땅을 살 수도 있었으나 결국엔 친정아버지의 만류로 다시 서울로 올라가게 되면서 무산되었다. 그 이후 또 한번은 여느 때와 같이 애기를 업고 개울에서 빨래를 하면서 축사를 지을 땅 걱정만 하던 때였다. 그때 마을 사람이 하는 이야기가 내 귀에 크게 들렸다.

"아니, 그 아무개 교통사고 나서 병원에 누워 있다잖아. 글쎄 저 땅을 계약한다고 수안보 땅주인 찾아가던 길에 말이야. 근데 그랬으면 바로 주인부터 만났어야지. 그만 충주 밑에 노루목에서 술을 먹고 다시 나서다가 사고가 나서 병원에 실려 갔다지 뭐야. 웬만하면 계약부터 하고 그 다음에 술을 먹는 게 순서인데, 술부터 먹고 계약을 하러 가느라 땅도 못 사고 사고만 당했으니… 이 일을 어째?"

그 말을 듣자 빨래를 빠는 내내 내 가슴은 크게 요동쳤다. 나도 모르게 가슴이 두근두근했다. 그길로 무언가에 홀린 것처럼 시내버스를 잡아타고 연풍 친정에 갔다. 아버지가 마침 소 판 돈 백만 원 있다 하시니 거의 낚아채듯 빌려갔다. 시아버지께 계약을 부탁드린 후 패물도 팔고 빚 좀 더 져서 나머지 돈을 마련해 기어이 그 땅을 구입했다.

무슨 용기가 났는지 덜컥 땅부터 사고 본 것이다. 그리고 바로 그 땅에서 이 집도 새로 짓고 축사도 확장해 오며 같은 터에서 지금까지 자리 잡아 온 것이다. 이 땅이 우리와 인연이 되려고 했는지 간절히 바라던 땅을 하늘이 도와 갖게 된 것이다.

소원하던 땅을 샀지만 그걸로 끝이 아니었다. 축사를 지어야 하는데 그 돈은 어떻게 하겠나? 남편에게 부탁해 흙벽돌을 찍어서 축사를 만들어 갔다. 짚을 썰어서 진흙에 개고 벽돌을 찍어 축사와 곁방까지 어찌어찌 만들어 냈다. 나무는 산이나 초지 같은 데서 주워 오기도 하고, 충주댐 근처에서 팔던 중고 슬레이트 지붕 기와도 싸게 사와서 지붕을 얹었다. 비만 오면 지붕 틈새로 줄줄 다 새던 그런 축사였다. 일단 16마리용 칸을 만들고 우리 식구도 바로 옆방 한 칸에서 살며 모든 걸 시작하기로 했다. 16칸짜리 축사를 지었으니, 젖소 16마리만 채우면 소원이 없겠다는 마음으로 꿈에 부풀어 있던 시기였다.

지금 생각해도 그때가 우리 부부 인생에서 가장 행복했던 시절이었다. 그렇게 소원하던 소 먹이기를 시작하면서 땅도 마음에 쏙 들었던 곳으로 기막힌 우연을 거쳐 구입했고 축사까지 지어냈으니 말이다. 거기에 소 4마리가 옆에 있으니 세상 부러울 게 없었다. 꿈에 부풀어서 앞으로 이 소를 16마리까지 언제 늘려 놓지 하는 생각을 하며 밤잠을 설치던 행복한 나날이었다.

송아지 못 살리고 울기도 많이 울어

우리는 처음에 들인 젖소 4마리를 애지중지 길렀다. 그렇게 소는 6마리가 되었고 우리는 소를 식구라 여기며 늘 들여다보고 챙겨주고 그랬다. 그때 마음은 '저 소들이 늙어서 죽을 때까지 팔지도 않고 나중에 잘 묻어 줘야지' 하는 마음이었다.

우리는 소를 지극정성으로 키우느라 추우면 창문 틈새도 일일이 막아 주고 그랬는데 오히려 소 호흡기 질환이 더 심하게 와서 당황한 적도 있다. 그때는 아무런 지식이 없었기에 실수해 가면서 배웠던 셈이다. 그저 추우면 이불로 옷을 만들어 덮어 주고, 사료도 잘 안 먹으면 민들레나 토끼풀 같은 것도 따다 먹여 보고 하면서 자식처럼 돌보았다.

한겨울에 어미 젖소가 새끼를 낳을 때였다. 280일 만에 출산하는 중요한 순간인데 밤새 축사를 지키다가 그만 깜빡 잠이 든 사이에 새끼를 잃은 적이 있다. 새벽녘까지 자다 깨다 하며 기다렸는데, 잠깐 사이에 새끼가 나온 것이다. 그런데 젖소는 새끼가 커서 사람이 옆에서 빼 주지 않으면 혼자 낳기가 힘들다. 그런데 우리가 잠든 사이에 새끼소는 어미 몸에서 나왔다 들어갔다를 반복하다가 한겨울 추위에 눈이 얼어 터지면서 죽어 버린 것이다. 그때 남편과 밤새 얼마나 울었는지 그 슬픔은 지금도 잊을 수가 없다. 그 뒤로는 웬만하면 한겨울에 출산하지 않게끔 출산시기를 조절해 오고 있다. 너무 몰라서 방법도 없이 막무가내로 키웠던 것 같아 당시 소들에게 미안한 마음이 많이 든다.

초창기에 소가 많지 않을 때에는 부업으로 구판장을 운영하기도 했다. 그러다 소 한 마리가 고창증에 걸려서 배에 가스가 차서 죽는 일도 있었다. 자식처럼 생각하던 소를 허무하게 잃고 나서 또 얼마나 상심했었는지, 그때도 구판장에서 남편과 부여잡고 큰 소리로 엉엉 울며 슬픔을 주체하지 못했다.

우리 둘 다 마음이 모질지 못해서 짐승 아픈 거나 죽는 것을 차마 보아 넘기지 못한다. 지금까지 수십 년 소를 먹였어도 그렇다. 그러다 보니 아무리 소의 상태가 가망이 없거나 헛돈이 들어갈 줄을 아는 상황이라도 소에게 최선을 다해 치료를 해 준다. 우리와 같이 지내는 동안에는 어떻게 해서든 최선을 다해 치료를 하고 살리려고 노력을 해야만 그 다음 보내더라도 여한이 없기 때문이다.

정성을 들인 탓인지 몰라도 우리 젖소에서 나오는 우유가 품질도 좋아서 처음에는 서주우유에 납품하다가 후에는 남양 파스퇴르로 나갔다. 당시는 파스퇴르 우유가 고급우유로 떠오르면서 품질검사가 까다롭기로 소문난 때로 그때도 집 앞길로 파스퇴르차가 지나다니는 것을 자주 봤었다. 그리고 우리 집 우유가 검사에 합격을 하면서 우리는 한 단계 더 도약을 할 수 있었다.

한우농장으로 전환하며 규모를 확장해 나가

그렇게 젖소를 90마리까지 늘렸었다가 다 팔고, 96년에
한우농장으로 전환하였다. 그때도 팔려고 실어 보내는 소들
을 차마 보지 못하고 뒤에 숨어서 울었던 기억이 있다. 소들
도 떠나기가 싫은지 차에 안 올라가려고 버티면서 고집들을
부렸다. 소 실어가는 사람이 전기충격기로 꼬리를 지지고 하
면서 간신히 실어 갔다.

처음에 4마리로 시작할 때만 해도 저 소들은 끝까지 데리
고 있다가 죽으면 묻어줘야지 했던 게 빈말이 되었다. 하긴
8백, 9백 킬로그램 나가는 것들을 양지바른 데 묻는 것도 불
가능한 일이다. 우유 값도 하락추세여서 결국 어쩔 수 없이
현실을 따라 다 팔고 한우로 갈아타고 말았다.

하지만 지금도 소를 팔아 내보내야 할 때마다 마음 아픈 건 여전하다. 이런 마음으로 어떻게 소를 치고 살았는가 싶다. 식구들을 먹여 살리고 하느라 어쩔 수 없지 않느냐는 말밖에는 할 말이 없다. 그저 소들을 지극정성으로 돌봐 주는 것으로 마음을 달랠 수밖에 없다.

어쨌든 이러한 변화를 계기로 주변부로 땅을 더 넓히며 지금의 농장으로 확장해 올 수 있었다. 젖소를 판 돈으로는 한우 암소 40마리를 구입하였는데 노력도 노력이지만 운때가 잘 맞아 들어갔다. 한우 가격이 폭락했을 때는 사들이고 값이 올라간 2003~4년도에는 싹 다 팔아서 몇 마리만 남겨 놓기도 했다. 그렇게 소 판 돈으로 땅도 사고 빚도 갚았다. 이후 다시 소를 키워 늘려서 가장 많을 때는 350두까지도 만들어 본 적이 있다. 괴산에서 소를 제일 많이 키우는 집이 우리 집이다. 지금은 300두를 치고 있는데 아직까지 남은 빚이 있지만 내년에는 청산이 될 것으로 기대한다.

3년 동안
소에게 점심을 챙겨준 정성

그동안 거의 집을 안 비우고 내내 집에서 소를 돌보는 데만 몰입해서 살아 왔다. 올해 되어서야 처음으로 부부동반으로 놀러가 보기도 할 수 있었다. 내 성격상 소를 두고 어디를 멀리 가지를 못한다. 어디 잠깐 외출할 때도 소를 일단 둘러보고 가야 마음이 놓이고 외출 시간이 오래 걸리기라도 하면 지인에게 우리 집 소들 한 번만 둘러봐 달라고 부탁할 정도로 소에 대한 생각뿐이었다.

그런 마음으로 어느 날 문득 소 사료를 하루에 두 번 주던 것을 3번에 나누어 주면 어떨까 하는 생각을 혼자 해 보았다. 수고스럽더라도 그렇게 하면 소 한 마리당 하루 백 원 이득은 안 되겠나 하는 단순한 마음이었다. 150마리 넓이의 큰 축사에 있는 소들이 하루 백 원씩 가치를 높여가면 일 년에 5백만 원 이익은 되지 않을까 싶었다. 물론 어디에서 누가 그런 주장을 한 적도 없고 아무 과학적 근거도 없는 순전한 내 생각이었다. 그럼에도 그런 연유로 점심을 매일 줘 보자 하면서 3년 동안 하루도 안 거르고 점심을 주었다. 남편이 말려도 말을 듣지 않고 내 뜻대로 실천해 나가자 결국 남편도 종당에는 나와 같이 소 점심 주는 일을 하면서 우리 부부는 고생을 사서 하였다.

그게 효과가 있었는지는 정확히 모르겠다. 다만 소 밥 주는 시간에 밥만 주는 게 아니라 소의 상태를 확인하고 점검할 수 있어서 그건 도움이 된 것 같다. 그냥 둘러볼 때는 이상 여부를 알기 어려운데 밥 때가 되면 소들이 반응을 보이며 움직이고 일어서고 하기 때문이다. 그때 만약 그런 반응이 없는 소가 있으면 바로 확인이 되고 조치를 취할 수 있기 때문에 좋은 등급의 소를 키우는 데에 기여를 했을 것이다.

어쨌든 그렇게 점심을 준 지 1년 만에 우리 소 등급이 전국에서 30위 안에 든다는 판정을 받았다. 등급이 너무 잘 나와 38%가 투플러스 등급이었다. 진짜 기분이 날아갈 듯 좋았다. 그때 기대 이상의 목돈을 쥐게 되어 축사를 새로 짓느라 몇 억이나 들인 빚을 다 제하고도 남았다. 우리가 하는 걸 보고 따라서 점심 주는 이웃 농가들도 생겨날 정도였으며 이웃들이 우리를 보고는 버짐투성이 송아지를 들여놔도 번들번들하게 만들어 놓는다고 칭찬해 주곤 했다. '한살림'에다가도 십몇 년간 납품하고 친환경, 무항생제에 해썹 인증까지 다 받으며 최상급의 소로 키우려고 애를 썼다.

어려운 고비도 주위 도움으로 넘겨

그러면서 고난도 겪긴 겪었다. 구제역 파동 때문에 소 값은 하락하고 사료 값은 한 달에 5천만 원 이상 나가 운영이 힘들 때도 있었다. 우리 집은 구제역이 발생하지는 않았다. 그래도 가격 하락으로 힘들었는데 당시에 구제역 농가들은 피를 토하는 심정이었을 것이다. 생때같은 소를 안락사 시켜 묻는 광경들을 지켜봤을 테니 그 하늘이 무너지는 심정을 너무나 잘 알 것 같다. 당시 정부에서 사료선수금으로 한 마리당 1억 5천만 원을 1년 거치로 상환할 수 있게 지원해 주었는데 그걸로 버틸 수밖에 없었다.

올해부터 갚는 기간이 시작되었는데 구제역이 터진 후로 정부에서 싼 이자로 지원해 주는 자금 덕분에 버티다가 갚을 때가 되니 올해 더 힘들어진 집들도 있다. 우리는 내년까지 갚으면 융자금은 다 갚을 것 같은데 앞으로 10년은 더 키워 보려고 한다. 한 200두로 줄여서 빚도 홀가분하게 갚고 규모를 작게 하면서 부담 없이 노년을 보낼까 하는 마음이다.

재작년엔 남편이 다리 수술을 해서 나 혼자 축사며 소 관리를 해야 했던 적이 있다. 며칠이야 혼자서도 하지만 소 사러 가야 하고 경매도 보러 가고 해야 하니 이웃의 도움 없이는 불가능했다. 당시 비료공장 임석기 씨가 많이 도와 주셔서 감사한 마음이다. 임석기 씨 밑에 있는 외국인 직원에게 용돈 조금 주면서 축사 정리와 사료 먹이는 일도 시킬 수 있게 배려해 줘서 너무나 고마웠다.

한번은 소들이 설사를 해서 애를 먹인 적이 있다. 주사는 나도 놓을 줄 알지만 상태가 심하면 수액을 맞혀야 한다. 수액을 맞히려면 주사바늘을 꽂아서 그걸 계속 붙들고 있어야만 해서 이때 소가 움직이면서 바늘이 빠지면 다시 주사바늘을 꽂아서 수액에 연결시키는 건 도움을 받아야만 한다. 그런 사정이라 밤 11시에도 이것 좀 꽂아달라고 다른 농가에 부탁해야 하는 너무나 미안한 경우가 있었다. 엄청 미안하긴 해도 소 걱정에 결국 부탁을 할 수밖에 없었다. 소 덩치가 크니 한 번 꽂아 주면 3~4병씩은 놓아야 한다. 새벽 3시까지 소를 붙잡고 있느라 다리를 올려놓고 힘을 줘 가면서도 결국 약을 다 넣어주었다.

그렇게까지 정성을 들여서도 죽는 건 어쩔 수 없다. 그렇지만 그렇게 최선을 다해서 돌보는 것이 우리를 위해 희생해 주는 소에 대한 예의라고 생각했다. 물론 어느 농가든 다 우리처럼 열심히 한다. 우리는 도와주는 분들과 운이 따라 준 덕분에 여기까지 왔다는 생각이 들 뿐이다.

한군데 집중해야지

8년 전에 우리 집 터에 붙어 있는 4천 평 땅에 사과나무를 심었다. 일 년에 1억 수익은 난다는 말에 욕심을 부려 병행해 보려고 한 것이다, 그런데 해 보니 두 가지는 다 하기가 어려웠다. 결국 지금은 사과나무 관리가 안 되니까 다 남에게 임대를 준 상태이다.

한 가지만 집중하는 것이 정답이라는 걸 느꼈다. 일단 몸이 피곤하니까 둘 다 소홀해지게 되었다. 젊을 때는 다슬기를 잡아 무언가를 해 보려고도 했으나 그것도 한 번 하고 나면 몸이 힘들다. 소 관리하는 데만도 집중하기가 만만치 않으니 말이다.

이제 소에게 점심은 주지 않고 하루 두 번만 밥을 준다. 그래도 하루에 6~7번은 나가서 돌아보며 같이 살다시피 하며 밀접한 관계가 되려고 노력한다. 사실 점심을 3년 주다 만 것은 기존에 먹이던 TMR사료에서 더 좋은 사료라고 해서 갈아탔다가 등급이 더 떨어지는 결과가 나와서이다. 우리처럼 3번 소 밥을 먹일 정도로 지극정성을 다할 수가 없는데 오히려 등급이 떨어지니 의욕이 상실된 것이다. 그래서 다시 원래의 사료로 바꾸고 전문가 컨설팅을 통해 하루 한 끼 먹이고도 등급이 잘 나오는 집이 있다는 말을 들었다. 사료를 나누어 먹이는 것 자체보다는 관리와 사육환경이 등급을 더 좌우했을 것이라는 이야기에 무게를 두고 그냥 두 번 먹이는 걸로 되돌아가기로 한 것이다.

이제는 자다가도 소 울음소리가 이상하면 벌떡 일어나 나가 본다. 계속 듣다 보면 어떤 울음인지도 알 수 있다. 새끼가 나오려 해서 우는 울음도 있고 갑자기 어미가 그냥 울어서 가 보면 새끼가 젖을 안 먹어서, 젖 먹이려고 우는 경우도 있다. 소에 따라서 성격도 제각각이다. 소도 모성애가 강한 소가 있는가 하면 매정한 어미 소도 있다. 막 우는 소가 있는가 하면 너무 안 울어서 새끼 상태가 안 좋은 것도 모르고 지나치는 경우까지 다양하다. 어쨌거나 밤 1시, 2시라도 우는 원인을 알아서 치료를 해야만 직성이 풀린다. 초유에 면역력 성분이 다 들어 있으니 초유를 안 먹는 새끼에 대한 어미 소의 걱정 어린 마음이 고스란히 나에게도 전해지기 때문이다.

그동안 30년을 1년 365일 하루도 안 쉬고 소와 같이 보냈다. 지겹기도 지겹지만 이 나이에 일이 있다는 게 어디인가. 남편 친구들 중에 공무원이었거나 대기업 다니던 사람들도 있었지만 이제는 퇴직해서 다 그만두고 어디 가서 일하려 해도 할 수가 없다고 한다. 이 일은 우리가 하기 싫을 때까지 할 수 있으니 좋다. 80세까지도 얼마든지 할 수 있을 것 같다.

그나마 소 축사는 나이 먹고도 할 수 있는 일인 것 같다. 사과나 다른 농사는 몸이 많이 힘들지만 그래도 축사는 그렇게까지 노동을 동원하지 않아 체력은 덜 든다. 한 100두 정도는 큰 부담 없이 할 수 있다고 생각이 들어 주위 농가에도 나이 들어 작게라도 하라고 권유하는 편이다. 최근에는 한우 값에 큰 가격 변동이 없는 상황이라 괜찮지 않을까 생각한다.

예전 추억 떠올리면 다시금 설레

전에 한번 한우농가 대표로 성공사례를 써 달라고 의뢰받았다가 작성을 못 하고 그만둔 적이 있다. 그때도 무슨 내용을 쓸까 고민하다가 처음 떠오른 생각이 바로 이 집터 자리가 무척이나 마음에 들었던 기억이다. 다시 생각해 봐도 물줄기가 집 앞으로 흘러가는 것이 그렇게 좋았다. 냉장고도 없던 시기라, 여름에도 손이 시릴 만큼 찬 냇물은 그야말로 천연 저장고였다. 지금도 손이 시려서 상추를 못 씻을 정도인 그 물은 신기하게도 겨울에는 미지근해져서 사철 얼지도 마르지도 않으며 흘러가고 있다.

나는 그 물줄기가 우리 집 앞에 있다는 게 너무 좋았다. 풍수 같은 개념도 없이 곧이곧대로 정한 땅인데 살고 보니까 경치가 너무 좋고 다들 자리가 좋다고들 한다. 지금도 이 자리가 너무 마음에 든다. 지금은 신식으로 크고 예쁜 집도 지어 살고 있고, 친구들이 다 와서 자고 가도 될 만큼 방도 크다.

그래도 30년 전, 동네사람들이 와서 노상 배기고 살던 옛집 시절이 더 좋았다. 허름하고 비도 새던 방 한 칸에 지질대고 살면서 거적때기 하나 내달아 만든 입식 부엌에서 지짐이를 부쳐 먹으며 이야기꽃을 피우던 그때 그 시절이 그립다.

헌 이불을 꿰매 송아지 옷을 만들어 입히며 축사 칸이 16칸
이니 그것만 채우면 소원이 없을 것 같던 그 시절. 그때를 떠
올릴 때마다 저절로 입가에 미소가 지어진다.

양돈인으로 받은 사랑과 배려,
친환경자원화시설을 통한 사회 환원으로

(사)대한한돈협회 괴산군지부장
/ 괴산 친환경한돈 영농법인
김춘일 대표이사(청안면)

올해 6월, 대한한돈협회 괴산군지부장을 맡게 되면서 품은 각오가 있다. 축산인은 물론 경종농가와 항상 같이한다는 마음으로 자연순환농업을 완성하겠다는 포부가 그것이다.

괴산의 친환경자원화 사업은 전국에서도 손꼽히는 모범사례로 자리 잡고 있다. 지역에 가축분뇨 공동자원화시설을 건립해 양질의 액비(액체비료)를 경종농가에 무상으로 공급하고 있다. 또한 축사에서 나오는 배설물을 수거해 고품질 친환경 액비로 탈바꿈시켜 지역농가에 살포까지 하는 과정도 맡고 있다. 이렇게 해서 농산물 생산비 절감과 지역의 자연순환농업 활성화에 기여하는 부분을 만들어 나가는 것이다. 이렇게 양돈 농가를 운영하면서 받은 사랑과 배려를 앞으로 지역 환경 개선과 괴산 농업 발전을 위해 환원하겠다는 마음가짐으로 지부장 활동에 충실할 생각이다.

축산업 일을 하는 데 있어서는 대인관계가 가장 중요하다고 생각한다. 예전에는 시골에서 돼지 키우고 소 키우는 것이 일상이었고 그로 인한 냄새에 대해서도 관대했다. 그런데 이제는 시대가 달라졌다. 전에는 더한 냄새도 그다지 크게 느끼지 않던 사람들이 이제는 아주 작은 냄새에도 민감해하며 민원을 제기한다. 당연히 그럴 것이다. 삶의 질이 갈수록 올라가는데 쾌적한 환경을 추구하려는 것은 너무나 정당한 요구이다.

그러다 보니 이제 축산 농가들은 지역민들의 이웃이 아니라 삶의 질을 파괴하는 골칫거리로 취급받는 일이 다반사이다. 그러니 축산업인들의 고민은 당연히 냄새를 잡는 것에 쏠리고 있다. 그렇기 때문에 어떻게 최대한 냄새가 안 나도록 축사를 운영하고 배설물 처리를 해야 하는지에 대해 다양한 연구와 세미나를 진행하며 농가들은 머리를 맞대고 있다.

사실 아무리 냄새를 잡고자 비싼 사료를 먹이고 시설을 투자한다 해도 개인농가 차원에선 이것을 해결할 수가 없다. 정부나 관 차원에서 나서 주어야 하는 이유이다. 냄새 문제를 잡지 못하면 우리의 축산업은 미래가 없다. 축산인들은 여기저기서 외면당하다가 결국 축산업을 포기하게 될 것이다. 그런 다음은 외국의 축산물을 수입해서 먹는 수밖에 없는데 그렇게 되면 당연히 가격도 올려서 받을 것이요 비싼 값에 저급의 고기를 먹는 상황이 올 것이 불 보듯 뻔한 일이다.

그나마 우리나라에 축산업이 발달되어 있기에 국민들이 양질의 단백질을 저렴한 가격에 소비할 수 있는 것이다. 이 사실을 다 같이 공감하면서 축산 폐기물 문제에 대해서도 공론화하며 해결책을 모색했으면 좋겠다. 밀가루도 그렇지 않았는가. 처음에는 미군들이 거저 주던 것이었는데 우리나라에서 자급률이 떨어지고 난 뒤 이제 밀가루 값이 올라도 속수무책으로 비싸게 주고 수입해 와야 하는 상황인 것이다. 식량을 잡는 나라가 미래를 잡게 될 것이라는 말처럼 우리나라의 축산업도 장기적인 안목으로 자원화시설 같은 간접자본을 활발히 구축해야 할 것이다.

봉사와 나눔으로 지역민들께 먼저 다가가

우리는 협회 차원에서 크고 작은 관내 행사나 복지시설 등에 후원을 해 오고 있다. 2014년부터 저소득가정에 돼지고기를 후원해 왔고 앞으로도 소외된 계층에 대한 나눔 활동을 게을리 하지 않을 생각이다. 올해 8월에는 괴산 장애인 복지관을 방문하여 한돈협회에서 준비한 돼지고기를 이용해 점심식사 100인분을 제공하기도 하였다.

또한 괴산 한돈협회에 자원화센터가 만들어지면서 협회 회원 42명 중에 24명이 법인을 세우고 공동자원화 시설을 설립하여 운영하며 가축분뇨를 이용해 액비를 생산하고 농가에 무상으로 살포하는 일을 하고 있다. 고마운 것은 괴산군에서 지원을 해 주고 있어 그걸 통해 농가에 무상으로 액비가 나가는 구조가 가능해졌다는 점이다. 경종농가에 실질적으로 지원이 되는 것이다.

돼지분뇨는 이 시설만 잘 돌아가 주면 해결이 되는 것이고 우리는 육류만 잘 생산해서 판매하면 그만이다. 자원화시설 계획 단계에서부터 그랬다. 이걸로 우리가 장사를 하려는 것이 아닌, 어디까지나 양돈인들이 양돈업 본업에 충실할 수 있도록 사회간접자본을 만들자는 것이었다.

우여곡절 끝에 들어선 시설인데 다행히 운영을 잘한다고 인식이 되어서 초기 반대에 부딪힌 것과는 다르게 지금은 지역을 위한 시설로 인정받고 있다. 그래도 냄새가 아주 안 나지는 않을 테니 늘 노심초사하게 된다. 또한 어느 부분은 지역민들이 이해하고 배려해 주기에 가능한 것을 알기에 항상 지역주민들에게 먼저 베풀고 나누고자 노력하고 있다.

행사 때만 지원하는 것만이 아니라 진심으로 우러나오는 마음에서 항상 주위 어르신들을 챙기려고 한다. 평소에도 차를 타고 다니다가 어르신이 버스정류소에 계시거나 길가에 계시면 항상 여쭤 보고 모셔다 드린다. 일부러 돌아가야 하는 상황에서도 웬만하면 모셔다 드리려고 한다. 그러한 작은 부분들에 감동을 느끼고 정을 주고받는 것이 공동체 사회의 중요한 버팀목이라 생각한다.

아직까지 그런 면에서 마을 분들이 너그럽게 대해 주시니 감사할 따름이다. 문제는 이렇게 대민관계 교류만이 능사가 아니라는 것이다. 어쨌거나 사회는 계속 삶의 질을 추구할 것이고 가축분뇨에 대한 저항감은 계속 커질 것이니 이 문제에 대한 근본적인 해결이 없이는 내 농장도 내 아들 대에 물려주지 못할 것이라는 마음뿐이다. 그래서 어떻게 해서든지 우리 지역에 분뇨 통합 공동자원화시설을 들여놔야 한다는 입장이었고 앞으로도 이 시설을 확장해서 더 발전된 형태의 자원화시설이 만들어져야 한다는 바람을 가지고 있다.

괴산 정착, 백 퍼센트 만족

내가 괴산에 정착한 것은 1999년 5월이다. 그때는 청안면
에서 다른 양돈 농장의 관리자 겸 직원으로 근무를 하던 시
기인데 어느 순간 작게라도 내 걸 해보자 하는 마음을 먹게
되었다.

내 고향은 거봉으로 유명한 입장, 천안이다. 처음에는 천안
에 있는 양돈농장에서 직원으로 일하며 7년가량 남의집살이
비슷한 걸 했다. 그때부터 내가 직접 농장주가 되는 꿈을 갖
게 된 것이다. 대학에서 축산 전공을 마치고 괴산에서 직장생
활을 하면서도 내가 하면 더 잘하지 않을까 하는 마음으로 도
면을 뜨고 계산도 뽑고 하면서 이 일을 시작하게 되었다.

그때만 해도 지금같이 환경이 문제가 되지는 않았다. 심지
어 1999년에 땅을 사서 들어갔는데 이웃들이 농사지을 때
거름이 필요하니까 우리도 양돈농장이 들어오면 좋겠다고
허락을 해 주셔서 어려움 없이 괴산에 입성할 수 있었을 정
도다. 지금 같으면 어림도 없는 일이다. 무슨 축사냐며 냄새
나서 안 된다고 하며 결사반대할 일이다.

지금 현재도 축사 운영을 관내에서 다 막아 놓은 상태이
다. 양돈은 신축을 다 막았는데 다만 괴산군이 가축사육조례
안을 개정하면서 약간의 건폐율 확장을 허용한 상태로 30퍼
센트는 증·개축이 가능하도록 하였으나 외지인은 안 되고

기존 시설에 한해서 신축이 허용된 것이다.

또한 민가에서 직선거리로 1킬로미터 이내에는 축사를 세울 수 없다는 것이 원칙인데 우리 괴산한돈협회는 자발적으로 2킬로미터 기준으로 떨어져서 짓겠다는 방침을 마련했다. 오히려 자발적으로 악조건을 선택하며 대민관계에 있어 솔선을 보인 것이다. 그로 인해 법적 허용기준인 30퍼센트까지 증·개축을 할 수 있도록 선처 받을 수 있었다. 우리가 먼저 포기할 건 빨리 포기하고 취할 것은 취한 것이 좋은 결과로 이어졌다.

내가 괴산군에 정착해야겠다는 생각을 한 것도 이러한 이유이다. 괴산은 100퍼센트 농업군으로 이루어진 지역이니, 농경과 축산의 공생관계를 잘 이해해 줄 것이라는 기대였다. 축산은 농업과 떼려야 뗄 수 없는 관계라, 기왕이면 개발이 진행되는 지역보다는 시골로 들어가는 게 낫다는 생각을 했었다. 당시에 진천도 땅이 나왔었는데 진천은 개발이 되는 상황이라 망설였다. 괴산은 완전한 농촌이라 결국 결정하였는데 지금 생각해 봐도 잘한 선택이었다. 괴산에서의 삶에 100퍼센트 만족하고 있다. 일단 사람들이 다 좋고 인정이 많다.

어릴 때는 맏형님이 재래돼지를 몇 마리 키우는 거 보고 자란 것이 전부였다. 가업으로 한 것도 아니고 그저 사회에 나와서 축산을 전공하고 양돈 일을 하면서 진로를 선택한 것이다. 이 선택 역시 지금까지 후회하지 않고 있다. 양돈업도 경쟁이 가면 갈수록 심화되고는 있지만 그래도 먼저 시작했고 또한 고마운 괴산 분들의 도움이 있었기에 정착이 빨리 되었다.

독불장군은 안 돼

처음 괴산에 농장을 마련하고도 돼지 살 돈이 없어, 위탁농가로 시작을 했다. 돼지 사육을 하는 친구의 돼지를 대신 내 농장에서 키우고 수수료를 받는 구조였다. 하다 보니 아무래도 욕심이 생겨서 모돈(새끼를 낳는 암돼지)을 사서 본격적으로 내 일을 시작하게 되었다. 열심히 하니까 지인들이 도와주고 사료회사에서도 도와주었다.

처음에는 사료 들일 돈도 없이 시작했다. 외상으로 사료를 구입하는 대신 담보를 써야 하는데 담보조차 없었다. 그때 내 처지를 안타깝게 여긴 사료회사의 직원분이 회사에 본인 퇴직금을 담보로 걸고 나에게 사료를 대 주셨다. 지금은 부국사료에 계신 김재일 상무이사님이 바로 그분이시다. 내 이름하고도 비슷해서 누가 보면 인척관계인 줄 알지도 모르겠다. 그분 덕택에 사료도 받아 돼지를 키우게 된 것이지 그때 도움을 받지 않았으면 어림도 없는 일이었다.

물론 개인 농장을 하면서 고생도 엄청 많이 했다. 종잣돈이라고 해 봐야 그전까지 공장 다니며 번 돈 다 털어 8천만 원이 전부였다. 빚을 보태서 1억 3천에 지금 농장의 절반을 구입하는 것으로 시작하였다. 농장이름은 딸의 이름을 따서 아람농장이라고 지었다. 겨우 농장 하나 인수하는 것에서 출발했지만 처음 고생하는 시기를 넘기고 나니 눈에 보이게 성과가 보였다. 엄한 짓만 안 하고 성실하기만 하면, 정직한 대가가 따라왔다. 돼지한테 번 돈 돼지한테 녹여주면 눈에 보일 정도로 성과가 드러난다. 어미돼지가 들어와 새끼를 치면서 순환 고리가 만들어지기 시작하니, 3년쯤 되어 돈이 점점 느는 게 보였다.

처음에 돼지 살 돈이 없어 위탁 사육을 대행할 때에는 집사람에 장모님까지 모두 나서서 일을 하여도 한 달에 200~300만 원을 가까스로 버는 정도였다. 그런데 내가 돼지를 직접 사육하면서 새끼돼지 산 것을 비육해서 팔게 되니 그때부터는 돈이 몇 배로 모이기 시작했다. 사정이 이렇게 되니 몸이 힘든 줄도 모르고 신이 나서 일을 했다. 번 돈은 빚을 갚는 대신 어미돼지를 더 채우는 데 썼다.

그렇게 해서 농장이 돌아가기 시작하니까 금방 수익이 나게 되었고 일하는 게 너무 재미있었다. 돼지는 114일이 평균 임신기간이고 180~200일이면 출하 연령이 된다. 그러다 보니 회전율이 빨라 소 키우는 것보다는 빨리 돈이 된다는 장점이 있다. 더구나 우리나라 사람들처럼 돼지고기를 사랑하는 국민도 없는지라 돼지고기 값은 거의 안정적인 추세이기 때문에 특별히 가격 하락으로 인해 고통스러울 일도 없다. 더 재미있는 것은 최근에 고지방 다이어트가 유행하면서 가을·겨울철 비수기에도 돼지 값이 높이 매겨진다는 것이다. 물론 이는 한때의 유행일 수 있어, 지속적인 호재가 될 것은 아니겠지만 돼지고기에 대한 우리 국민의 애정과 호의적인 태도는 확실히 양돈농가 입장에서는 큰 장점이라 하겠다. 근래에는 구제역 변수가 많기는 했지만 그래도 돼지 가격은 큰 요동을 안 쳤다. IMF 때도 잠깐 주춤했지만 다시 치고 올라갔었다. 변수는 많았지만 소비자들이 돼지고기를 많이 드신다는 것이 크게 감사한 일이다.

어쨌든 이는 도와주는 사람들이 있어서 가능한 일이었다. 여기저기서 돈도 많이 빌리고 사료도 외상으로 쓸 수 있게 도움을 받고 하다 보니, 어느덧 금방 시간이 지나고 자리도 잡혔다. 부국사료의 김재일 상무 외에도 고향인 천안 입장에 사는 내 불알친구 민태호 원장이 또한 내겐 은인과도 같다. 입장에서 익선원이라는 고아원의 원장으로 몸 바쳐 온 친구인 민태호 원장은 나에게 물심양면으로 도움을 준 지기지우이면서 내가 마음속으로 존경하는 인물이기도 하다. 본인도 여유가 없지만 내 일이라면 발 벗고 나서주며 돈도 빌려 주고 격려도 해 준 친구이다.

더구나 50여 명의 핏덩이 애기들을 키우는 자선사업을 하는 그 친구를 보며 나 또한 사회봉사에 대한 자극을 받고 관심을 갖게 되었다. 기회가 될 때마다 봉사활동을 하면서 고마운 사람들에 대한 빚을 대신 갚아야지 하는 마음을 갖게 된 것도 그 친구 덕분이다. 도와주는 분들이 있어야 살 수 있고 또한 감사한 마음을 잊지 않으며 사랑을 실천해야 마땅하다고 생각한다. 독불장군이란 없다.

괴산을 사랑하는 양돈농가로서

지금은 한돈 괴산지부장을 맡으면서 법인 협회 일이 많아 농장을 다른 사람에게 맡긴 상태이다. 그 전까지는 하루일과가 늘 똑같았다. 365일 변함없이 아침 6시~6시 30분에 기상해서 옷 입고 물 한 잔 마신 뒤 농장에 가서 아침 일을 먼저 본다. 그 시간 동안 집사람하고 축사 내부에 손볼 곳이 있는지 둘러보거나 급하게 분만사를 손보는 식으로 9시까지 일을 한다. 그리고 축사를 나와 집에 와서 아침밥을 먹고 쉬었다가 다시 농장에 가서 고칠 것들을 보수하고 용접하며 청소를 한다. 돈사에 관한 일들은 점심 먹고 오후까지 이어진다. 거의 밤 11시까지도 계속 이어지는 일들이다. 2~3년 전까지는 이러한 패턴으로 일과를 보냈다. 아마도 괴산 양돈인들 모두가 이러한 생활을 반복할 것이다.

농축산업인으로서 느끼는 괴산의 장점 중 하나는 기업농

이 거의 없다는 것이다. 두어 군데 빼고는 대부분 소규모 농가이다. 다른 지역은 소규모가 거의 없고 기업농이 대부분이다. 규모가 커질수록 정책적으로 지원받을 기회도 많고 혜택도 더 있는 편이어서 축산업도 다른 지역은 대부분 기업화 추세이다. 그런데 괴산은 농가들이 거의 다 자본력이 약하다 보니 시설 면에서도 영세한 편이다. 하지만 그렇기에 서로 간의 단합이 잘 되고 함께 뭉치면서 해법을 찾아가는 편이다. 비슷비슷한 경종농가들이라 그런지 오히려 서로에 대한 의리와 친밀감이 강한 편이고 그 점은 양돈업을 하는 데에 큰 힘이 된다.

한돈협회 행사장에 가면 참여 인원이 많지 않은데 그나마도 괴산에서 안 가면 행사가 안 될 지경이다. 괴산 양돈가구는 한 42가구 정도 되고 돼지 수는 1만 8천 두 정도인데, 이는 진천의 기업형 농가 한 군데 규모에 해당한다. 그러니 행사 때 다양한 농가가 참석해서 북적거리는 모습이 되려면 괴산 양돈인들이 반드시 참석을 해야 하는 것이다.

대규모가 추세이다 보니 우리로서는 뭉치지 않으면 죽을 수밖에 없다. 다행히 협회 운영이 잘 이루어지고 결집이 잘 되는 편이다. 협회 차원에서 부부동반 모임 등의 교류를 통해 친분을 돈독히 하고 서로 정보를 공유하며 도움을 주고받고 있다.

경쟁력 있는 돼지고기 생산을 위해

과거 기능성 돼지고기에 대한 대중의 관심이 고조된 적도 있긴 했는데 오래가지는 못했다. 소비자들은 인삼 먹인 돼지라고 하면 돼지에 인삼 성분이 들어 있기를 기대하는데 실질적으로 그런 것은 아니다 보니 결국 돼지고기도 먹고 기능성 식품도 따로 먹고 하는 심리로 돌아선 것 같다. 우리 협회에서도 기능성 돼지고기에 대해선 회의론이 많아 그쪽에 크게 주목하지는 않았다.

최근 사리면에 로컬푸드 직영점이 들어서려고 한창 공사 중인데 여기에 입점할 돈육 특화상품을 개발 중에 있다. 협회 차원에서도 무항생제와 해썹 인증을 받은 돼지를 기반으로 가격이 상승하지 않는 범위 내에서 차별화된 전략을 모색하고 있기도 하다. 우리 괴산지역의 특화상품으로 '미선나무 포크'를 시도한 적이 있는데 이것을 계승해 보려는 생각도 해본다. 전임 지부장이 브랜드화 하려고 추진하던 것인데 지역 특색에 맞는 고급브랜드로 발전시키는 것도 괜찮을 것 같다.

또한 친환경 유기농 양돈을 강조하는 전략도 생각 중이다. 소비자들이 이 고기가 어떻게 내 입으로 들어오게 되었는지, 생산자는 어떻게 돼지고기를 만드는지를 알 수 있도록 공개하는 방법을 구상 중에 있다. 돼지고기 전문 식당이나 판매대에 양돈 회원들 이력을 공개하고 회원 농가들의 실시간 영상을 틀어 놓고 볼 수 있도록 하는 방법도 생각했다. 일례로 아람농장을 들면 돼지고기 판매대나 식당에서 지금 아람농장에서 일어나는 장면을 볼 수 있게 되는 것이다. 돼지를 때리거나 함부로 하는 농가까지 공개된다면 양돈농가 입장에서도 돼지에게 더 지극정성으로 대해 줄 것이다.

돼지는 고집이 엄청 세서 힘으로 다루려 하면 이길 수가 없다. 이기려고 하면 지는 것이다. 학습효과도 좋고 개보다 똑똑하다. 전에도 교배용으로 키우던 수퇘지 중에 '킹'이라는 녀석이 있었는데 개처럼 와서 탁탁 치대고 애교를 부리는 것이 아주 영특했다. 한쪽 문을 열어두었다가 닫고 멀리 떨어진 데 있는 다른 문을 열어두면, 들어왔다가 문이 닫힌 것 보고는 열린 문을 찾아내어 다시 들어가곤 하는 것이 여간 귀여운 것이 아니었다.

이렇게 돼지를 어르고 달래며 키우는 노하우가 생겨 돼지들과 소통하며 평화로운 사육환경을 만들고자 노력했다. 이러한 환경에서 자란 돼지의 등급이 아무래도 더 좋게 나올 수 있지 않을까 하는 마음이다. 그래서 한우처럼 돼지도 생산자에 대한 이력을 추적할 수 있고 안심하고 소비할 수 있도록 만들고 싶은 것이다.

괴산 '미선나무포크'가 추진이 되면 42개 회원 농가 중에서 가급적이면 등급이 잘 나온 암퇘지만 선별하고 친환경 인증 농가 이력을 제시하게 할 계획이다. 분만사에서 생산되고 크는 과정에서부터 출하되는 단계까지 볼 수 있게 하고 괴산군 청안면 효근리 아람농장 암퇘지, 이런 식으로 이력 공개를 해서 팔면 신뢰도가 쌓여 경쟁력을 높일 수 있을 것이다.

앞으로는 클로렐라 액비, 친환경퇴비까지 선진화된 자원화시설로 도약하고자

지금의 가축분뇨자원화시설이 들어설 때만 해도 동네 주민들의 반대로 지옥이 따로 없을 정도의 스트레스를 받았다. 임각수 군수가 소신 있게 밀어붙이지 않았다면 이 시설도 들어서지 못했을 것이다. 지자체는 표를 먹고 살다 보니 민원이 생기면 사업을 중단하는 경우도 생길 수 있다. 그래서 나는 임각수 군수를 은인이라고 표현한다. 그분 아니면 양돈농가들 모두 가축분뇨 처리로 골머리 썩다가 결국 범법자로 전락해서 규모를 줄이거나 폐업하거나 할 상황이었을 것이다. 그분의 마인드에 의해서 시설의 필요를 인식하고 밀어붙인 것이 천행이었다. 협회의 전임 총무도 고생을 많이 했다. 그렇게 고생했지만 이제는 이 시설에서 만들어진 액체비료를 서로 달라고 한다. 사리면 분들이 많이 반대했지만 그래도 사리면 분들께 먼저 제공해 드리고 다른 데 가서 살포한다.

양돈업을 하는 입장에서 분뇨문제를 해결 못 하면 아들 세대에 이 일을 못 넘겨준다. 지금도 분뇨를 한 1년 쌓아 비닐을 덮어 두었다가 한두 해 뒤에 포클레인으로 떠서 비료로 쓰는 방법, 외지에서 퇴비 사업을 하는 분들이 사서 밖으로 갖고 나가는 방법, 이렇게 두 가지 방법이 괴산에서 이루어지고 있는데 이마저도 앞으로 환경규제가 까다로워지면서 불법 투기로 간주될 위기에 있다.

이 퇴비문제를 해결하려면 액체비료를 생산하는 것처럼 한곳에 모아서 자원으로 재생산하면 된다. 앞으로는 농장에서 발생한 분뇨가 그 지역을 못 벗어나게 통합관리까지 이루어지게 되니 괴산군에서도 그에 대한 대비를 먼저 해야 한다. 지금의 액체비료공장처럼 퇴비공장을 지어서 통합적으로 분뇨를 처리하지 않으면 양돈산업도 붕괴된다. 지금은 밖에 적체시켜 놓은 뒤 농민이 갖다 쓰는 걸 눈감아 주는 상황인데, 더 있으면 분뇨 무단 투기로 범법자가 될 수도 있기 때문이다.

관내에 있는 분뇨를 퇴비로 만드는 쪽도 손을 대려고 하는데 그게 내 임기 중에 해야 할 목표라고 생각한다. 주민들이 액체비료공장 운영하는 것에 잘한다는 평가들을 해주시기도 하고 우리의 노력을 가상하게 여겨주시는 상황이니 거기에 퇴비공장도 곁들여서 해도 된다고 허락해 주시길 내심 바라고 있다. 하지만 실제로 추진하면 반대편들이 나타날 것이 문제이다. 역시나 관에서 도와줘야 하는데 표 때문에 못 하게 할까 봐 그게 걱정이다.

우리는 이런 자원화사업으로 이익을 남길 생각은 추호도 없고 그저 무탈하게 돼지만 잘 키우면 된다. 이 사업을 통해 축산농장에서 나던 냄새를 다 치워 한 곳으로 모으게 되니만큼 지역 전체의 분뇨 냄새도 확 줄어들 것이다. 이렇게 통합 자원화시설에 집중적 투자를 하면 두고두고 효자 노릇을 할 텐데 인근 주민분들을 설득하는 게 문제이다. 기피시설로 인식되어 일단 반대부터 하려 들 것이기 때문이다. 나는 싸울 준비도, 설득시킬 준비도 되어 있지만 관에서 안 도와주면 계란으로 바위치기이다.

괴산은 액체비료 살포 주체가 우리밖에 없다. 농장의 분뇨들을 반입해 오면 이곳에서 미생물이 분뇨를 먹이로 삼아 냄새를 다 빼고 정화시켜 준다. 반출 단계에서는 손으로 만져도 냄새가 안 날 정도의 고품질 청정 액체비료가 되는 것이다. 이 시설을 통해 금년에 운 좋게 농림축산식품부가 창조농업과제로 추진 중인 '통합형 가축분뇨 자원화 혁신모델 사업단'에 선정되었고 연구원이 모두 참석한 가운데 합동 워크숍을 개최하기도 했다.

들어오는 분뇨를 이용해 리터당 3만 원 상당의 클로렐라 액체비료로 재탄생시키면 농업 생산비 절감에도 큰 도움이 된다. 그걸 개발하고 실용화하는 작업을 여기서 하고 있다. 분뇨에서 자연 상태의 질소와 인을 회수해서 사료 원료로 쓰는 연구도 진행 중인데 수입산보다 순도 면에서 훨씬 좋은 결과가 나온다고도 한다. 내년 8월쯤에는 구체적인 데이터가 잡히고 실용화 단계로 진입할 계획인데, 전국적으로 붐이 일지 않을까 하는 고무적인 마음이다.

　무엇보다 이러한 연구와 사업을 통해 괴산군민들에게 가장 먼저 혜택이 돌아가게 하고 싶은 마음이다. 냄새에 대한 곱지 않은 시선에 시달린 축산인들의 마음속 한을 공동자원화라는 미래지향적인 해결책으로 승화시키겠다는 진심을 이렇게라도 전달하고 싶다.

괴산한우농가의
단합이 이어지기를

괴산한우타운, 농업회사법인(주)한우가족
김충식 대표(칠성면)

균형발전공모전에 당선되어 시작된 괴산한우타운

괴산한우타운 이전에는 괴산에 이렇게 생산자가 직접 판매까지 하는 매장이 없었다. 다른 지방에는 다 하나씩은 있었는데 우리 괴산만 좀 늦은 셈이다. 우리도 하나 있어야 되지 않겠나 하는 마음으로 의기투합해서 만들어진 것이 이 괴산한우타운이다.

처음에는 한우 생산자단체로 모여서 연풍면에 한우 TMR 사료공장을 공동으로 짓는 데서 출발하였는데 당시 사료공장에 출자한 회원 수가 40명이 되었다. 그렇게 질 좋은 사료로 괴산한우의 품질을 높이며 공생을 추구하는 과정에서 서로 간의 협의를 거쳐 나온 의견이 한우 생산뿐만 아니라 판매까지 같이 해보자는 것이었다. 이러한 아이디어로 전 대표 김동식 씨의 추진하에 균형발전공모전에 제안서를 냈고 당선이 되어 한우타운 운영을 시작할 수 있었다. 전 대표 김동식 씨는 강직하고 추진력 있는 성품으로 능력이 무궁무진하다.

그렇게 관으로부터 지원받고 우리 부담으로 공동 투자해서 회원들 소만 납품하는 것으로 하고 매장을 운영하게 되었다. 회원농가의 한우 중 70~80%는 초록마을로 나가고 나머지를 여기에서 판매하고 있다. 엄격한 등급심사로 기준을 맞추기 때문에 다른 데서 들어오는 한우와는 그 맛부터가 다르다.

이는 하루아침에 만들어진 것이 아니고 사료공장에서 시작하여 오랜 기간 동안 회원들의 협의와 단합을 통해 만들어

진 바람직한 본보기라고 생각된다. 전국에서 생산, 사료, 판매까지 하는 데는 여기밖에 없을 것이다.

혼자서는 살아남기 힘들어

뭐든지 혼자서 해서는 살아남기가 힘든 시대이다. 물량 확보, 브랜드화, 판로 개척까지 개인 농가로서는 엄두도 낼 수 없는 일이다. 한 명 한 명의 농가로 보면 200두 안팎을 생산하지만 다 합치면 우리 회원들 소만 2천 두가 넘는다. 그러니 큰 힘이 생기고 이렇게 사업으로 만들어 볼 수 있는 것이다.

회원들의 소는 초록마을로 연 700두가 납품되고, 다른 곳으로도 2~300두 나간다. 지금이야 판로가 확보되어 있는 편이지만 앞으로 경쟁에서 살아남으려면 확실한 판매처를 두는 것이 바람직하다는 생각이었다. 거기에 더해 괴산군의 한우를 알리는 데 앞장서야 한다는 사명감 또한 모아진 결과가 이 괴산한우타운인 것이다.

우리 매장의 고기 값이 다른 데보다 싼 편은 아니다. 그런데 안 싸다고 해도 사실 연 29억 판매해서 이익금으로 5천만 원 남긴 것이 고작이다. 친환경 인증까지 받은 한우이다 보니 생산비 자체가 많이 들 수밖에 없다. 그래서 가격대가 나가는 것이지 매장에서 돈을 남기려는 목적으로 가격을 매기는 건 아니다. 단지 생산자들이 도매가격을 받고 팔 수 있는 안정적인 공급처가 필요하다는 생각에서 그 정도만 해결되면 족하다는 심정이다.

괴산한우타운의 한우는 항생제와 호르몬제, 유해 미생물을 사용하지 않아 고기 색과 마블링은 물론 지방 색과 식감이 좋기로 정평이 나 있다. 한우타운 개장을 통해 괴산 홍보 차원에서라도 고품질 한우를 30% 이상 저렴한 가격으로 소비자들에게 판매하고 있는 만큼 많은 분들이 찾아주셨으면 좋겠다.

작년에 처음 문을 열었음에도 연매출이 30억 가까이 되었다. 괴산 유기농엑스포로 매출이 좋았던 것이 큰 이유이다. 금년에도 계속 좋았으나 김영란법이 가동되면서 주춤해졌다. 거기다 대통령 사건으로 시국이 불안하니까 경기가 침체되었다. 주말이면 산막이옛길을 찾으시던 분들이 다들 시위하러 나갔는지 요즘엔 통 손님들이 없다. 정국이 안정이 되어야 일이 잘 돌아갈 텐데 걱정도 된다.

한우타운에는 본인을 포함해 15명의 직원이 일을 하고 있다. 주주는 나를 포함해서 20명이고 나는 매장의 운영책임을 맡고 있다. 또한 본인은 한우생산농가로서 180두의 소를 사육하고 있다.

그런데 매장의 운영책임까지 맡다 보니 두 가지를 병행하기가 힘들어 스트레스를 많이 받고 있다. 개인적으로는 손실이 크다. 한우 사육이 주력인데 시간을 빼앗기기 때문이다. 그래도 우리 회원농가가 세운 법인의 일이 곧 내 일이라는 생각에 봉사하는 마음으로 하고 있다.

사실 회원들 모두 상업에 종사해 본 적도 없고 누구 하나 매장을 운영해 볼 엄두를 내지 못했다.

차라리 농사짓는 게 편해

매장을 운영하다 보니 사람들 상대하는 것이 보통 일이 아니란 생각이 든다. 직원들 관리도 그렇고 매장에 오시는 손님들을 상대하다 보면 농사짓는 일이 세상 편한 일이라는 것을 느끼게 된다. 엊그제도 다 먹은 갈비탕 그릇에 머리카락이 나왔다며 소리를 지르는데 누구 것인지 알 수가 없으니 그저 손님에게 미안하다 말할 수밖에 없었다. 어떤 경우에는 병뚜껑이 나왔다고 항의를 하는데 주방에 병이 들어갈 일이 없으니 이상하다 생각해도 속수무책이었다. 손님에게 죄송하다며 식사 대금은 그냥 받지 않고 가라고 할 수밖에 없다.

눈 뜨고 당하는 경우도 있는 것 같지만 정신없이 매장이 돌아가다 보니 진상을 규명하기도 어렵거니와 그런 일들이 한두 번이 아니다. 김치를 재활용했다며 다짜고짜 몰아세우는 손님들도 있었는데 아니라고 해도 믿지를 않는다. 또한 바닥에 미끄러졌다고 물어내라며 고래고래 소리 지르는 손님들까지 있으니 이런 다양한 사람들을 상대하다 보면 힘에 부친다.

그래도 맛있게 잘 먹었다며 칭찬해 주시고 재방문해주시는 분들이 있어 힘이 난다. 요즘 들어서 감정노동이라는 단어의 뜻이 무엇인지 제대로 이해하며 살고 있는 것 같다. 2015년에는 괴산 유기농엑스포 행사가 있어서 도시 분들이 우리 괴산한우타운을 많이 방문하셨다. 그때 홍보가 잘 되어서인지 주말이면 산막이옛길에 놀러 오신 분들이 괴산한우타운을 들렀다 가시는 경우가 많다.

천안에서도 갈비탕 드시러 와

도시에서는 맛볼 수 없는 갈비탕 맛이다. 시골인심답게 고기도 푸짐하게 넣어 드린다. 작년에 문을 열었지만 한 번 오셨던 분들이 단골손님이 되어 계속 찾아주셔서 매출도 점점 늘고 있다. 한우 품질로는 어디와 견주어도 뒤지지 않을 자신이 있다. 나를 비롯해 우리 회원 농가에서 직접 생산한 한우들이기에 품질도 보장하거니와 가격도 도매가로 제공해 드릴 수 있다. 우리 회원들 농장은 전부 해썹HACCP 인증과 무항생제 인증을 받았고 사료도 우리들이 공동출자한 공장에서 만들어지는 고급 TMR사료로 똑같이 먹인다. 믿고 먹을 수 있는 친환경 한우로 생산자의 입장에서 양심적으로 제공하고 있으니, 홍보만 더 잘돼서 더 많은 고객들이 괴산 산막이와 유원지, 우리 매장에 오시기만을 바랄 뿐이다.

　손님들 입맛도 아주 정확한 것이, 내가 엊그제 직접 절임배추를 사다가 손수 담근 김치며 깍두기를 내놓으니 김치가 맛있다며 한 대접씩들 가져다 드신다. 정성껏 만든 음식은 고기든 반찬이든 남기시는 법이 없다.

다시 귀향해서 정착할 때 힘들어

　나는 괴산에서도 부잣집 소리 듣는 집안에서 자랐다. 거기에 누나에 나, 여동생까지 대학을 나올 만큼 아버지의 교육열은 남달랐다.

그런데 아버지께서 하시던 일이 잘 안 되면서 80년대에 부도가 났다. 나 역시 서울 대방동에서 하던 기술고시학원 운영도 접고 고향 괴산으로 내려오게 되어 처음에는 정미소도 한 25년 했었다. 애초에 농사할 마음이 없었으니 자라면서도 벼가 어떻게 생겼는지, 피가 어떻게 생겼는지도 구분 못 하는 입장이었다. 그런데 뒤늦게 벼농사에, 인삼 농사에, 정미소도 하려니 답답하고 어렵기만 했다. 귀하게 자란 부잣집 아들이 집안 망해서 농사지으러 온 것을 동네에서도 좋게 생각하지 않았다.

농사는 갑자기 배운다고 되는 일이 아니다. 나처럼 다시 고향에 돌아온 조종호 감사만 하더라도 농업은 경륜이 없으면 할 수 없다는 말을 늘 강조하며 뜻을 같이하곤 한다.

"기후며 날짜를 음력으로 봐 가며 때를 맞춰야 하거든. 종자 심고 하는 시기는 지금도 마을 노인분들께 물어봐야 안다니까. 일례로 콩만 하더라도 삼복이 오기 5일 전에 심으면 먹지만 3, 4일만 늦어도 못 먹게 된다고. 시기나 기후 변화에 따라서 즉각적으로 움직이는 게 쉬운 게 아니야. 자연하고 싸워야 하는 것이, 농업도 과학 분야나 다름없어."

소 한 마리로 시작

　90년도까지는 인삼을 가업으로 하다가 인삼이 너무 힘들어지면서 한우 한 마리로 새로운 시작을 하게 되었다. 한우로 자리 잡기까지 한 10년은 걸릴 것으로 계획을 잡았었는데 5~6년 키우니까 이미 70마리가 되어 있었다. 처음엔 새끼 밴 암소 한 마리로 시작을 하였으나 일 년 지난 후에 3마리가 되면서 자연스레 불어나게 된 것이다.

　25년 전 소 한 마리 가지고 이 일을 시작하면서 여러 번 가격파동이 왔었고 심한 풍파도 3번 정도 만났다. 심지어 한때는 소 값이 강아지 값도 안 된 적이 있었다. 이웃 중에는 98년도에 개를 팔아서 15만 원 받은 돈으로 송아지를 사 온 사람도 있었으니 말이다. 그때 내가 가진 소가 68마리였는데 큰 소 한 마리 팔아서 한 달 사료 값도 안 되던 시기가 있었다. 이 시기에 망하고 일어나고 망하고 일어나기를 반복한 회원들도 많이 있다.

　다행히도 구제역 피해는 없었다. 다른 협회에 구제역이나 브루셀러로 가진 소들이 거의 살처분 당한 사람들이 있다는 이야기를 들으며 불안에 떨던 기억은 있다. 우리 회원농가들은 전염병을 피해 가기는 했지만 98년 IMF 때나 2002년에 구제역이 터졌을 때 소 값이 곤두박질친 것은 아무도 비껴갈 수 없었다. 나 같은 경우는 그때 그냥 안 팔고 버티니까 100두가 넘어가기 시작했고, 그 이후로 더 늘려서 지금은 180두를 키우게 된 것이다.

　이리저리 살아보니 고비를 한 번씩 넘기며 발전해 나가는 것 같다. 한우의 역사만 보더라도 10년 주기로 가격이 올라갔다 떨어졌다를 반복해 왔다. 이러한 한우의 역사를 다 겪었던 생산자들끼리 힘을 합친 것이다 보니 우리 법인도 동병상련의 마음으로 잘 돌아가는 것이다.

　우리는 대부분 이 지역 사람이고 직업이 소 키우는 사람들이니까 충돌이 별로 없다. 단합이 잘돼서 이런 운영을 할 수 있는 것이다. 조합으로 한우 산업을 운영하여 혜택도 받을 수 있고 사료 절약도 되고 새로운 판로까지 이렇게 개척해 가고 있으니 모범적인 사례가 될 만하다고 자부한다.

　나의 '절친'이자 회원농가 중 한 분이신 조종호 감사만 해도 고향에 와서 한우 한 마리로 시작해 자수성가하신 분이다. 우리끼리 만날 때마다 그런 이야기들을 많이 했다. 횡성 한우는 전국적으로 알려졌는데 우리 소도 그만큼 품질은 인정받았건만 왜 브랜드를 만들지 못할까. 그러한 아쉬움이 계기가 돼서 군·면단위 지역발전 공모로 이러한 사업아이디어를 내게 된 것이다.

　괴산 분이 아닌 귀농한 조합원도 2명 있다. 처음에 자본금이 부족하다 보니까 여러 분들과 공동출자를 논의하던 과정에서 한우와 연관성 있는 분들을 회원으로 모실 수 있었던 것이다. 도축업 관련으로 일하신 분도 있어 회원농가 안에서 원스톱으로 생산에서 가공, 판매까지 해결이 되는 셈이다. 요즘에는 유치원이나 초등학교, 고등학교까지 다 친환경 식재료만 들어가니까 괴산군내 학교에 들어가는 급식재료도 다 우리 회원농가 것만 들어가고 있다.

"소 축산도 얼마나 무서운 경험인지 몰라. 연륜이 생기면 기후만 봐도 2~3일 이내에 소에게 설사가 올 것이다 예측이 되거든. 그러면 미리 들여다보고는 만약 습하거나 그러면 소가 체온유지가 안 되고 있구나 하고 대책을 세우고, 그렇게 해야 되더라고. 그런데 이건 어디 책에도 안 나와. 소가 얼마나 기후에 민감한데, 그런 내용이 책에 없어. 자다가 울음소리가 나면 물이 없어서 우는구나 하는 것도 이제야 알겠어. 오랜 경험에서 나오는 지식이 중요하더라고."

"지금은 누가 와서 소가 이상하다 하면서 막 물어보면 느낌이 와. 기다려 봐, 할 때도 있고 위급상황이니까 빨리 주사 놓아라 할 때도 있고. 이게 종이 한 장 차이더라고. 급성으로 증상이 오면 6시간 이내에 폐사가 되기도 해. 그때 손을 쓰면 살리는 것이고 머뭇거리는 사이에 죽을 수도 있고 말이야. 그런 게 대단한 경험인 것 같아."

사실 처음 귀향했던 시절에는 농사일의 어려움보다도 동

네 친구들에게 배척당하는 서러움이 더욱 견디기 힘들었다. 최고 힘든 게 친구들에게 따돌림 당하는 것이었다. 있는 집 자식, 배운 놈이라고 모임에 껴 주질 않아서 결국 아무 말도 안 하고 가만히 있는 것으로 다가가기를 시작했다. 나고 자란 고향 칠성면에 왔건만 반기는 이는커녕 간신히 모임에 끼는 것도 황송할 지경이었다.

지금 생각하면 서로 다른 문화권에서 떨어져 살았으니 외톨이가 될 수밖에 없는 게 흐름이었던 것 같다. 시골과 도심지의 생활방식이 달랐으니 친구들도 나와의 자리가 불편하기는 마찬가지였을 것이다. 지금이야 매스컴이며 통신망이 발달되어 있어서 큰 격차도 없지만 그때만 해도 도농 간 문화가 단절되어 있었기에 내가 모르는 나만의 이질적인 모습이 있었을 것이다.

지금도 초등학교 동기들을 만나면 뒤에 가만히 있지, 앞에 나서서 목소리 내는 법이 없다. 친구들 하자는 대로 협조해야지 내가 이렇게 저렇게 할 수 없는 처지인 건 예전이나 지금이나 마찬가지이다.

괴산한우농가의 단합이 계속 이어지기를

그전에도 도에서 지원금이 조금 있었는데 농업 하는 축산업자들이 몇 억씩 자비 부담을 하기가 힘들다 보니 이러한 법인을 만들지 못했었다. 우리 괴산한우타운의 경우에는 단합이 잘 돼서 서로에 대한 믿음으로 잘 흘러올 수 있었다. 자비 부담을 그렇게 많이 하는데도 믿고 투자하며 맡길 수 있다는 게 보통의 신뢰감이 아니면 불가능한 일이다. 그렇기에 나를 대표로 믿고 일을 맡긴 것에 대한 책임감도 엄청 크다. 생각해보면 모두 다 주인인 셈이니 서로 간섭하고 자기 의견을 내세울 수도 있었을 것이다. 하지만 사공이 많으면 배가 산으로 간다고, 그렇게 운영했다면 지금처럼 일을 해나가는 건 불가능했을 것이다.

그렇게 서로를 믿고 나에게 대표를 맡긴 것에 큰 책임과 사명을 느끼고 있다. 그러다 보니 운영자로서 또한 주주로서 일거수일투족이 자유로울 수가 없다. 나를 만나러 매장으로 오는 손님의 식사 값은 정확히 내가 계산을 한다. 가끔씩 내가 대표로 있는데도 손님 식사 값을 계산하냐고 묻는 경우도 있는데, 그건 당연한 일이다. 나는 모든 주주를 대표하는 운영 책임자일 뿐이기 때문이다. 또 내가 개인적으로 매장을 활용한다면 아래의 직원들까지 따라가며 해이해질 수가 있다.

나뿐만 아니라 모두 이렇게 정직한 마음과 양심을 가진 사람들이 또한 우리 회원들이기도 하다. 지금도 우리 매장이 괴산군에서 제일 잘된다고 하니까 주위에 유언비어를 유포하고 시기에 질투하는 경우들도 있다. 그래도 꿋꿋하게 운영하며 더 발전을 기할 수 있는 것은 뒤에 회원들이 버티고 있기 때문이다. 단합이 잘 되니까 가능한 일이다.

매장을 운영하면서 여기저기 투자할 곳들이 계속 생기고 있다. 정육매장을 밖으로 옮겨서 바깥에서도 볼 수 있게 공사 중에 있다. 매장 앞에 난 도로변의 흙담도 치우고 있는데 다 치우고 나면 멀리서도 우리 매장을 볼 수 있게 시야가 탁 트이게 될 것이다. 앞으로 더 발전된 모습으로 우리 괴산한우타운이 전진해 나갈 수 있도록 우리 회원들의 단합이 계속 되기를 바랄 뿐이다.

　생각해 보면 소득 면은 물론이고 사육하기 편한 가축으로 소만 한 것이 없는 것 같다. 경제구조도 축산이 쌀을 추월한 상태이다. 소가 돼지하고 거의 비슷한 위치인데 아무래도 소 비량은 돼지가 앞서기는 한다. 그래도 한우농가 입장에서는 돼지보다 소가 더 편한 것 같다. 소는 5천 년 역사 속에 우리네 삶과 같이 지내 왔다.

　지금도 산간 오지마을 같은 데는 부엌 한켠에 소를 기르며 같이 사는 집들이 더러 있다. 순하고 우직한 소를 키우면서 이 일을 하게 된 것을 후회한 적은 한 번도 없다. 고비야 있었지만 그거야 모든 일에 다 따르는 수업료 아니겠는가. 다만 소의 단점은 투자비가 많이 든다는 것이다. 축사도 지어야 하거니와 소 값도 기본적으로 비싸다 보니 한우농가를 생각하려는 사람들이라면 장기적인 안목에서 투자를 고려해야 할 것이다.

매장을 운영한다는 것은 생산만을 전담하는 것과는 또 다르다는 걸 많이 느끼게 된다. 생산은 소를 잘 키워서 좋은 품질을 가진 쇠고기를 생산해 내면 되지만 매장을 운영하는 것은 운영과 유통, 홍보에 이르기까지 다양한 방면에서 세심한 계획과 투자가 필요한 일이다. 실제로 멀리서도 우리 매장을 손쉽게 알아보는 것은 물론 '괴산한우타운'의 이름을 더 널리 퍼트릴 수 있도록 다방면으로 투자 중이다. 또한 그렇기에 이 일은 혼자서는 누구도 해낼 수 없는 일이며 우리 회원농가 분들의 단합이 있었기에 여기까지 올 수 있었다고 생각한다. 앞으로도 (주)한우가족의 대표이사로서 신뢰와 책임이 있는 활동을 통해 회원농가들의 단합을 일구고 나아가 괴산한우의 높은 품질을 전국에서 알아줄 수 있도록 만들어갈 것이다.

양돈과 가축분퇴비로
경축순환농법 선도하고자

서울축산비료
나성철 대표(청천면)

서울축산은 양돈과 퇴비공장을 병행하는 곳으로 장인어른
이신 이상천 회장님이 36년간 닦아 오신 결과물이기도 하다.
경기도 광주에서 양돈업을 시작한 장인어른은 서울경기양돈
농협의 창립 멤버이기도 하신데 당시 광주가 상수원 보호구
역으로 지정되면서 1995년 현재 위치에 새로운 터전을 마련
하신 것이다. 나는 2001년 결혼과 함께 가족 경영에 참여한
이후 2007년 대표를 맡아 전체 경영을 전담하고 있다.

아내를 만난 건 대학 때이다. 청주대 학생회장을 맡을 정도
로 학생회 활동에 적극적이었던 나는 우연한 기회에 충북대
생인 아내를 만나 연애를 했다. 결혼 직전에서야 아내의 집이
크게 양돈업을 한다는 사실을 알았고 아내 역시 내가 경찰서

장 아들인 걸 그제야 알았다. 결혼 전에 장인의 사업체를 방문하고는 규모에 많이 놀랐다. 이후 내가 기계를 다루는 것이나 집을 짓는 데에 일가견이 있는 것을 아신 장인어른께서 나에게 다양한 사업장 시설물 개보수를 맡기셨고 나 또한 전문분야인 만큼 성의껏 살펴 드렸다. 그런 모습을 좋게 보시고 결혼 승낙에 이어 경영 참여까지 제안하신 것이다.

경제도 어려운 상황에 취업준비로 시간 뺏기지 말고 이 일을 배워서 자신을 도와주면 어떠하냐는 말씀에 처음에는 고민도 많이 했었다. 내가 살아온 길과 전혀 상관이 없는 이 분야에서 과연 내가 할 수 있을지, 분란만 일으키는 것은 아닐지 고민의 연속이었다. 그러나 아버지처럼 친근하게 대해주시는 장인어른의 인격과 정도경영에 나 또한 감화를 받았고 결국 가족경영에 참여하겠다는 결심이 서게 되었다. 결국 학교도 야간학과로 돌린 후 낮에는 일하고 밤에는 학교를 다니며 그야말로 주경야독을 실천하였다.

우리 농장은 2010년 구제역 파동에도 청정지역을 유지했을 만큼 철저한 방역관리를 하며 위생에 만전을 기한다. 우리 서울축산은 양돈과 가축분퇴비 생산을 병행하면서 경축순환농업을 선도하는 업체로 평가받아 왔다. 돼지를 사육하면서 돈사에서 발생되는 돈분에 톱밥과 계분을 혼합해 가축분퇴비를 생산하는 일괄 시스템을 갖춰 냄새를 최소화하고 퇴비의 질을 높이는 데 투자를 아끼지 않았다.

지역 주민들께 늘 고마운 마음

사업장 규모가 있다 보니 보조금을 받기도 유리한 편이지만 보조금을 신청한 적은 없다. 우리가 보조금을 받게 되면 다른 농가가 못 받게 되는 구조인 것을 알기 때문이다. 다른 농가들을 위해 우리 같은 농장은 조금 양보하는 것이 낫겠다는 입장이다. 규모가 있다 보니 각종 행사에 후원 요청도 많이 들어오는 편이다. 그 역시 마다한 적이 없다. 근처 학교 5곳에 장학금도 기탁하고 행사 땐 돼지고기나 물품 협조도 해드리며 더불어 사는 마음을 실천하려고 한다.

나는 한국유기질협동조합에서 6년째 이사직을 맡고 있다. 조합에서는 매년 한 도에 6억씩 보조를 해 주는데 아직 보조금을 안 받는다. 충북으로 나오는 보조금을 우리 서울축산이 받을 수도 있지만, 나는 그것을 양보하고 다른 업체들이 받을 수 있도록 하였다. 다른 영세 농가를 위해 보조금을 주는 것이 맞다는 생각에서이다.

전에 임각수 군수께서 아랫마을 식당에서 식사하면서 우리 서울축산에 대해 의견을 물으신 적이 있다고 한다. 임각수 군수께서 "저 위에 서울축산이 있는데 냄새 때문에 피해 입지는 않느냐?"라고 하시니까 식당 주인분이 "돈사가 있으면 냄새 나는 게 당연하지요. 그거야 뭐 서로 이해해 줘야지 않겠습니까." 하고 답변하셔서 깜짝 놀랐다고 하시는 것이다. 임 군수도 그 이후로 "저 젊은 친구 봐라. 어떻게 하기에 양돈에 퇴비공장까지 하면서 주민들에게 인심을 잃지 않고 사는지 좀 배워 보라."고 하셨다고 하니 그 말을 듣고 나도 마음이 뭉클했다. 내가 15년 동안 주민들과 관계를 잘 맺었구나, 이웃 분들이 나를 많이 도와주시고 계시는구나 하는 마음에 더욱 마을 일에 도움이 되고자 싶었다.

작년에도 아랫동네 상수도 파는 것 때문에 누군가 땅을 내줘야 했는데 혹시 상수도 공사를 위해서 땅을 좀 내어 줄 수 있나는 것이었다. 그런 부탁을 하러 오시기까지 얼마나 힘드셨을까를 생각해 보니, 괜히 내가 더 죄송해지는 마음이었다. "그런 일이 있었으면 당장 저한테 말씀하시지요, 당연히 내 드릴게요. 걱정 마세요." 하며 우리 밭을 사용할 수 있도록 마을에 땅을 내 드렸다.

이장님도 이런 말씀을 하러 나를 찾아오시기까지 마음고생이 심하셨다고 했다. 괜히 말했다가 거절당하면 어쩌나 하는 마음으로 힘겹게 오신 것이었다. 다행히 그 정도는 얼마든지 내 재량껏 해 드릴 수 있는 일이기에 나도 기분이 좋았다. 그렇게 내가 도울 수 있는 부분이 있고 하니 마을 분들도 우리 서울축산을 바라보는 시선이 그나마 부드러울 수 있을 것이다.

우리 장인께서도 늘 말씀하신 부분이 나 혼자 잘살려고 하면 안 된다는 말씀이셨다. 내 욕심 차리겠다고 주위 사람들

에게 인심을 잃거나 갈등이 생긴다면 당장은 이익일 수 있어
도 장기적으로 보아 손해라는 것이다.

　서로를 배려하고 기분 좋게 어울릴 수 있으면 없던 기운도
나는 법이고 해결책도 생기는 것 같다. 내가 마을 분들에게
받는 것이 많으니, 조화롭게 생업을 이어 나갈 수 있는 것이
다. 철마다 송이버섯이며 고로쇠수액을 챙겨 주시는 분들도
계신다. 부모님 연배 되시는 분들이라 그런지 나를 아들처럼
예뻐해 주시는 분들이 많이 계신다. 그런 마음들 때문에라도
정직하게 양심껏 운영도 하고 좋은 퇴비도 만들고자 노력하
게 된다.

자연순환농업이 확대될 수 있기를

가축분퇴비사업을 하는 것은 수익성보다 축산분뇨를 처리하는 데 1차적 취지가 있는 만큼 철저한 품질관리를 우선으로 친환경 농업발전에 기여할 수 있도록 더욱 노력하려는 마음이 기반이 된다. 돈은 양돈으로 벌면 되기에 사실 퇴비로 돈을 벌겠다는 생각은 없다.

우리나라 1차 산업의 대표 격인 양돈업이지만 가장 고민은 분뇨 처리일 것이다. 냄새 나고, 더럽고 힘들어서 아무도 안 하고 싫어하는 일이지만 그래도 누군가는 해야 할 일이기 때문이다. 그런데 가축분뇨를 퇴비로 활용하는 자가농장이 전체 5퍼센트도 안 된다. 수익을 위한 것이 아니다 보니 투자를 적극적으로 하기가 힘들어 소신껏 운영하기가 힘들기 때문일 것이다.

그런데 몇몇 비양심적 퇴비업체 중에 폐기물 수거비용으로 한 차당 얼마의 돈을 받아가는 경우도 있다. 그리고 그걸로 퇴비를 만들고는 다시 돈 받고 파는 것이다. 이런 업체들 때문에 전체가 싸잡혀서 보조금이 삭감되고 퇴비공장에 대한 인식도 나빠질 수 있어 문제이다.

정부에서 이런 폐단을 바로잡으려면 가축 배설물을 치운 만큼 퇴비를 팔게 만들도록 하면 된다. 그리고 대리점의 가격경쟁으로 인해 질 낮은 퇴비를 판매하는 구조를 바꾸도록 쿼터제 방식으로 퇴비공장들에게 물량을 할당해 주면 된다. 그러면 얼마나 생산할지 계획이 서니까 좋은 품질로 만들 자신도 있고 더 싸게 안정적으로 공급할 수 있다. 농민도 싸고 질 좋은 퇴비를 쓰니 좋은 퇴비 덕분에 농산물도 더 경쟁력이 올라가고 농민들도 돈을 더 버니 좋을 것이다.

축산업 농가에 톱밥 보조금을 지원해 주는 것도 필요할 것 같다. 분뇨를 수거하는 업체들의 경우, 톱밥 값이 훨씬 비싸기 때문에 톱밥 비율이 높은 분뇨를 수거하는 것이 일반적이다. 그러다 보니 일부러 멀리 나가서 타 지역 분뇨를 수거해 오기도 하는데, 톱밥 가격 때문이다. 퇴비공장에서는 톱밥이 많은 걸 들여와야 그나마 수지가 맞는 것이다. 분뇨는 한 차당 50만 원에 들어오는데 톱밥은 한 차당 200만 원으로 더 비싸다. 그러니 가뜩이나 이윤이 적은 퇴비공장에서 톱밥을 적게 섞은 분뇨를 수거해 오기는 어려운 것이다.

이런 문제점만 극복되면 지역의 가축분뇨를 쌓아둘 상황은 생기지 않을 것이다. 당연히 쌓아두다 못해 나중에 돈 주고 치워 가라고 하는 농민들의 어려움도 생기지 않을 것이다.

배운 지식 그대로 활용돼

청주에서 태어났지만 자란 곳은 서울 강남 8학군이었다.

90점을 넘겨도 반 30등이 안 되는 현실에 나는 배짱 좋게 차라리 공업고로 진학하는 것을 선택했다. 형님은 전국적인 수재로 공부밖에 몰랐으나 나는 공부 쪽 재주보다는 손재주가 많고 친구들과 어울리기 좋아하는 외향적인 아들이었다. 그렇기 때문에 기계 조립이나 만들기를 좋아하는 내 성향에 맞는 학업을 하면서 진로도 그쪽으로 가겠다는 나름의 소신이었다. 그렇게 용산공고 토목과를 들어가고 보니, 학교생활이 그렇게 재미있을 수가 없었다. 입시를 위한 국영수 공부 대신에 건물의 기초를 설계하고 직접 구조물을 세워 건물을 짓고 마감까지 하는 과정은 내 적성에 정확히 맞았다.

고등학교 졸업 후 현장에서 일하는 것도 재미있었다. 그런데 어느 날 대학 졸업장을 가진 직원이 들어왔는데 나보다 아는 게 없음에도 나보다 월급이 더 많다는 걸 알게 되었다. 이에 화가 나서 일할 마음도 안 생겨 결국 군대를 가게 되었는데 키가 크고 훤칠하다는 이유로 의장대에 차출되어 행사를 다니게 되었다.

이때 행사 외 자유시간을 이용해 수능준비를 할 수 있었다. 마침 가족들이 청주에 정착해 있을 때라 동생에게 부탁해 청주대에 원서를 넣어 군복을 입고 수능을 보러 가게 되었다. 무슨 학과에 원서를 넣었는지도 몰랐던 상태였는데 동생이 내 적성을 고려해 전자과를 넣었다고 해서 한참을 웃은 기억이 있다.

토목 관련 일과 전기·전자 분야는 떼려야 뗄 수 없는 관계이다. 집을 지어도 전기 배선이 제대로 되어 있지 않으면 무용지물이니 말이다. 그 사실을 나도 대학에 가고서야 알았는데 3살 어린 동생이 어쩌면 그렇게 혜안을 갖고 내 학과까지 정해 주었는지 대단한 일이다. 그렇게 배운 지식들을 통해 지금의 농장에 있는 전기 배선을 직접 다 딸 수 있었다. 희한하게도 내가 배웠던 지식으로 해결이 되는 일들이 많았던 것이다.

그렇게 차단기가 떨어지면 떨어진 이유를 내가 찾아서 알려드리는 등 시설에 문제가 있는 부분을 다 고쳐 드리고 하니 장인어른이 나를 특별하게 보아주셨던 것 같다. "제가 대학에서 배운 게 이것입니다. 고등학교 때 배운 것도 이것입니다." 이런 말씀을 드리며 문제를 해결하는 모습이 기특해 보이셨던 것일까? 그 뒤로도 나는 건물을 짓는 것뿐만 아니라 장비 운전도 척척 해내며 실력발휘를 하였다. 나 혼자서 용접하고 버림 콘크리트를 치고 하며 돈사 한 동을 지으니까 나머지도 다 지으라고 하실 정도였다. 덕택에 1년 동안의 시간과 비용을 절감시킬 수 있었다.

어떤 약속이든 철저히 지켜야 한다는 좌우명이 있던 나로서는 허술함이 없이 온전하게 마무리를 지으려는 의식이 강했다. 장인께서 나를 잘 봐 주신 덕분에 자연스레 경영에도 참여할 수 있게 되었다.

돈사에 난 화재 진압하고 원인 다 찾아내

지금도 시설 관리며 전기 배선은 내가 직접 다 점검하고 교체에 관리까지 한다. 장인어른에게 일을 배우던 초창기 시절 돈사에 있는 전기 배선을 안전하게 정비한 적이 있다. 그때 누전 걱정 없이 안전하게 전기 배선을 설비하였는데 문제는 그렇게 정비를 마치고 3일 후에 돈사에 불이 나 버린 것이다.

사무실 바로 뒤에 있는 돈사였다. 한창 퇴비작업 중에 불이 난 것이다. 돈사 위로 연기가 피어올랐고 불길이 거세게 요동쳤다. 무슨 생각이었는지 나는 위험하다는 의식도 없이 그냥 돈사 안으로 달려 들어갔다.

불길이 스티로폼을 타고 번질 것을 예상했기에 반대쪽으로 달려가 우선 패널 한 판을 뺐다. 연기로 꽉 차 있고 불만 보이는 상황이었으나 내가 직접 만든 돈사였기 때문에 샌드위치 패널 구조물의 위치도 다 알고 있었다. 나중에 알고 보니 숨 한 번 들이쉬었으면 죽을 수도 있었다고 한다. 목숨이 달린 상황에서 돈사 안 반대편 패널을 빼낸 것은 신의 한 수였다. 한편 처남과 다른 직원들은 돼지를 꺼내고 소방서에 신고하며 조치를 취하는 중이었다. 다행히 화재는 더 이상 번지지 않았고 소방차가 오기 전까지 비치되어 있던 소화기로 불을 다 끌 수 있었다. 그때 소화기의 중요성을 알게 되었다.

불이 꺼지고 확인해 보니 직원들과 돼지 모두 무사했다. 놀라서 달려오신 장인어른도 한숨 놓으시는 표정이셨다. 그런데 이제 화재의 원인을 찾는 것이 문제였다. 다들 3일 전에 내가 전기배선을 만진 것에 대해 의혹을 두는 눈치였다. 나야 그럴 리가 없다는 걸 알지만 이렇게 오해를 받으면 안 되겠다 싶어 다시 정신을 차리고 원인 규명에 나서서 찾아냈다. 돈사 안에 곤로 난로가 있었는데 기름통이 까맣게 타 있었고 거기에서 기름이 새서 위로 그을려 있었다. 난로를 다루던 직원의 실수였던 것이다. 확인 후 장인어른 손을 잡고 돈사에 가서 사정을 보여 드렸다. 오해가 풀리면서 장인어른께서도 전기문제는 아니었다는 것을 인정해 주셨다.

농장은 불 한 번 나면 그걸로 끝장이니 당시 상황은 생각하기도 끔찍할 만큼 아찔한 순간이었다. 그 뒤로 소화기는 일 년에 한 번씩 무조건 바꾼다. 화재가 나서도 안 되겠지만, 혹시라도 모를 일에 대비가 정말 중요하다는 것을 몸소 느꼈기 때문이다.

저돌적인 돼지, 처음에는 무서워

돼지를 모르던 시절, 장인어른이 돼지를 알려 준다고 해서 돈사로 들어갔는데 돈사 칸칸마다 250킬로그램이 나가는 모돈이 있었다. 그중 멀리서 한 녀석이 나를 향해 돌진해 오는 것을 보고 기겁해서 놀란 적이 있다. 너무 놀라 발길을 차며 소리를 질렀더니 그 녀석도 놀라서 끽 하고 섰다. 다시 돌아서는 반대로 뛰어가다 멈추고는 다시 나를 향해 오고 그러기를 반복하였다. 알고보니 돼지는 막힌 곳만 없으면 막 뛰어가는 습성이 있었다. 웅돈(수돼지)의 경우 시커먼 외모에다가 몸집도 350킬로그램에 달하고 이빨도 나 있어 더욱 무서웠다. '저돌적이다'라는 말에서 '저'가 돼지 '저猪'라는 것을 나중에 알게 되었는데, 그 말의 의미가 딱 맞는다 싶다.

이런 저돌적인 돼지들과도 금방 친해지며 돼지에 대한 공포는 사라졌다. 특히나 새끼들은 너무 귀여워서 이름까지 붙여주며 정을 주었다. 그러다 6개월 후 출하시킬 때는 마음이 아파 차마 볼 수가 없었다. 그때 장인어른도 내 마음을 아시고는 당부를 하셨다. "돼지들을 생물로 보지 마라. 그냥 기계로 봐야만 출하를 할 수 있다. 정 주지 마라." 그러다 보니 지금은 그냥 내려놓게 되었다.

끊임없이 개선점을 찾아가려는 노력

지금은 일본이나 유럽 쪽으로 농촌경제연구소 박사님과 2세 퇴비 경영인 퇴비 관련 견학을 다니며 선진화된 지식을 얻고자 하고 있다. 이 역시 협회 돈으로 보조 안 받고 사비로 가는 견학이다. 이런 식으로 같이 참여하는 2세들 모임이 있어 차세대 농업군 발전을 위해 나름의 연구와 교류를 하고 있다.

우리 공장에서 생산된 퇴비는 전국의 농협을 통해 농가에 공급되는데 괴산 친환경 고추, 감자, 옥수수의 밑거름으로 인기가 높다. 돈비는 품질관리를 통해 1999년 환경농업 축산경영 신지식인 선정으로 대통령 표창을 받은 데 이어 2007년 농협중앙회 가축분퇴비 품평회 동상, 2013년 장관 표창을 받았다. 품평회가 이때 딱 한 번만 있었는데 전국 3등을 해서 우리도 무척 놀란 경험이 있다.

그 이후로는 품평회가 없어서 아쉬운데 다시 열리더라도 품질엔 자신이 있다. 퇴비를 만들 때 합격점이 70점 이상이라면 70점을 넘기는 게 문제가 아니라 100점에 가까운 퇴비를 만들어야 한다는 생각이다. 돈벌이가 목적이 아니라 그저 우리가 만드는 퇴비를 가지고 농사지으시는 분들이 다른 분들보다 잘 되시기를 바란다. 그러면 이 퇴비를 더 고맙게 쓰지 않겠는가 싶다. 농민이 잘돼야 우리도 잘되는 구조이니 서로의 상생이 전제되어야 할 것이다.

진심을 담아 퇴비에 대한 안내를 해 드리기도 하는데 5년간 우리 퇴비만 쓰신 분에게 이런 말씀을 드리기도 했다. "우리는 수분이 안 들어간 퇴비를 만드니까, 우분이 들어간 것을 쓰는 것도 좋을 수 있어요. 돈분 계분 성분만 축적이 되어 있을 테니 다른 것으로 바꿔 보시는 것도 좋을 것 같습니다." 그러자 그분이 막 웃으시다가 "허허 거 참 이상하게 정직하시네요. 그렇게 말하니까 더 쓰고 싶네요. 그냥 또 쓸랍니다." 하시며 결국 우리 것을 신청하셨다. 솔직히 내 마인드가 사업주보다는 농민들 위주로 생각하는 편이기는 하다. 그런데 고객들에게 신뢰를 못 얻으면 내가 나중에 판매할 데가 없어질 것이고 그때는 내가 없어지는 것이니 이는 나를 위한 것이기도 하다.

또한 돼지 사육에 대한 노하우에도 자부심이 있다. 다른 돈사는 바람을 넣어 주는 양압식으로 환풍기를 돌리는데 우리는 반대로 바람을 빼는 음압식 환풍시설을 사용한다. 외부 공기를 다 막고 음압식 환풍기로 계속 공기를 빼주니 여름에도 내부 온도가 시원하고 공기도 깨끗하다. 단점은 전기가 차단

되면 공기도 차단된다는 것인데 그러한 위험요소가 있다 보니 주위에서 말리기도 했었다. 하지만 우리는 먼저 시도를 했고 이제는 우리 같은 축사들도 생기고 있다. 또한 모돈들을 칸칸이 넣어 두고 균형감 있게 분양을 시켜서 돼지의 발육을 돕기도 했다. 물론 기본적으론 장인어른의 생각으로 먼저 앞서가게 된 것들이고 양돈일은 처남이 주로 맡고 있다.

농장도, 퇴비도 1차 산업인 만큼 나만 실수 안 하면 된다는 생각으로 일에만 몰두하고 있다. 1차 산업이 망하는 나라는 없다는 생각이다. 아무리 경제가 어려워도 식량은 있어야 되지 않을까? 절대농지도 없앤다, 직불금도 없앤다 하며 농촌이 위태로운 단계이기는 한데 설마 국가에서 농업군을 망하게 하지는 않겠지 하는 희망을 가져본다.

놀기 좋아하던 내가 어쩌다 보니 여기저기 자리도 맡고 농업 발전을 위한 연구도 하며 바쁘게 지내고 있다. 참 사람 앞일은 모르는 거구나 싶어진다. 우리 딸 나지원도 앞으로 무엇이 될지 궁금하다. 다행히 아내 머리를 닮아 똑똑하게 잘 자라고 있는데, 우리 형을 닮은 부분도 있어 외국어 구사가 능통하다. 머리 좋은 우리 형이야 원래부터 집안의 자랑이자 기대주였으며 지금도 경찰대학 13기 경찰공무원이자 외교관으로 해외를 누비고 있지만 오토바이 타며 친구들과 어울리던 나의 과거를 생각해 볼 때 지금의 내 모습이 훨씬 놀라운 성장을 이룬 것 같다. 앞으로의 인생도 어떻게 펼쳐질지 상상해 보게 된다. 적어도 다른 데 한눈팔지 않고 지금의 내 일에 충실하기만 한다면 망할 일은 없을 것이라는 확신이 든다. 나를 믿어주고 응원해 주는 가족과 든든한 마을 분들이 계시기에 괴산에서의 삶이 행복하게 여겨진다.

인삼을 통해
인생을 배우다

산뜰삼 괴산홍삼영농조합법인
남원봉 대표이사(청천면)

1995년, 인삼밭 500평에서 시작해서 해마다 천 평씩 늘려 가는 식으로 서서히 기존 밭을 인삼 재배로 전환하였다. 전에는 고추농사를 했는데 품값만 많이 들고 이익이 별로 없다 보니 주변의 권유로 인삼으로 전환하게 된 것이다.

초반에는 돈이 없다 보니 거름도 안 넣고 그냥 심었는데, 신기하게도 결주(싹이 나지 않은 포기)가 없이 잘 자랐다. 또 인삼 조직이 단단하면서 썩지도 않고 수확이 많이 나왔다. 거름 낼 돈이 없어서 그냥 심었음에도 첫 번째부터 삼이 잘 자라 주니 자신감이 생겼다. 그때 생각엔 나중에 돈 벌어서 거름을 조금 내면 싹이 엄청 잘 나오겠구나 싶었다. 그래서 거름을 잘 주고 심었더니 이상하게 썩는 인삼도 생기고 결주가 많았다.

알고 보니 거름을 많이 주면 한꺼번에 웃자라게 되어 그 과정에서 썩는 경우가 생기는 것이었다. 6년을 목표로 하는 장기간의 생육을 위해서는 갑자기 자라는 것이 좋은 것이 아니다. 조금씩 단단하게 자라야 하는데 그걸 모르고 욕심이 앞서 거름만 많이 주면 될 줄 알고 시도하다 실패를 한 것이다.

인삼은 물뿌리라서 수분만 많이 주면 잘 큰다. 다수확상을 받았을 때 인삼들을 보면 뿌리가 어마어마하게 자라나 있다. 고추 같으면 곧은뿌리라 거름을 잘 먹고 크니까 비료를 엄청 부어야 유리한 법인데, 인삼 같은 물뿌리는 지표의 수분증발을 막고 뿌리에서 물을 잘 흡수할 수 있는 토양과 환경만 있어도 최고인 것이었다.

신용 하나로 버틴 삼 농사

인삼 경작을 하려면 일반 예정지를 잡아 2년간 땅을 만들어야 하기에 초반에는 고추농사를 계속 해야 했다. 그러면서 인삼을 조금씩 심었고 이익을 얻게 되면서 그 돈으로 다시 인삼밭을 늘려가는 식으로 고추에서 인삼으로 갈아탈 수 있었다.

인삼 한 가지만 하기에도 신경 쓰기가 빠듯한데 고추를 병행하니 힘들었다. 고추가 빨갛게 익으면 고추 먼저 따러 가지만 인삼 같은 경우는 땅 속에 있어 안 보이니까 소홀하게 되어 버리는 것이었다. 한 가지만 해야 열심히 하게 되는 것 같다는 생각이 그때 들었다. 그렇게 인삼농사를 전문적으로 하면서 더 노력하니까 성공적인 결과로 다수확상도 받을 수 있었다. 또한 인삼만 전문적으로 파다 보니까 배워야 할 것이 무궁무진했다. 스스로 연구하면서 전문화가 되는 과정을 몸소 느낄 수 있었다.

그 과정에서 농협에 대출도 많이 받았지만 갚기도 잘 갚았다. 반복적으로 대출을 받느라 지금도 빚이 많지만 만기일까지 제때 갚아온 것이 신용으로 쌓였나 보다. 돌려막기 하듯 열심히 농사지어서 열심히 갚았다. 빚을 잘 갚으니까 신용등급이 높게 평가되었고 이후에는 인삼농사에 드는 비용을 안정적으로 도움 받으며 농사를 지속할 수 있게 되었다.

특히 신용이 최고라고 느낀 것은 주위 분들의 도움을 통해서이다. 어려운 고비가 많았지만 주위에서 많이 도와줬다. 큰돈이 필요할 때가 있었는데 아는 선배에게 털어놓으니 아무 담보도 없이, 차용증도 없이 그냥 며칠 뒤에 돈이 들어왔다. 한 장 빌려 주면 되겠냐고 하셔서 "네에" 그랬더니 들어온 돈이 일억이었다. 선배들도 좋은 말을 많이 해 주셨거니와 특히 차용증을 안 쓰고도 일억을 턱하니 빌려주신 이웃 형님이 있었으니 나를 믿고 지지해 주는 이웃들에게 그저 감사할 뿐이다. 어쩌면 이는 괴산이라 가능한 일일 수도 있겠다. 오랜 세월의 정이 있고 만나면 서로 다져진 순수한 의리와 친밀감이 있어 좋다.

사람은 더불어 살아야지 혼자는 못 산다는 생각을 늘 하고 있다. 특히 어려울 때 도움 받은 것은 항상 기억하고 은혜를 갚아야지 하는 마음으로 산다. 주위 분들이 돈 관련한 것뿐만 아니라 말한 것을 믿고 지켜주는 정이 남다르다. '말이 곧 법이다.'를 실감하는 생활을 해 오면서 우리 고장에 대한 애착이 더욱 커지는 것 같다.

빈털터리로 시작해 평생 일만 해온 팔자

친구들이 나에게 붙여준 별명은 독일병정이다. 옆도 안 보고 앞만 보고 살아온 모습이라고 그렇게 부른다. 그 말처럼 그저 농사로만 죽어라 일해 왔다.

어렸을 때부터 아버지가 하시는 농사일을 도왔다. 담배와 고추 농사를 지으셨는데 학교 다니는 내내 집에 오면 농사일 하는 게 일과였다. 크면서 부모님께 말대꾸 한 번을 하지 못할 만큼 순둥이 일꾼이었다. 군대 가기 전에도 10월까지 꼬박 바쁜 철에 농사일을 하다 입대했고 제대한 시기도 하필 4월이라 바로 농사일을 하면서 농사만 짓는 운명으로 살아왔다.

결혼 후에는 어머니가 작은 적금을 들게 해 주셔서 그거 모으는 재미로 농사를 할 수 있었다. 어린 시절에는 소를 먹이면서 과수원을 하는 게 꿈이었다. 소에서 나오는 배설물을 퇴비로 쓰면서 과수원을 하면 어떨까 하는 생각을 했는데 이루지는 못했다. 하다 보니 조건도 안 맞고 부모님이 못 하게 한 것도 있다. 부모님은 하던 농사만 짓지 다른 걸로는 안 바꾸려고 하셨다.

그래도 늘어가는 적금통장을 보면서 농사에 재미를 붙여갈 수 있었다. 그런데 아버지가 그 사실을 알고 역정을 내시면서 당장 해약하라고 하셨다. 아버지 입장에서는 농사짓고 남는 게 없는 데 따로 챙길 돈이 어디 있냐는 입장이셨다. 그 통장을 해약해서 필요한 데 쓰겠다고 하셨고 그렇게 해약하고 나니 다시 농사짓는 재미가 없어져 버렸다. 나는 나대로 살림을 불리고 목표를 이루고 싶은데 아버지 그늘 밑에서는 어렵다는 생각이 들었다. 분가해서 살아보겠다고 나왔을 때는 그야말로 빈털터리였다.

지금에서야 그때의 서운한 마음이 다 사라졌지만 아내와 둘이 남의 땅에 고추농사를 하며 억척같이 일해 돈을 벌던 그 시절을 생각하면 지금도 마음이 아려오고 눈물이 맺힌다. 특히 그동안 몸도 돌보지 못하고 농사에만 매달린 아내를 생각하면 미안하기만 하다. 지금은 먹고살 만해졌지만 이미 건강이 안 좋아져서 아내가 여기저기 아파하는 모습을 볼 때면 다 내 탓인 것만 같다. 이제는 아내의 행복을 위해 더 열심히 일하고 잘해주고 싶은 마음이다.

앞으로 빚도 갚고 돈이 좀 모이면 놀러도 다니고, 봉사도 하면서 살고 싶다. 지금도 여유가 없는 형편에도 다달이 장학기금으로 20만 원씩 내고 있다. 없으면 없는 대로 작은 금액이라도 장학기금이나 봉사를 위해 내놓아야지 하는 마음이 늘 있다. 더 벌어서 더 많이 내놓게 되면 더욱 좋은 일일 것이다.

열심히 했기 때문에 비록 돈은 별로 없지만 후회는 없다. 해 볼 만큼 최선을 다해 살았다. 그래도 안 보이는 돈이 묶여 있어서 그렇지 나름 성공한 것이라고 생각한다. 매년 5~7억 정도 매출이 있지만 투자하고 대출금도 갚아야 하니까 남는 게 없어서 그렇지 벌긴 버는 것이다.

사람을 닮은 인삼, 자생력을 도와야 해

거름이 많으면 몸통만 비대해지면서 뿌리가 정체하고 만다. 거름이 없거나, 부족해야만 뿌리가 계속 양분과 물을 찾아 뻗어나가며 풍성해진다. 인삼이 생긴 게 사람과도 닮았지만 자생력이라는 측면에서도 인간과 닮은 것 같다. 사람도 마찬가지로 먹을 것이 풍족하면 스스로 자립할 힘을 만들어 가지 않는다. 가난하고 부족한 환경에서 자란 사람들은 스스로 움직이고 찾아다니며 자신의 가치를 높여 간다. 그 점이 인삼과 사람의 공통점이라는 생각이 든다.

인삼을 경작하면서 내가 처음 느낀 것이 바로 거름을 많이 주지 않아야 한다는 점이고 인삼 스스로 뿌리를 뻗을 수 있는 환경을 만드는 것이 가장 중요하다는 사실이었다. 인삼 경작에 최적의 요건을 갖춘 땅도 있지만, 땅의 성질에 따라 인삼에 가장 알맞은 토질로 만드는 능력도 필요하다. 그러다 보니 남들이 하는 방법을 무조건 따라도 안 되고 많은 경험이 축적되어야 한다.

비료를 쓰는 데 있어서도 알갱이가 큼직한 비료를 써야 한다. 삼 뿌리가 숨을 쉴 수 있도록 유기질 알갱이가 구멍을 막지 않게 하기 위해서이다. 이렇게 해야 토양도 숨구멍이 생긴다. 뿌리 부분에도 자잘한 돌이 있는 땅이라야 뿌리가 왕성하게 뻗어갈 수 있다. 너무 산이 지고 진 땅이면 미끄러워서 잘 안 된다. 이런 땅은 톱밥이나 왕겨를 넣고 토양을 조금

바꿔줘야 한다. 어쨌든 첫째로 땅이 80%를 차지한다고 보면된다. 아무리 노력해도 땅이 안 좋으면 안 되거니와 땅을 잘선별하고 만들 줄 알아야 한다.

그 외에 기본적으로 인삼은 거름싸움이 아니고 수분싸움이다 보니 수분만 좋으면 잘된다. 인삼은 4년근까지는 몸통이 발달하다가, 5, 6근은 중미가 발달하게 된다, 이 뿌리삼을 많이 수확하기 위해서 뿌리가 스스로 물과 양분을 찾아갈수 있는 토양조건을 만드는 것이라고 보면 된다. 오랜 기간인삼의 자생력을 키워 주어야 하는 이유인 것이다.

인삼에 대해 지금도 계속 배우지만 여전히 모르는 것이 너무 많다. 잘 모르고 비료를 잘 쓰면 되겠지 했던 나의 시행착오를 다른 이들은 되풀이하지 않았으면 좋겠다. 욕심을 안부릴 때 일이 더 잘된다는 것도 그렇거니와 인삼 재배를 하면서 사람 사는 모습을 다시금 배우게 된다.

생산에서 가공, 유통까지 '산뜰삼' 법인 세워

2010년 8월, 7명의 조합원으로 구성된 괴산홍삼 산뜰삼영농조합법인을 설립하였다. 5천 400평 부지에 1, 2, 3공장을 운영하는 법인체인데 조합원들의 개인 밭은 따로 있고 영농조합회사만 공동출자로 관리하는 것이다.

아직까지도 시작단계라 조합원들은 각자 농사를 지으면서 이 회사를 운영하고 있다. 인삼 생산자로서의 길만 가다가 가공에 유통까지 할 계획으로 공장을 짓고 이 회사를 만들었으니 어려운 점이야 한두 가지가 아니다.

인삼농사로 돈을 벌기는 했지만 앞으로가 문제였다. 인삼 재배의 전망에 대한 걱정을 공유한 끝에 생각을 모은 것이 바로 이 산뜰삼 회사이다. 옛날에는 인삼 값이 괜찮았는데 지금은 투자비, 인건비, 자재 값에 도지 값도 비싸다 보니 남는 게 별로 없다. 생산비는 올랐는데 삼 값은 똑같기 때문이다. 우리끼리 만날 때마다 물가는 계속 오르는데 농산물 가격만 안 오른다는 푸념을 하곤 한다. 그러다 보니 인삼도 쥐어짜듯 생산비를 절감해야 하는 것이고 여럿이 힘을 합쳐 대안을 모색하게 된 것이다.

알다시피 6년근 인삼은 수확까지 8년이 걸린다. 거기에 매년 다른 인삼밭을 만들어 놓아야 이후에 수확이 매년 돌아가니까 초반에 자금이 수십 억이나 들어간다. 자재비, 인건비 모두 선처리이다 보니 수확을 가정한 상황에서 일단 빚을 끌어 써야 한다. 다른 농산물에 비해 고급 작물이다 보니 돈이 된다는 생각은 하지만 최소 8년간은 투자기간이다 보니, 삼 농사가 엄청 어렵고 위험요소가 큰 것이다.

거기다 인력이 노령화되어, 품값은 많이 나가도 능률은 떨

어지는 편이다. 밭일 해줄 일손으로 젊은 아주머니들은 아예 없다. 60대면 새댁, 70도 괜찮고 80이 넘으신 분들도 많다. 그런데 나이가 많으신 분들은 아무래도 거동이 불편하셔서 좀 힘들어하신다. 우리 집만 해도 하루 80명의 인부를 쓰는데, 일하다가 새참을 드시라고 하면 일어서지를 못하시는 노인분들이 계신다. 앉아서 하는 일은 잘하시는데, 일어나 걸어오시는 것은 버거우신 것이다. 그런 분들께는 직접 새참을 가져다 드리곤 한다. 외국인 노동자들은 연령대가 젊으니 그나마 선호의 대상인데, 그들도 더 편한 일을 찾아가다 보니 잘 쓸 수도 없다.

두 아들이 장성해서 나와 같이 삼 농사를 짓고 산뜰삼 회사 운영에도 참여할 수 있어 무척 든든하긴 하다. 큰 아들은 산뜰삼에서 관리팀장을 맡고 있고 막내아들은 영농부장을 맡아 직접 농사일을 하고 있다. 우리 아들을 포함해 조합원들까지 15명이 직원으로 있는 이 회사의 대표를 맡고 있으니 어깨가 무거울 수밖에 없다.

판매 전략이 부족한 실정

농사를 지어도 안정적으로 팔 곳이 걱정이다. 인삼공사에 계약된 밭은 묶여 있으니 가격이 괜찮지만, 나머지 일반 밭은 싸게 나가니까 타산이 더 안 맞는 상황이다. 그나마도 인삼공사와 계약수매를 할 수 있어 다행인데, 그마저도 언제까지 가능할지 미지수이다. 결국 농사지어 팔 데가 없는 상황까지 고려하여 이 회사를 설립하게 된 것이다.

회의실에는 조합원들 숫자대로 의자가 7개 있다. 우리가 생산자이면서 가공하고 판매까지 해서 정관장 같은 인삼 회사를 운영하자는 취지인 것이다. 우리가 직접 생산한 인삼으로 제품화해서 판매까지 할 수 있으니 저렴한 가격에 좋은 품질의 인삼제품을 선보일 수 있는 것이다.

취지는 좋았으나 문제는 실전 경영 마케팅과 관련한 노하우의 부재였다. 정관장만 해도 수백억의 판촉활동과 홍보를 통해 한국의 대표 인삼 브랜드로 인식되는데, 우리는 홍보 마케팅을 할 자본이 없다. 여기저기 지원받을 수 있는 방법들을 강구해 보아도 역시 자본력에서 밀릴 수밖에 없는 상황이다. 밥상을 차려놓고 먹지를 못해 앉아만 있는 것처럼 답답한 상황이다.

가격도 거의 절반 값이면서도 내용물은 똑같고 오히려 우리 것이 더 낫다는 생각까지 하는데 소비자는 우리 제품을 안 쳐 준다. 그것이 마케팅과 브랜드 파워를 갖지 못한 우리의 단점이다. 소비자는 싼 게 비지떡이라고 여긴다. 좋은 걸 싸게 내놓으면 외면하며 뭔가 있으니까 쌀 것이다. 가짜 아닌가, 중국산 아닌가 하는 의심을 품는다.

우리도 엄격히 품질관리를 한다. 장비, 공장, 재료, 과정 모두 똑같고 틀림없이 해썹 인증도 다 받았다. 자체 연구실이 아직 미흡한데 그건 보완할 예정이고 지금은 다른 연구기관에서 분석해 온다. 하지만 품질에 있어서만큼은 어떤 값비싼 홍삼제품 이상이라는 자부심이 있다. 거기에 농민에 의해 정직하게 농민이 만든 맛이자 단가도 순수하게 책정하는 농민들이 만드는 인삼제품이라는 것을 강조하고 싶다.

그동안 괴산에 인삼공장이 하나도 없었으니 누군가는 도전을 해야 한다고 생각했다. 누군가 도전을 해야 실패든 성공이든 할 텐데 실패를 하더라도 그걸 바탕으로 다시 성공할 수 있으니까 하는 자신감이 있다. 힘들어도 앞으로 잘될 것이라는 희망을 갖고 하는 중이다.

　우리 괴산에는 농사꾼은 많아도 판매상이 없는 편이다. 금산, 증평은 우리보다 인삼농사를 덜 하는데도 괴산 인삼 가져다가 판매도 잘하는데 우리는 생산만 하고 팔아먹는 기술이 부족한 것 같아 그 점이 너무 속상하다.

명품 괴산인삼을 위해서

　괴산하면 고추로 유명한데, 사실 인삼이 더 많은 매출을 올리고 있다. 예부터 인삼경작지로 유명했던 금산의 경우, 지금은 인삼농가가 거의 없다. 인삼축제를 한다 해도 우리 지역의 인삼을 가져다가 축제를 할 정도라고 알고 있다. 인삼재배지가 점차 북쪽으로 올라오면서 지금은 강원도에서도 재배를 많이 한다. 괴산은 강원도처럼 온도차가 크면서도 다른 지역보다 토질이 좋기로 유명해 농산물들이 잘 나오기로 정평이 나 있다.

　옛말에 큰 산 밑에 삼을 심으면 큰 삼이 나온다고 했는데 괴산에서 자란 인삼은 품질이 더 좋다. 괴산인삼은 최적의 청정지역에서 재배돼 사포닌이 풍부하고 조직이 치밀하다. 비슷한 크기의 타 지역의 인삼에 비해 무겁고, 깨끗한 외형을 지니고 있어 소비자의 선호도가 높다. 이런 괴산인삼에 대한 자부심이 있어 최선의 조건에서 인삼을 재배하고자 한다.

나의 하루 일과는 새벽 5시 기상에서 시작된다. 먼저 인부들을 실어 나르기 위해 마을과 마을 사이를 차로 다니며 인부들을 태운다. 그리고 인삼밭으로 가서 인부들에게 업무 지시를 내리고는 다시 산뜰삼 사무실에 와서 회사 업무를 본다. 봄·가을이 최고로 바쁜 때인데 인력이 달리니까 먼 동네까지도 가서 2~3명씩 인부를 태워야 한다. 그러다 보니 새벽 깜깜할 때 출발해도 밭에 오면 7시쯤 된다. 5시 퇴근 즈음에 다시 밭에 가서 귀가 작업을 하고 집에 돌아오면 9시가 넘어간다.

　부지런하지 않으면 살아남을 수가 없다. 삼밭은 기계가 들어갈 수도 없고 모두 다 사람이 해야 하는 일이라 인부들 쓰는 것이 큰 숙제이다. 당연히 주말도 없다. 주말에도 인삼은 크고 있지 않은가. 비라도 오면 그날이 쉬는 날인데 밭일은 안 해도 산뜰삼 인삼조합일 밀린 거 하고 사람들 만나고 하다 보면 쉬는 것도 아니다. 비, 바람, 눈 몰려오면 삼밭 날아갈까 겁나고 늘 노심초사이다. 어쩌다 술이나 반주로 1~2잔 하는 게 유일한 스트레스 해소법이다. 다음 날 일해야 하니 많이는 못 마시고 그러려니 하며 어려움을 이겨낸다. 농사일을 스트레스로 생각하면 일을 못 한다. 그저 생업이니까 한다고 여겨야 할 것이다.

괴산군에 바라는 점

우리 조합 홍득용 회장님과도 괴산인삼의 미래에 대해 이야기를 많이 하는 편이다. 홍득용 회장님은 다른 지자체의 농정사례를 조사하면서 괴산인삼의 방향성을 많이 제시하시곤 했다. 나 또한 동감하는 부분이 커서 늘 귀담아듣고 관계자들에게도 의견을 전달하려고 한다.

근처의 문경시 사례를 많이 이야기하시는데 문경시는 농민들이 농사를 지으면 시에서 수매를 해서 마케팅까지 맡아한다. 문경시 인증마크를 사용함으로써 시에서 보증하는 신뢰성도 확보했다. 그러면 소비자는 문경시를 믿고 사가는 구조인 것이다.

우리 괴산군도 군 자체에서 전량 수매를 해서 우리 공장을 이용해 괴산군 홍삼을 만들 수도 있을 것이다. 그리고 괴산군 인증마크를 만들어서 다른 지역상품들과 함께 괴산군이 보증하는 제품으로 밀어 판매를 전략적으로 할 수도 있을 것 같다. 이렇게 주력품목이라도 철저히 관리하면서 농사짓기 전문화 정보를 공유하면 생산성도 높아질 것이다. 그리고 판매는 군을 통해서 전국적으로 유통망을 확보하고 더 나아가 수출도 하는 게 가능해진다면 얼마나 좋을까 싶다. 개인이 하면 불가능하지만 괴산군이 농업인을 대표해 나서준다면 괴산의 발전이 더 커질 것이다.

그 이익금의 일부는 공무원자녀장학금, 군민을 위한 농민 장학금으로 2중 다원화시키고, 괴산군의 독거노인 및 어려운 분들을 동네마다 마을회관에서 모여 살게끔 하면 홀로 지내며 겪을 수 있는 불상사도 예방할 수 있을 것이다. 같이 모여 살기가 어려우면 점심밥이라도 같이 먹게끔 하여 밥 먹으러 못 오면 '왜 못 왔나', '어디 아픈가.' 하며 찾아보게 하는 건 어떨까? 그런 식으로 괴산군이 살기 좋은 고장으로 정착되면 좋을 것이다.

또 폐교도 많은데 그런 곳을 자연치료를 할 수 있는 요양병원이나 자연학습을 표방한 대안학교로 활용하는 것도 제안해 본다. 이렇게 농민도 살고 군 전체가 살아나서 이로 인해서 대한민국 국민이 믿을 수 있는 먹을거리와 휴식을 즐길 수 있는 괴산으로 도약하기를 간절히 희망한다.

감물감자축제
놀러 오세요

감물감자
박용근 작목반장(감물면)

"포실포실, 달콤하면서 구수하네요. 계속 먹게 돼요. 너무
맛있어요."

올해로 6회째를 치른 감물감자축제에 오신 손님들의 평가
이다. 당도가 높고 고소한 수미감자 맛은 감물면을 따라올
곳이 없다. 그런 탓에 축제 때 감자를 사 가신 분들의 주문전
화가 요즘 들어 심심치 않게 온다. 감물감자 맛을 못 잊으시
고 다시 찾으시는 고객들이다. 안타깝게도 우리 집에는 급랭
저장고가 없어 저장해 둔 감자가 없으니 한철 팔면 끝이다.
강원도처럼 저장해서 팔지를 않아서 연중 내내 감물감자를
먹기는 쉽지 않다. 웬만하면 수확 당시에 다 팔고 만다. 한철

맛있게 먹는 게 좋은데 사람들 생각하기에 감자야 늘 식탁에 오르는 반찬거리이니 저장 감자도 팔 것이라고 여기신다. 그 래서 원하시는 분들은 저장해 둔 감자를 파는 농가를 소개시 켜 주기도 한다.

감물감자축제로 인해 감물감자의 명성이 조금씩 확대되 는 추세이다. 해마다 축제 참가 인원이 늘어가는 것이나 감 자 주문 고객층이 다양해지는 것을 보면 느낄 수 있다. 어떻 게 아셨는지 입소문으로 알게 되어 주문하시는 분들도 많아 지고 있다.

감자축제기간에는 옛 향수와 함께하는 축제 프로그램이 가득하다. 도시민에게 볼거리, 체험거리, 먹을거리, 살 거리 를 제공한다는 입장으로 감물감자축제 부위원장을 맡아 열 심히 뛰어다녔다. 덕택에 근처 지역뿐 아니라 서울에서도 가 족 단위로 많이들 찾아오신다.

감물면 차원에서도 경로사상 고취와 문화체험의 기회가 되어 주민 화합 및 애향심을 높일 수 있는 좋은 기회라고 생각한다. 어르신부터 젊은 층까지 한마음이 되어 준비를 하였기에 모두가 축제를 기다렸다. 특히 체험행사로 진행한 감자 캐기, 경운기 타기, 절임배추 체험, 떡메 치기 등에는 줄지어 사람들이 몰리기도 했는데 도시에서 볼 수 없는 체험들이라 더욱 색다르게 다가간 것 같다.

다양한 행사들이 있었지만 행사의 하이라이트는 역시나 시식코너일 것이다. 각종 감자음식 전시는 물론이고 삶은 감자 시식코너와 먹을거리 판매대도 인기 만점이었다. 축제기간 내내 맛있는 감자요리 냄새와 흥겨운 분위기가 어우러져 무척이나 즐거웠다. 오신 분에게는 다시 찾고 싶은 축제로 기억되기를 바랄 뿐이다.

감물감자의 인기비결

괴산에서도 감물면은 토질이 야물고 걸어서 감자 재배에 최적지이다. 단양에 마늘이 야물 듯이 감물은 감자와 토질이 맞는 것이다. 강원도 감자를 많이들 알아주는데 사실 괴산의 기후 조건이 바로 강원도와 비슷하다. 하지만 강원도 감자와는 또 다른 맛으로 전반적으로 감물감자가 당도가 더 높은 편이다. 어디나 농산물은 지역 토질에 따라 맛이 다른 법인데 경기도 아산만 쪽 감자도 유명하다. 거기는 토질이 진 점질토 땅이라, 수분을 많이 머금은 편이고 여기는 사질양토라 수분이 잘 빠져나가서 물을 많이 대 줘야 하는 수고스러움이 더하기는 하다.

올해 6월 감자축제 때에는 킬로그램당 천 원대에 판매를 해서, 20킬로 한 짝엔 2만 원 선에 판매를 했다. 도매시세 그대로 받은 가격이다. 축제라고 손님들 초대해 놓고 소비자가격으로 받을 수는 없는 노릇이었다. 가락동 경매사와 수시로 통화하며 가격을 결정하니까 가격은 최저가라고 보면 된다. 우리 마음 같으면야 조금 더 붙여 팔고도 싶지만 그러면 또 비싸다고 외면할까 봐 그저 질 좋은 감자를 최저가로 모시는 길밖에 없었다.

물과의 싸움

내가 농사짓는 땅만 만 오천 평이다. 그중 감자 재배 면적은 3분의 1 정도 된다. 올해 감자농사가 대체로 잘 나와서 내년에는 감자를 더 심을 생각이다. 가뭄이 들어 문제이긴 했으나 다행히 경작지 근처에 저수지가 있어 용수로를 끌어와서 물을 댈 수 있었기에 괜찮게 수확을 낼 수 있었다. 기후가 자꾸 변하다 보니 봄 가뭄이 갈수록 심해지는 것 같다. 앞으로도 계속 그렇게 된다면 관수시설이 없는 밭은 농사짓기가 더 힘들어질 것이다.

그런 탓에 올해 산전떼기 밭에 감자를 심었던 사람들은 다 헛일한 셈이 되었다. 날이 가물어 감자가 크지를 못하고 산비탈 밭이라서 물을 끌어다 댈 수도 없었기 때문이다. 그러다 보니 여기저기 내놓은 산전밭들이 늘어 가는데 경작할 사람은 없는 실정이다. 물을 끌어올 수 없으면 아무리 농사해 봐야 실패만 보기 때문이다.

가뭄이 심해지는 터라 용수로 곁으로 가거나 하지 않으면 농사짓기 힘든 판국이다. 혹은 멀리 있는 물이라도 끌어다 오거나 퍼다 붓기라도 해야 한다. 어디나 마찬가지이지만 특히 감자, 배추는 물 없으면 아예 농사가 안 된다. 우리 집도 저수지 물이 떨어졌다면 작물들이 다 말라 버렸을 것이다. 부치고 있는 땅이 다 저수지 근처라 얼마나 다행인지 모른다.

그래서 농사로 제일 힘든 순간을 꼽으라면 봄 가뭄이 계속되어 물을 퍼 날라야 했던 경험이다. 반대로 비가 많이 오면 물을 빼내는 것이 걱정이니 이래저래 물이 문제이다. 힘든 농사일에 소득이 좋은 품목을 찾고자 해도 딱히 전환할 품목이 없다. 인삼도 짓고 있는데 김영란법 이후로 가격이 내려가 그것도 탐탁지가 않다. 오히려 인삼 면적을 줄일 생각이다. 농사짓기는 인삼이 제일 힘들어도 그동안 가격이 받쳐줘서 할 만했는데 이제는 아니라는 생각도 든다.

논에 그냥 벼만 심고도 살 만하면 다른 농산물도 지장이 없을 텐데 쌀값이 폭락하다 보니 다들 벼농사를 하는 대신 논에다 잡곡을 심고 밭작물을 심고 있다. 문제는 논 면적이 가장 넓은데 그 많은 면적을 다른 작물로 전환하고 있으니 모든 농산물이 포화가 되고 있는 것이다. 수입농산물만 아니면 다들 자급자족이 안 되고 쌀도 국내 생산량만 갖고는 모자라는 실정인데, 무분별한 수입 농산물 때문에 농가들만 줄도산 위기를 떠안고 있다. 우리 집만 해도 콩, 인삼, 배추를 다 논이었던 자리에 하고 있다. 그게 문제인 것이다. 논의 면적이 줄면서 다른 농산물이 넘쳐나고 연쇄적으로 농가의 소득수준만 떨어지는 것이다.

이런 화제가 나올 때마다 늘 비교되는 나라가 바로 일본이다. 우리나라는 일본농업을 따라가려면 아직도 멀었다. 일본농가는 농사짓는 것에 큰 신경을 안 쓰고도 먹고 산다. 정책적으로 농산물의 수요와 공급을 예측해서 농가에 가이드를 제시한다. 협동조합에서 이거만 지어라 하면 그것만 짓고 할당된 품목에 생산량까지 정해 주니 우리 농가들처럼 가격 폭락에 희생될 일이 없다. 농사로 벌어먹는 입장에서 정부의 무성의한 태도에 화가 날 때가 너무 많다. 하루 이틀 일도 아니지만 언제쯤이면 선진적인 농업정책이 나올지 목이 빠져라 기다리는 고민하는 문제이다.

바빠도 사람들 만나기 좋아해

밭은 집 주변 사방으로 흩어져 있는데 집에서 가장 가까운 밭이 콩밭이다. 전에는 배추를 심었는데 올해는 콩을 심었다. 날씨가 뜨겁고 가물어서 콩도 수확량은 줄었지만 대신 가격이 좋게 나왔다. 지난해 1킬로그램에 3,680원이었는데, 올해는 5천 원이 넘어가 버려 수익이 더 나은 편이다.

안타까운 것은 검은콩이 훨씬 비싸게 팔리고 있는데 그건 안 심고 노란 대두 콩을 심었다는 것이다. 검은콩은 한 말에 10만 원이니 12만 원이니 부르는 게 값이다. 하필 검은콩을 하나도 안 심어서 아쉬운 부분이다. 사실 그런 거 예측 다 해서 돈 될 것만 농사지을 수 있다면야 뭐 하러 흙을 묻히고 살겠나. 매년 이런 식으로 날씨에 따라 가격이 널뛰듯 하니 작물 선정하는 것이 복불복이나 다름없다.

올해는 배추 값도 좋아서, 이렇게만 가격이 나오면 콩이나 배추를 심는 게 가장 나을 것이다. 그러나 당연히 올해만 그렇지, 내년에는 사정이 또 달라질 것이다. 그러니 농산물도 공산물처럼 가격이 정해져 있으면 오죽이나 좋을까 싶다. 외줄타기 하듯 불안하게 살아가야 하는 것이 큰 스트레스이다. 한몫 벌고 나갈 것도 아니고, 농사로 평생을 살아야 하는 사람들에게 농사짓기가 도박같이 느껴져서야 되겠는가.

이런 푸념을 늘어놓는 장소가 있다. 바로 가락동 경매시장이다. 시간이 좀 날 때면 빈 차로도 훌쩍 가락동 시장을 찾아간다. 경매사들과 소주 한 잔 먹으면서 이야기도 하고 놀다가 돌아오는 것이 농사일의 유일한 스트레스 배출 창구이다. 가격 흥정으로 티격태격 얼굴 붉힌 적도 많은 사이들이지만 그래도 오랜 시간 얼굴 보며 부대껴서인지 답답할 때마다 찾게 되는 사람들이다.

농산물 가격에 대한 토론도 하고 이런저런 정보도 이야기하면서 억눌린 심정을 해소하다 보면 속이 좀 시원해진다. 시골에서 농사만 짓는다 해서 세상물정을 모르는 것은 아니

다. 일일이 말하고 다니기도 속 시끄러워 표출을 안 할 뿐이
지 농업정책이나 사회현안에 대해 할 말은 많다. 그렇게 해
를 거듭하며 이어진 가락동 시장 경매사들과의 교분으로 훌
쩍 찾아갈 수 있는 곳이 있어서 좋다. 여가생활 삼아 자꾸 가
락동 시장을 찾게 되는 이유이다.

농사 대물려도 좋아

처갓집 식구들과 바로 이웃하고 살다 보니 서로 한 가족이
나 다름없이 지낸다. 양쪽 집에 농기계만 해도 없는 거 빼고
다 있다. 농사야말로 대가족일수록 유리하다. 서로 바쁠 때
도와주면서 급한 일들을 처리하다 보니, 이제는 한집안 일처
럼 왔다 갔다 하며 함께한다.

처남과도 피를 나눈 형제처럼 흉허물 없이 지내고 있거니
와 처조카도 마침 영농후계자로 집에 와 있다. 군대 갔다 와
서 대학 졸업 후에 직장생활을 했었는데 지금은 집안 가업을
잇겠다고 들어와 있는 것이다. 같이 수확을 하고 농사를 하
면서 그렇게 흐뭇할 수가 없었다. 처조카는 직장 일도 곧잘
했었는데 직장 일을 하며 받는 봉급도 적고 비전으로 따져도
크게 전망이 없다고 느껴 돌아왔을 것이다. 그래도 부모가
하던 농사일이고 땅도 몇 만 평 있으니까 농사가 낫다는 결
론을 내린 것이라 여긴다.

농사일도 힘들지만 요즘 세상 돌아가는 거 보면 사회생활하는 것도 만만치 않게 힘들다. 어떻게 보면 농사라는 이 직업이 괜찮기도 하다. 상사나 동료에게 볶일 일도 없고 내가 농사만 잘 지으면 아쉬운 소리 안 하고 살 수 있으니 말이다. 영농후계자로 착실하게 일하는 처조카의 모습은 내가 바라는 우리 아들의 모습이기도 하다.

우리 아들 둘은 지금 도시에 가 있다. 작은아들은 먼저 결혼을 해서 손자도 안겨 주었고 큰아들은 아직 결혼 전인데 농사지으러 들어오겠다는 말을 하고 있다. 예비 며느리도 동의를 했다고 하고 주말이면 둘이 같이 와서 농사일을 거들고 있다. 농사일도 모르는데 무슨 일을 하겠나 싶어 기대도 안 하고 시켜 보았는데 일을 정말 잘해서 오히려 놀랐다.

둘이 결혼해서 들어와 살며 농사짓는 모습을 상상하면 자다가도 웃음이 난다. 그런데 아내 입장에서는 아닌가 보다. 자신의 고생한 시절이 떠오르는지 아이들에게 절대로 들어오지 말라고 한다. 우리 아들이고 예비 며느리고 둘 다 고생시키기 싫다는 입장이다.

아내를 위해

내 핸드폰 바탕화면에는 아내의 처녀 때 사진이 배경으로 들어 있다. 아내에 대한 마음은 늘 미안함과 고마움이다. 내가 우리 집 둘째아들인데도 아내는 시집온 첫날부터 시할머니와 시부모까지 모시면서 시집살이도 많이 겪었다. 그래도 다 참아주고 아들들 잘 키우고 열심히 살아 왔다. 생각해보면 집안 큰일을 7번이나 치렀다. 예전에는 집에서 환갑잔치며 결혼식 잔치까지 다 했었는데 아내가 맏며느리처럼 집안 큰일들을 잘 해나간 것이다.

칠성면에 살던 아내를 중매로 만났을 때가 엊그제 일처럼 생생하다. 첫눈에 반할 만큼 예쁜 얼굴이었다. 성격은 내숭 떨거나 얌전한 편은 아니었다. 할 말도 하고 똑 부러지는 성격이었는데 그런 점이 나와는 달라서 더 끌렸다.

올해 내 환갑을 그냥 보냈는데 나중에 같이 여행을 가기로 했다. 틈을 내서 아내가 좋아할 만한 곳으로 갔다 오려 한다. 아내가 요즘 제일 즐거워하는 일은 핸드폰에 저장된 손자 사진을 들여다보는 일이다. 둘째아들을 똑 닮은 손자를 보고 싶어서 사진만 보며 만날 날을 기다린다. 손님이 와도 먼저 사진부터 보여주며 손자 자랑하기에 바쁘다. "잘 먹고 순해서 너무 예쁜 우리 손자, 사주를 보니 나중에 야구선수 시키라고 했다."며 이곳저곳 자랑하고 다닌다. 내리사랑이라고 아들보다도 손자가 더 예쁜가 보다.

생각해보면 아내 덕분에 땅을 많이 늘리며 자수성가할 수 있었다. 이 집도 우리가 농사지은 돈으로 직접 지은 것이나.

벌써 이 집을 지은 지도 30년이 넘었다. 지금 보면 촌스럽고 낡은 집이지만, 그때만 해도 이 집을 지어 살림을 들여놓으며 세상을 다 얻은 것 같이 기쁘기만 했다. 고대광실 부럽지 않았던 이 집이 초라해지고 낡아진 것과 함께 우리 부부도 이제 할머니 할아버지가 되었다. 추억이 깃든 이 집이 낡아져 갈수록 더 정감 있게 느껴진다.

아내는 시집살이를 고되게 당한 편이다. 어머니는 우리 어머니이기는 하지만 성격이 가끔 불같으신 데다가 인색한 면도 있으셨다. 아내가 시집올 당시에 장인어른이 편찮으셔서 수술을 하게 되었는데 그 바람에 혼수를 못 해 온 것이 화근이었다. 한동네 친구가 같은 해에 이곳으로 같이 시집을 왔는데, 그 친구는 자개농 같은 것을 혼수로 해 왔고 아내는 그냥 왔다며 어머니가 구박을 하신 것이다.

더구나 아내는 남에게 베풀기 좋아하고 인정이 많은 성품을 지녔다. 남들한테 퍼주기 좋아한다고 며느리를 꾸짖는 것을 그냥 보고만 있어야 했던 것도 지금 생각하면 너무 미안하다. 그런 모습을 봐 왔기에 지금이라도 아내에게 잘해 주려고 노력한다. 아내에게는 고생 많았고 아들 둘 잘 키워 주어서 고맙다는 말을 자주 하는 편이다.

매일같이 울면서 집에 가고 싶다는 아내를 달래며 같이 분가할 결심도 했었다. 다행히 우리 할머니와 아버지가 아내를 많이 위해 주고 예뻐해 주셨다. 아내는 시할머니와 시아버님 힘으로 시집살이를 견뎠다고 말할 정도이다. 우리 할머니는 경로당에서 얻어 오신 떡이며 사과 같은 것을 손주며느리 먹으라고 몰래 이불 밑에 넣어주시곤 했다. 우리 할머니가 돌아가셨을 때도 누구보다 가장 많이 운 사람이 아내였다.

지금은 어머니가 치매에 걸리셔서 요양원에 계신다. 기세 등등하던 모습은 온데간데없으시고 기력 없이 멍하니 계시곤 한다. 이 점이 또 아내의 마음을 아프게 한다. 요양원에 갈 때마다 어머님 불쌍하다고 글썽거리는 아내의 모습을 보면, 미운정이 더 끈끈하다는 생각도 든다. 어머니도 다른 사람은 잘 못 알아 봐도 아내를 가장 잘 알아본다. 그럴 때면 정신이 온전한 것 같기도 하지만 가끔씩은 아내도 못 알아보고 일하는 아줌마라고 하기도 한다. 그럴 때면 또 아내는 울먹거리며 목메 한다. 우리도 늙어서 어떻게 될지 모른다 생각하니 아내에게 남은 시간 더 잘해 줘야지 하는 생각이 든다.

힘든 농사일에도 아내는 늘 웃음을 잃지 않는다. 많이 열려서 좋다고 하고 감자를 주워 담는 게 재미있다며 더 심자고 하는 아내의 밝은 기운이 있어 힘이 난다. 오늘도 아내는 콩 타작하는 일손들 먹이려고 삼겹살을 가득 구워 대접했다. 젊은 시절 같으면 시어머니 눈치에 음식도 마음대로 못 대접했을 텐데 이제는 눈치 안 보고 인심 쓰는 모습이 나도 너무 보기 좋다. 힘겨운 농촌생활 속 끝까지 내 곁을 지켜주는 아내를 보며 살아갈 힘을 얻는다.

괴산 관광농업 1호,
전원 속 황토집에서 심신을 치유하세요

흙의 사람들
배봉균 대표(연풍면)

월요일인데도 세 팀이나 예약이 찼다. 참나무 장작불 연기가 옹기를 뒤집어 만든 굴뚝 위로 모락모락 피어오르는 모습은 언제나 정겹고 뿌듯하다. 내가 직접 디자인하고 만든 이 황토집세 동은 단지 돈을 벌고자 만든 집이 아니다. 인간생활의 3분의 2가 주거생활인 것을 고려할 때, 누구나 이런 집에서 진정한 자연 속의 웰빙생활을 체험하고 싶을 것이라는 생각을 했다. 현대인들이 체험하고 싶은 주거생활을 상상한 끝에 도전정신으로 만든 집이다. TV 속에서나 보고 상상했을 막연한 황토집에 대한 로망을 실제로 체험해 보고 그 감동을 느낄 수 있도록 구상을 한 집이기도 하다.

누구나가 꿈꾸지만 실제로는 없는 고향집, 바로 그와 같은 환경에서 심신을 쉬고 가게 할 수 있는 집과 마을, 그것이 내가 이 황토집을 짓고 숲을 조성하며 자연 속 관광농업을 실현해 보고자 하는 이유이다.

도자기공법으로 느리게 지은 황토집

황토집 짓는 기간만 꼬박 1년이 걸렸다. 이 황토집을 지으며 공사한 방법에 내가 붙인 이름이 있다. '도자기 공법'이 바로 그것이다. 도자기를 빚듯이 흙반죽 타래를 켜켜이 올리고 물레를 돌려 성형을 하듯 벽 둘레를 매끄럽게 연결하며 말려내는 과정이 도자기 만드는 것과 유사하다. 가마에 굽지는 않지만 햇볕과 바람에 말리고 그 위에 다시 흙반죽 타래를 둘러 올린다. 유약 대신 우뭇가사리 진액을 발라 마감을 하기까지 천연재료와 오랜 시간을 들여 인고의 노력으로 집을 만드는 과정 전부가 슬로우 하우스 그 자체이다. 이 집을 거대한 옹기로 생각하면 된다. 옹기를 뒤집어 놓고 문을 내어 그 안에서 산다고 상상하면 딱 맞다.

일단 집 지을 땅을 다지기 위해 바닥에 터 닦기부터 했다. 원래 사과를 경작하던 우리 집 과수원 땅에서 사과나무를 뽑아내고 짓게 된 것이다. 거름 주고 비료 준 땅에 집을 올릴 수는 없어서 그 흙들은 다 파냈다. 그리고는 아는 이가 산을 개발하면서 파낸 흙이 있다기에 그것을 가져다 다시 두텁게 깔아서 돋워 놓고 기초부터 닦았다. 그 위에 통나무로 뼈대를 세우고 본격적인 황토벽 만들기 작업에 들어갔다. 황토반죽을 치대어서 집 둘레 벽을 한 층씩 만들어 가는 것이다.

　도자기 만들 때 흙반죽 띠를 둘러가며 쌓듯이, 집 벽도 그렇게 흙을 돌리며 단단히 한 층을 쌓는다. 꼼꼼하게 치대어 주며 한 층을 만들면 일단 그 흙이 단단히 마를 때까지 기다려야 한다. 그 한 층이 완전히 마르고 나면 다시 그 위에 흙반죽을 빙 둘러가며 단단히 쌓는다. 역시 그 흙이 다 마를 때까지 기다렸다가 다시 한 층을 또 올리고 그런 방식이 되풀이된다. 그래서 황토방 안에서 내부 벽을 자세히 들여다보면 단층면처럼 층층이 쌓은 모양이 눈에 보일 정도이다.

황토집은 거대한 공기청정기

　황토벽 두께만 40~50센티가 된다. 자세히 보면 황토벽 사이에 금이 가 있는 것도 보인다. 그런데 그러한 금이 있어야 진짜 황토집이다. 흙벽 사이 미세한 금이나 구멍들로 공기가 드나들기 때문이다. 그렇더라도 원체 두꺼운 벽이고 안에 미세한 공기층이 들어 있기 때문에 단열 보온에도 탁월하여 겨울에는 따뜻하고 여름에는 시원하다. 특히 여름에 실내에 있다가 밖으로 나가면 그 차이를 더욱 확연히 느낄 수 있다. 방안의 공기가 훨씬 더 시원하고 산뜻하기 때문이다. 습하지도 건조하지도 않고 쾌적한 실내공기가 유지되는 것은 바로 황토가 습기를 머금고 내뱉고를 스스로 조절하기 때문이다.

그뿐만이 아니다. 황토집은 안에서 삼겹살을 구워 먹어도 다음 날이면 원래 집 냄새로 산뜻하게 돌아간다. 담배를 피워도 마찬가지다. 다음 날이면 언제 그랬냐는 듯이 황토집 냄새만 남는다. 집 자체가 커다란 공기청정기인 셈이다. 황토집은 독소를 빨아들여 배출하고 신선한 공기를 유입시키는 역할을 하기 때문에 이런 황토집에서 하룻밤 자고 나면 온몸의 독소도 빠진 듯이 개운하게 일어나진다. 겨울이면 뜨끈한 아랫목에서 몸을 지지는 맛도 더하니, 여름이든 겨울이든 사시사철 황토집을 그리워하는 이유이다.

또한 어린이들도 마음 놓고 와서 놀 수 있도록 주거의 웰빙화를 목표로 두었다. 그래서 과수원을 일부러 남겨 두어 사과나무도 보고 사과도 따면서 놀이를 겸한 현장학습이 가능하다. 오신 분들이면 이곳을 관광농원이라고 이름 붙인 이유를 이해할 수 있을 것이다.

사람 하루의 3분의 1은 잠을 자는 시간이고 3분의 2가 집에 있는 시간이니 먹을거리 못지않게 중요한 것이 주거문화이다. 그러니 오염되지 않은 주거문화를 찾는다면 바로 황토집이다. 현대 주택들은 모두 다 시멘트, 콘크리트 중심으로 건축되어 우리는 알게 모르게 나쁜 독성물질이 들어있는 환경에서 사는 실정이다. 그런데 이 집은 그렇지 않다. 순수하게 황토로만 짓기에 오염물질 하나 없는 집이다.

유일하게 화장실에만 시멘트가 들어간다. 물을 쓰는 곳이니 아무래도 흙이 씻겨나가니까 시멘트 위에 타일을 까는 공정이 필요하다. 그 이외에는 전부 천정과 벽이 흙이고, 바닥은 맥반석을 깔아서 게르마늄이 나올 수 있도록 세심하게 건강을 생각했다. 사람에게 가장 좋은 재료만 쓰려고 했지 돈 생각해서 저렴한 재료 찾거나 그러지 않고 지었다.

심지어 집을 철거한다 해도 폐기물 문제도 하나 걱정될 것이 없다. 이 집을 허물게 되면 그냥 흙으로 가는 것이다. 나무는 철거하면 되고 흙은 놔두면 식물을 키울 수 있는 토양이 되는 것이니 완전히 친환경이다. 화공약품 하나 들어간 것이 없는 집이니 완전한 자연의 일부 그 자체이다.

사과 과수원에서 민박형 관광농원으로

아름다운 산과 계곡이 있는 내 고향 연풍면, 이 자리에서 사과 과수원을 30년 했다. 초창기 때만 해도 이곳에 사과 재배하는 농가가 많이 있지 않았다. 나만 해도 충주에서 먼저 임대로 땅을 얻어 사과를 하다가 고향 연풍으로 옮겨 와서 사과 재배를 시작한 것이다. 선두주자 격으로 사과를 하면서 어느새 주위 농가에도 사과를 재배하는 집이 늘어났다. 과수원으로 좋은 시절도 있었지만 어느 순간부터 사과 과수원으로 계속 갈 수는 없겠다는 생각이 들었다. 그게 한 10년 전부터이다.

물론 농업도 변해야 할 때가 있다는 생각은 그 이전부터 해왔다. 지역실정에 맞는 농업으로 특화시키지 않으면 도태될 수밖에 없다. 미리 대비하며 시대의 흐름에 따라가지 않으면 결국 내 자녀들과 후손들만 손해를 본다는 생각이다.

연풍면은 관광자원이 많은 곳이었기에 관광지에 맞는 농업을 구상하게 되었다. 마침 사과농사도 인력난이 가중되어서 변모를 해야 할 필요성을 더욱 느꼈다. 많은 고민 끝에 민박형 펜션 형태, 거기에 과수원과 자연 경관을 직접 체험하고 즐길 수 있는 인프라까지 갖춰진 곳, 그 그림을 그렸다. 꼭 곡식이나 과수, 채소를 재배하는 것만이 농업이 아니다. 쉬면서 즐기는 휴양농업, 관광농업도 농업인 것이다.

이런 생각을 연풍면에서도 진작 하기는 했다. 28년 전에 이미 우리 집을 비롯한 주위 농가가 관광농원을 표방한 민박을 운영하면서 동판으로 된 명패를 받아서 달기도 했다. 그런데 준비도 안 되어 있었고 너무 어설펐다. 나 역시도 하기는 하면서도 이건 아니다 싶었다. 그때 시작한 집들 대부분 불만족스럽게 운영을 하다가 99퍼센트가 망했다. 분명한 목표와 방법은 생각하지 않고 무작정 투자부터 하면서 땅을 잡히고 융자만 몇 억씩 얻은 것이 화근이었다. 이후로 수익이 안 나니 땅은 은행에 넘어가 버리는 꼴이 되어 버렸다.

　　그때 관광개발자금이라고 융자부터 받아 시작하면서 민박비 5천 원을 받아 운영을 했었다. 당시 5천 원은 큰돈이었다. 그 뒤로는 올라서 만 원을 받게도 되었다. 그런데 문제는 민박이라는 이유로 방마다 욕실을 갖추지 못하게 규정되어 있었다는 점이었다. 정부가 일반 숙박업소 보호를 위해 민박에 규제를 넣은 것이었다. 요즘 같은 근사한 펜션들이 지어진 것도 10년밖에 안 되었고 민박도 펜션 형태로 고급화되면서 발전해야 한다는 인식이 생긴 것도 얼마 되지 않았다. 요즘은 고시원조차도 방마다 욕실이 딸려 있어야 수요가 생기는 상황인데 그때는 그런 개념이 덜 되어 있었다.

　　그러니 경쟁이 될 수 없었다. 당시 우리 집 앞에 여관 두 동이 있었는데 다들 거기로 가지 우리 집 민박을 이용하는 손님이 없었다. 농업으로서 관광업을 하는 것으로 인정해서 정부에서 지원을 해 주고 그랬어야 하는데 농촌이라고 그저 후진 이미지로만 치부하여 민박을 허용하고 그랬으니 수요 층이 없었다.

아무튼 그때 깨달았다. 너무 앞서가도 안 된다는 깃을. 괜히 선두주자 노릇을 했다가 빚만 늘어버렸으니 한동안 사과농사와 곶감농사에 몰두하며 돈을 벌 수밖에 없었다. 그러면서도 항상 농가민박을 변형한 친환경 펜션에 대해 구상하고 계획해 나갔다.

무엇보다 신세대에 맞는 문화와 패턴을 따라가야 하는데 그걸 찾는 시간이 필요했다. 지금의 30~40대가 무엇을 추구하고 찾느냐, 그걸 생각해야 했다. 어느새 사과농사로는 소득이 오르지 않는 추세가 느껴졌다. 그럴수록 접고 빨리 실정에 맞는 사업을 해야지 하는 마음이었다.

농가 체험형 황토 펜션 운영을 실행하기까지

10년 전에 아내와 전라도 보성 녹차밭으로 여행을 가서 본 것이 황토 펜션의 직접적인 계기가 되었다. 거기에 가면 이렇게 황토로 지은 집이 50채 정도 있다. 그걸 보고 영감을 받아. 지금의 황토집을 구상하게 된 것이다. 다만 보성 황토집은 나무가 너무 많이 들어가 어지러워 보여서 내 나름의 평화로운 디자인으로 설계를 달리하였다.

나는 뭐든 프로가 되어야 한다는 인생철학으로 살아왔다. 어영부영 살면 안 되고 삶 자체가 프로의식으로 가야 한다는 입장이다. 그러려면 누구에게 기댈 수도 없고 혼자 뚫고 나가야 하는데 나는 관광농업 쪽으로 가는 것을 목표로 설정한 것이다.

흙집에 들어가는 비용은 생각보다 저렴하다. 건축을 위한 인건비는 들어가지만, 주재료인 흙은 주변에 널려 있다. 많고 싸니까 황토만 갖다 나르면 된다. 거기에 더해서 노력만 있으면 될 뿐, 인테리어도 따로 할 필요가 없다. 일반 건물처럼 콘크리트와 시멘트로 짓게 되면 거기에 벽지를 바르고, 실내 인테리어를 하고, 침대와 각종 가구를 들이느라 돈이 훨씬 많이 들게 된다. 황토집은 벽지나 인테리어가 필요 없고 구들장 맛을 느껴야 하니 침대도 필요 없다. 붙박이장 같은 걸 구조상 넣지도 못하지만 그런 게 들어가면 콘셉트도 안 맞으니 그저 상 짜고 거기에 이불을 보이게 올려놓고 하는 것이 자연스럽고 어울린다.

겉으로 보면 황토집이니 뭔가 더 돈이 많이 들 것 같은데, 실상은 더 저렴하게 공사할 수 있는 것이다. 구들장을 이용하니 보일러도 필요 없고 땔감으로 쓸 참나무 장작만 쟁여놓으면 된다. 겨울에 구들장을 하루에 한 번씩만 때니까 가스보일러보다 낫다. 일반 주택의 3분의 1 가격이면 유지가 가능하다. 기본적으로 전기로 돌아가는 벽걸이 냉온방기만

설치해주면 된다.

농업 안 된다고 좌절할 것이 아니라 주어진 실정에 맞게 개척하는 방법을 찾아야 할 것 같다. 어차피 정부나 행정기관이야 농민의 입장에서 뾰족한 대안을 내 준 적이 없다. 사실 실망도 많이 하고 비판도 많이 했지만 내 살길은 내가 찾을 수밖에 없다는 결론만 얻었다. 연풍면은 수옥정을 비롯해서 관광자원이 많으니까 이것을 이용해야 한다고 본다. 물론 단순히 관광자원만으로는 어림도 없고, 여기에 어울리게 사업을 어떻게 만들 것인가 그 콘셉트 잡기가 관건이다.

내가 손님이라면

항상 생각하는 것은 '내가 손님으로 왔다면'이라는 역지사지의 발상이다. 그래야 답이 나온다. 내가 주인이라고 생각하면 답이 안 나온다.

자주 어떤 시설, 어떤 게 필요한지 스스로 물어본다. 마당 가운데 돌을 갖다 놓은 이유도 마당 가운데 공용 화덕이 있으면 좋겠다는 고객의 입장에서 판단한 것이다. 남들은 거 무엇 하러 힘들게 돌덩이를 끙끙 나르느냐고 했지만, 지금은 황토집 마당 가운데 멋있게 화덕이 있는 것을 보고는 아, 그래서 날랐구나 하고 끄덕인다. 철골구조물이나 그런 것은 이 집과 안 맞기 때문에 자연적인 재료로만 집 마당을 꾸며야 했다.

그렇다고 미리 앞서 가며 내 생각대로 한꺼번에 너무 많이 만들면 안 된다. 소비자의 요구와 유행은 변하니까 시기에 맞추어 차근차근 투자해야 한다. 계획과 안 맞으면 선회도 하고 절충도 하면서 조금씩 변화하고 발전해 가면 된다. 한꺼번에 수십억씩 통 크게 투자하면 돌이킬 수가 없다. 서서히 이루어 나가야 안전하게 소비자의 입장을 지속적으로 반영할 수 있다.

또한 자연과 가장 친밀하게 조화를 이루어야지만 성공으로 가지 자연과 이율배반적으로 가면 관광농업은 다 망한다는 게 내 생각이다. 잘되는 데와 잘 안 되는 데는 분명한 이유가 있다. 깊이 있는 철학과 노력 없이 남 흉내 내는 것으로 성공하는 곳은 못 봤다. 우리 농촌도 외국같이 관광객들이 치즈 만드는 농가에서 그냥 머물면서 치즈도 만들고 구입도 하듯, 자연적인 상태로 관광자원을 개발해야 한다. 되도 않는 동물원을 억지로 만들어 끼워 놓는다든가 하지 말고 자연스럽게 콘셉트에 맞추는 게 좋다. 인위적으로 상품성을 만들려다 보니 인건비에 관리비만 들고 호불호에 갈려 좋은 결과를 얻지도 못한다. 자연에 순응하는 콘셉트면 그냥 그런 것으로 가야 한다.

나는 이미 고객들에게 물어봐서 필요한 것도 하나씩 준비하고 있다. 물어보면 실제로 놀이시설 같은 건 원하지도 않는다. "그늘나무가 필요한데요."라는 요구가 있으면 그 다음에 나무를 심으면 된다. "발 담글 물이 필요한데요." 하면 수로를 연결해서 작은 개울을 만들면 된다. 그러면 계속 요구하는 것이 생길 것이다.

계절마다 찾고 싶은 힐링 장소가 되도록

겨울에는 구들바닥의 뜨거운 온기가 방안을 달궈 손님들은 덜 뜨거운 자리로 옮겨 다니며 밤새 뒤척이신다. 그래도 다음 날 아침이면 다들 잘 잤다고 하면서 기분 좋아하신다.

사실 조금 추운 편이 숙면을 취하기에 좋은데 그렇게 했다가는 실패한다. 너무 뜨거워서 못 잤어도 그래야 다음번에 또 오신다. 게다가 고맙다고 문자가 오고 전화가 오면서 난리도 아니다. 그래서 장작을 아낌없이 막 때는 것이다. 그래야 너무 좋다고 하니 말이다. 손님들은 겨울에는 뜨끈한 구들장을 찾으시고 여름에는 물과 그늘, 숲을 필요로 하신다.

올해까지 과수원으로 경작하던 땅에 사과나무를 뽑고 소나무를 심었다. 2년 정도 되면 소나무 숲속에서 쉴 수 있는 멋진 그림이 만들어질 것이다. 소나무 숲이 우거진 산 속으로 들어가기는 힘드니까 그 느낌을 우리 펜션 앞으로 가져다 놓는 것이다. 이웃들은 아깝게 사과나무를 왜 내버리냐며 안타까워하기도 했지만, 내 대답은 "사과 안 팔고 대신 공기 팔려고요."였다. 그리하여 많은 나무들 중에 고민을 한 가운데 사시사철 변하지 않는 소나무로 결정했다. 질리지 않고 4계절 모두 즐기려면 색과 향기가 좋은 소나무가 제격이라 여겨진 것이다. 몸에 좋은 피톤치드 성분을 내뿜는 것도 마음에 들었다.

한편 사과밭은 2천 평 정도 남겨 두었다. 여기서 나오는 사과는 전부 오시는 손님들이 따고 드시기 위한 체험용으로만 이용한다. 과수원 하던 땅이 있다 보니 이렇게 재미있는 장소를 구현할 수 있었다.

사실 나 혼자만은 안 된다고 생각한다. 이 마을 전체가 이런 식으로 집을 짓고 힐링타운으로 자리 잡으면 어떨까 하는 희망을 가져 본다. 그리스 이아마을처럼, 전주 한옥마을 이상으로 멋지게 콘셉트를 맞춰서 지어주고 육성하면 얼마나 좋을까. 그럼 건강을 중시하는 추세와 함께 마을의 위상도 바뀌고 후손 대대로 관광자원이 남게 될 것이니 생각만 해도 미소가 번지는 일이다.

이 지역은 지척에 수옥정 폭포가 있는 것은 물론이요, 수안보가 4킬로미터 이내에 있고 문경새재 길도 여기서부터 시작한다. 주위에 등산하는 코스도 많다. 신선봉 조령산, 휘황산, 깃대봉, 악휘봉 등 백두대간 중심 봉우리를 거쳐 가는 것만 3~4개 된다. 건강을 생각한 휴식공간으로 최적의 입지 조건이라 생각한다.

주민들도 우리 황토집 펜션을 보며 동네 디자인이 달라졌다며 좋아한다. 오는 손님들에게도 조금만 기다리면 더 좋아질 것이라고 말씀드린다. 우리 집뿐만 아니라 이 수옥정 폭포에 와서 머물 수 있는 친환경 힐링장소가 더 넉넉해질 수 있기를 바라는 마음이다.

연기학원 원장에서
표고버섯 농장주까지

괴산군 주월산표고 작목반
/괴산동인표고농장 서동엽 대표(감물면)

　고향 괴산에 와서 표고버섯 농사를 시작한 지도 어느덧 8년이 되었다. 적지 않은 나이에 시작한 일이지만 8년 만에 이 정도면 빨리 자리 잡은 편이라고 한다. 그전에 했던 건설업이나 연기학원 일을 생각해 보면 지금 하는 표고버섯 일이 가장 재미있고 마음이 편하다.

　나는 괴산에서 초등학교를 나온 뒤 청주중학교를 거쳐 안양에 있는 안양예고에 진학했었다. 공부하기 싫어서 딴따라 하겠다고 우겨서 들어간 학교였다. 부모님의 반대가 심했지만, 내 고집을 꺾을 수는 없으셨다. 타고나기를 하고 싶은 일이 아니고서는 죽어도 못 하는 성격을 지니고 살아온 탓이었다.

영화판을 기웃거리고 KBS에서도 일해 본 적이 있지만 결국은 연기보다는 가르치는 쪽을 택했다. 하고 싶은 일만 하고 살 수는 없었고 결국 생업이 필요했다. 안양예고 근처에서 후배들에게 연극영화과 입시연기를 가르치거나 단역 출연을 연결해 주기도 하며 그렇게 7년을 했다.

학원을 하면서도 별의별 일이 다 있었다. 연기 강사 중에 여학생을 성추행한 혐의가 드러난 사람이 있어 경찰이 오고 가기도 했고 왜 자기 애만 출연을 안 시켜 주냐며 사사건건 항의하는 부모들도 있었다. 교육기관이면서 다양한 사람을 상대해야 하는 일이다 보니, 내 의지와는 상관없이 이곳저곳 부딪히고 곤란한 경우들이 터져 나오곤 했다. 하루도 마음 편할 날이 없는 긴장의 연속이었다.

결국 건설업으로 전향해서는 큰돈을 벌기도 했다. 빌라를 짓기도 하고 개발지를 물색해서 전원주택을 분양하는 일에도 참여했다. 그러면서 사기꾼들도 많이 보았다. 과대광고로 사람들을 끌어 모아 분양계약금만 받고 도망가는 업자들도 보았고, 공사대금을 주기로 한 업주가 행방불명되는 바람에 찾아다니느라 혈안이 된 적도 있다. 건축계약을 따는 것도 힘들었지만, 다 지어 놓고도 공사대금이 들어오지 않아, 돈 받으러 쫓아다녀야 하는 일들이 비일비재했다.

이런 상황이었으니 무엇보다 심신이 지쳐 갔고 앞으로의 노후가 걱정이었다. 이대로는 몸도 망가지고 노후에도 안정된 삶을 살기가 어려울 것이라는 판단이 섰다. 고향을 떠나 있었어도 늘 부모님이 계신 괴산 땅이 머리에 빙빙 돌았다. 언젠가는 돌아가야 곳이 바로 괴산이라는 생각을 늘 하며 지냈다.

결혼기념일 선물로 아내에게 사 준 버섯 배지

처음 귀농해서는 돈이 문제였다. 자본금이 많이 들어 생각보다 많은 빚을 져야만 했다. 농사지어서 바로 수익이 나는 것도 아닌데 기존에 쓰던 생활비는 계속 지출이 되는 상황이었다. 과연 여기에서 돈을 벌 수 있을까, 경제적 불안과 부담이 이만저만이 아니었다. 전에는 그래도 나이라도 젊었지만, 이제는 실패하면 망하는 것밖에 길이 없다는 생각으로 마음을 모질게 먹었다. 그때 주위에 표고버섯 농사를 하고 있었던 친구들이 몇몇 있어 도움을 받아 시작할 수 있었다.

마침 결혼기념일 선물로 집사람에게 선물을 고르던 참이었다. 그때 친구들이 진담 반 장난 반으로 표고버섯 배지(버섯 종자) 5백만 원어치, 즉 5천 개를 사주라고 해서 정말로 그렇게 했다. 아내는 기가 막혀했다. 어차피 자기한테 농사일 시켜 먹으려고 산 거지, 이게 무슨 선물이냐는 것이다.

사실 맞는 말이었다. 나는 그래도 선물이라며 이것들 잘 키워서 더 큰돈 만들면 되지 않느냐고 너스레를 떨었다. 덧

붙여서 싫으면 내년에는 그냥 돈으로 5백만 원을 주겠다고 했다. 그런데 그 배지를 키워서 파니까 큰돈이 들어오지 않겠는가. 그때는 버섯 가격도 지금보다 높아서 키워서 파는 재미가 쏠쏠했다. 아내는 그 이듬해에는 버섯 배지 만 개를 사 달라고 하며 버섯 키우는 재미에 빠져들었다. 나보다 더 의욕적으로 버섯농사에 열의를 보였다.

그렇게 우리는 계곡물에서 끌어다 물을 주며 제대로 된 설비도 없이 버섯을 재배했다. 아이들도 다 키워 놓았고 그저 노후에 부부 두 명이 사는 생활비만 나오면 좋겠다는 마음으로 시작한 버섯농사였다. 그런데 하고 보니 수입이 괜찮았다. 사회에서 겪는 스트레스 없이 깔끔하게 재배한 만큼 출하하고 통장에 돈 딱 찍혀 들어오고 하니 이만한 재미가 없었다.

연금 대신으로 소득원을 만들고자 선택한 일이지만 지금은 직원들의 생계까지 책임져야 하는 경영주나 다름없다. 이제는 내 마음대로 규모를 줄이고 그만두고 할 수도 없다. 기대수익을 떠나서 소기업 경영주가 된 책임감으로 일을 하고 있다.

도 아니면 모

버섯농사의 단점은 초기 자본금이 많이 든다는 것이다. 하우스시설을 지어야 하고 집도 얻어야 한다. 제대로 하려면 관정(지하수를 이용하기 위한 우물)을 파야 하고 냉난방 시설까지 갖춰야 하니 그야말로 돈 싸움이다. 시설로 승부를 건다고 봐도 과언이 아니다. 거기다 버섯을 키우려면 배지라고 일종의 종자가 필요한데 그 배지 값이 거의 개당 천 원꼴이다.

우리는 하우스 한 동 기준으로 만 개 정도를 재배하는데, 그렇게 하려면 배지 값으로만 천만 원이 든다. 거기에 부부가 할 수 있는 양은 하우스 5개 동 정도인데, 거기를 채우려면 5천만 원이 든다. 고추씨나 옥수수씨면 돈 10만 원이면 되는데, 이것은 종자 값만 수천만 원이 필요한 것이다.

우리 집의 경우도 점차 재배 면적을 확장해 가다 보니 배지 값만 7~8천만 원이 들어갔다. 그때에 바로 든 생각이 '이렇게 큰돈이 들 바에는 아예 내가 배지 공장을 세워야겠다.'는 마음이었다. 생각을 하면 바로 실행해 옮기는 성미가 또 발동했다. 그냥 저지르고 본 것이다. 이것이 3년 전에 기어이 돈 3억을 들여서 배지공장을 지은 이유이다. 안되면 돈만 날리고 망할 수도 있는 것을 무슨 배짱으로 겁도 없이 덤벼드냐며 주위에서 말리기도 했다. 다들 이제 겨우 버섯농사 지은 지 몇 년 되지도 않은 사람이 뭔 무대포로 돈을 지르냐고 혀를 찰 정도였다.

그래도 작년에 배지를 출하한 매출액만 9억이니, 이미 배지공장 만든 비용은 뽑고도 남았다. 같이 소속된 작목반원

30명도 우리 공장에서 배지를 가져가고 있다. 겁이 없는 것도 때로는 도움이 될 때가 있다. 지금은 배지공장이 있어서 종자 걱정은 덜었다. 든든한 마음도 들고 소득도 늘었으니 빨리 실행하기를 잘한 것 같다.

버섯은 온도와 습도에 예민한 작물이다. 한여름이나 겨울에는 버섯 수확이 확 줄어든다. 그래서 8년 전 초창기 때 이미 하우스에 냉난방 장치를 설치해 버렸다. 최고급 천정형 시스템 냉난방장치를 초짜가, 그것도 동네에서 가장 먼저 들여놓은 것이다. 집에도 못 다는 에어컨을 무슨 하우스에 다냐며, 또 쓸데없는 짓 한다고 역시 말들이 많았다. 그래도 나는 확신이 있었다.

"아니, 집에서는 돈이 안 나오고, 하우스에서는 돈이 나오잖아!"

당시 아내조차 나를 이해하지 못하는 게 못내 속상했다. 그런데 반전이 생겼다. 그해 여름에 폭염이 기승을 부려 다른 농장에서는 버섯이 나오지 않은 깃이다. 갑자기 버섯 값이 폭등을 하였다. 그런데 우리 하우스에서는 버섯이 잘도 나왔다. 두말할 것 없이 에어컨 덕분이었다. 일주일 만에 천만 원 매출을 올렸다.

결국 에어컨 비용을 뽑고도 남았으니, 먼저 저지르길 잘

했다 싶었다. 아내도 내 판단력을 인정해 주었고 다른 집들
도 따라서 냉난방 장치를 설치하게 되었다. 여윳돈이 있었던
것도 아니고 단지, 승산이 있겠다 싶어 빚을 땡겨 무리를 한
것이다. 그 뒤로 저온저장고도 지으며 시설투자에 힘쓰게 되
었다.

어쩌면 모험이 될 수도 있었던 일을 많이 하게 된다. 내가
해 보고 아니다 싶으면 다른 사람들은 전처를 밟지 않을 것
이니 나쁘지 않다. 또한 내가 해서 잘되면, 남들이 보고 따
라하면 되니까 좋다. 어쩌면 별스럽게 먼저 앞장서는 바람에
그나마 빠른 성장을 한 것일 수도 있다. 사회경험 속에서 터
득한 노하우가 이렇게도 쓰이는가 보다.

직원들이 주인의식을 갖기 바란다?

물론 식대, 인건비만 한 달에 천만 원 이상이 나가는 입장
이라 규모를 늘린 만큼 고정지출도 만만치 않다. 그나마도
외국인을 쓰니까 돈이 덜 들어가는 편이다. 직원 6명이 전부
외국인 노동자인데 태국 2명, 베트남 2명, 캄보디아 2명으로
국적도 다양하다. 하우스 안에서 작업하니까 땡볕에서 일하
지 않아도 되는 장점이 있어서 다들 그만두지 않고 오래 일
하고 있다.

내국인을 쓰고 싶어도 사람이 없다. 시내 같으면 일할 사
람이 있겠지만 이런 시골로는 돈 벌러 오려고 하지를 않는
다. 더 적은 월급이라도 일은 더 열심히 하는 외국인 노동자
들에게 정이 많이 들었다. 앞으로 4~5년 정도 데리고 있으
면서 일을 제대로 가르친 후에는 아예 사장으로 앉히고 내가
월급을 받아가려고 구상 중이다. 나야 수입이 좀 줄겠지만
마음이 편하고 신경을 덜 써도 되니까 그게 나을 것 같다. 일
전에 캄보디아에 갔을 때 어떤 한국분이 하는 봉제공장에서
아이디어를 얻은 것이다. 그분 말이 현지 직원들 5명을 사장
을 시켜 놓고 본인은 편히 월급 받는다고 하였다.

"월급 줄 때는 딱 그만큼만 일하던 사람들이 사장을 만들
어 놓으니까 밤늦도록 집에를 안 가. 나한테는 월급만 주고,
너희들은 사장 하면서 일한 만큼 더 벌어가라고 하니까 밤에

도 일하면서 공장을 아주 잘 운영해요."

나 역시 괜찮은 생각이라 여긴다. 매년 월급도 올려주고 있고 서서히 경영인 마인드로 참여하게끔 유도해 나갈 생각이다. 말로만 주인의식 가지라고 할 게 아니라 실질적인 동기부여를 만들어 주고 싶다.

더 나아가 작목반원들만이라도 식당을 하나 운영해서 직원들과 우리들 식사문제를 해결하면 좋겠다는 구상도 한다. 매끼마다 식사 준비하는 것도 보통 일이 아니다. 대부분 시켜 먹고 있는데, 식대도 만만치가 않고 물릴 때도 많다. 공동투자로 식당을 운영해서 식사문제만이라도 해결하면 일하는 데 많은 도움이 될 것 같다.

버섯 하라고 권유도 많이 했지만

버섯농사의 최대 단점이 초기 시설비용이 많이 든다는 것이다. 귀농하는 사람들이 실패율이 높은 것도 땅 구입하고 주택 구하고 시설비 투자에 돈이 많이 들어가고 하다 보니 버티기가 쉽지 않아서이다. 내 친구도 얼마 전에 여기서 버섯농사를 하겠다고 땅 좀 사달라고 하고 갔는데 3~4억은 들어갈 것으로 예상하고 있다.

주변에 보면, 말은 귀농이라고 이야기하는데 반은 도피 목적으로 쫓겨 오다시피 시골로 오는 경우도 많다. 그런데 농사할 각오가 되어 있고 시골생활이 좋아서 오는 경우가 아니라면 오래 있기 힘들다. 단지, 도시생활에서 살아남을 수 없으니 할 수 없이 선택하는 것이 귀농이 되어서는 안 된다. 오히려 여유가 있는 사람이 삶의 질을 위해 내려오는 것이 맞는 선택이라고 본다.

퇴직하고 귀농하는 경우가 그런 예인데, 2년 전 귀농한 우리 매형이 대표적인 케이스이다. 공무원으로 퇴직하고 연금생활이 가능했지만 농사도 좋아하고 전원생활을 원해서 내려왔다. 처음에 매형이 여기 올 때는 매형 주위 분들이 모두 다 말리고 반대하는 입장이었다. 그런데 2년이 지나고 난 지금은 다들 부러워하는 입장이 되었다. 예쁘게 집도 지었고 버섯농사도 잘 짓고 있다. 동네사람들과도 잘 어울리며 밝게 지내는 모습을 볼 때마다 이웃해서 살자고 권유하기를 잘했다는 생각이 든다.

예전에 건축하며 알던 후배 한 명도 이 길로 이끌어 주었다. 청주 땅 부자의 아들인데 그 땅에서 버섯농사를 짓기 시작했다. 거기서도 20억 넘는 땅에다 뭐 하는 짓이냐 하며 말리는 사람들이 많았다고 했다. 그런데 20억 넘는 땅이면 뭐하겠나? 전원주택 개발하다가 잘못 개발해서 대출금 못 갚아 땅까지 날리는 경우도 많이 봤다. 건물 지어 임대하는 게 말이 쉽지, 빈 방이 되어 버리면 이자만 나가고 땅까지 잡혀먹을 수 있다. 젊어서야 사업도 해 볼만 하지만, 나이 들수록 안정된 수입이 있어야 한다.

하고 싶은 일을 찾는다는 것은 수익성까지 보장될 때 가능한 일이다. 사실 나도 이 일을 하고 싶어서 한 건 아니다. 그런데 하다 보니까 마음에 들고 수익도 맞는다. 지금 작목반에서도 10명은 내가 하라고 권유해서 들어왔다. 나로 인해 버섯의 길로 들어온 사람들이 많다. 그러다 보니, 자꾸 버섯농가 늘린다고 욕도 먹었다. 그러면 나도 가만있지는 않는다. "저 땡볕에서 힘들게 담배농사 하고도 백 원밖에 못 버는 것을, 이 표고버섯 하면 이백 원 버는데 그걸 말해 줘야지. 바꾸라고 알려 주고 그래야지, 나만 잘살려고 그러면 되겠냐?"라고 막 쏘아 준다.

장인어른이 신상옥 감독, 장모가 최은희 여사

안양예고를 졸업하고 연예계 친구들이 많다 보니, 그쪽으로 연이 닿아 지금의 아내도 만나게 되었다. 우리 장인 장모가 바로 신상옥 감독과 최은희 여사이다. 친자식처럼 특별히 나를 아껴 주셔서 누구보다 애정이 깊은 분들이다. 장인어른이 간암 말기셨을 때도 나는 기꺼이 간이식을 해 드렸다. 그만큼 각별한 사이였기에 괴산에 신상옥 영화감독 기념관이 들어서는 논의가 있었을 때에 누구보다 신중하게 숙고했다.

장인어른이 돌아가시고 난 뒤 신상옥 감독 기념사업회가 결성되었다. 그리고 2010년에 괴산에 기념관을 짓자는 사업이 추진되었다. 내가 주로 장인의 유품을 가지고 있었고 나로 인해 괴산에서 기념사업회 모임이 열리기도 한 데다가 괴산군의 자연환경이 몹시 뛰어나다는 것도 한몫했다. 장모님이신 최은희 여사님도 괴산의 아름다운 경관을 무척 사랑하신다.

그렇게 괴강 관광지에 60억 8,900여만 원을 들여 지하 1층, 지상 2층으로 지을 문화전시관 내에 장인어른의 작품을 소개하고 영화 기자재 등을 전시하는 기념관을 꾸밀 계획이 세워졌다. 기념관에는 내가 보관해 온 신상옥 감독님의 유품, 영화필름, 각종 촬영장비 등 600여 점의 전시 계획도 논의되었다. 또한 기념관과 함께 영화체험관을 운영하며 영화

관련 행사도 유치해 지역경제 활성화를 유도할 계획이라며 큰 청사진을 그리고 있었다.

그런데 아무리 생각해도 이건 아니다 싶었다. 옛날 고물 카메라를 전시해 두고 필름을 틀어 준다고 와서 볼 사람이 얼마나 있을까? 막대한 예산으로 거대한 기념관을 지어 놓고 사람들이 오지 않으면, 직계자손으로서 온갖 욕을 다 들을 것만 같았다. 장인어른의 명예에 오히려 금이 가게 될 것만 같았다.

그래서 제안하였다. 기념관을 짓기 전에 전국의 영화학도들이 이용할 수 있는 단편영화 제작시설을 먼저 만들어 달라는 것이다. 연기학원을 운하며 느낀 것 중 하나로 연극영화과 학생들이 과제로 1년에 두 편의 단편영화를 만들어 제출해야 하는데 그럴 만한 장비와 시설이 열악했다. 그러니 여기 와서 영화를 찍고 편집까지 해서 파일 하나씩 만들어 가게 하면 서로 오려고 하지 않을까 하는 마음이었다. 전국 연극영화학과에 공문을 보내 괴산에 이런 시설이 있으니 누구나 와서 활용하고 가라고 하면 그들이 얼마나 유용하게 쓰겠는가. 사람들을 괴산으로 오게 하려면 어떤 목적의식을 갖고 오게 해야 하는데, 그러한 영화 제작 관련 편의를 제공하면 연극영화과 학생들이 저절로 모여들 것이고 여기서 엠티도 하면서 자연스레 영화 관련 인지도가 생길 것이라는 판단이 들었다.

나는 그렇게 인지도를 만든 후 신상옥 기념관을 만들고 유품을 전시하고 영화 상영도 하는 것이 순서라고 강조했다. 그렇게만 된다면 내가 가진 모든 유품도 기증하고 기념관 사업에 적극 협조하겠다고 제안했다. 그러나 역시 돌아오는 대답은 '어렵다'였다. 먼저 기념관을 지어 놓고 그 다음에 촬영 시설을 만들겠다는 의견만 되풀이했다.

나로서는 찬성할 수 없는 일이었다. 돈 들여서 기념관을 지어 놓고 동네 사람들이 지날 때마다 뭐라고 할 게 불 보듯 뻔한데 그런 일을 더 이상 추진할 순 없었다. 괴산이 고추로 유명하니까 고추유통센터도 크게 만들었지만 나는 거기 가서 고추 파는 사람을 본 적이 없다. 주민들이 지나다니면서 돈만 썼다고 투덜대는 상황인데, 나까지 그런 상황을 두고 볼 수는 없었던 것이다.

지금의 괴산 생활에 만족해

슬하에 1남 3녀를 두고 있다. 막내아들이 대학생인데 수업이 없는 날에는 같이 일을 한다. 졸업하고 본인이 이 일을 하겠다고 하면 시키고 아니면 말 것이다. 나부터도 내가 하고 싶은 거 하고 살아온 인생이니 자녀들에게 강요하거나 참견할 마음이 없다. 이 일은 자기가 하고 싶어야 하는 거지 누가 시킨다고 할 수 있는 일이 아니다. 현재에 만족하고 있고 앞으로 그냥 즐겁게 사는 것이 꿈이다.

생각해 보면 그래도 나 하고 싶은 일들은 다 해 보며 살아왔다. 고향으로 돌아온 것도 그랬다. 해 볼 만큼 다 해 봐서 일까, 다른 일들에 대해서는 더 이상의 미련이 남지 않는다. 사회생활 내내 고향 괴산에 대한 그리움과 귀농에 대한 고민이 늘 맴돌았었던 만큼 지금이 좋다. 그래서 이렇게 다시 고향으로 돌아왔고 오래도록 잊고 있던 행복이란 단어를 떠올리며 살 수 있는 것 같다. 표고버섯과 함께 해온 8년보다 앞으로 고향에서 보낼 남은 시간이 더욱 많을 것도 다행이다. 더욱 오래 행복한 시간을 보낼 수 있을 것이니까.

이번 주말에도 딴따라 친구들과 후배들이 찾아오기로 했다. 괴산에 산 이후로 오히려 예전 친구들을 더 자주 보는 것 같다. 괴산이 주는 넉넉함과 편안함이 그들의 발길을 저절로 이끄는 것 같다. 내가 그랬던 것처럼 말이다.

담배농사를
버릴 수 없는 이유

신원식, 이정례 부부(괴산읍)

오늘은 KT&G에 담배 수매를 다녀온 날이다. 아쉬움이 많이 남는 수매현장이었고 내년에도 또 수매를 할 수 있을지 마음이 착잡하다. 담배 선별장에서는 등급을 낮게 매기려고 혈안이 되어 있었다. 일일이 담뱃잎들을 다 헤집어 놓고 흠을 찾으려고 안달이다. 수입산 담배가 질도 좋고 싸게 들어온다며 KT&G도 그걸로 담배를 만들 계획이라고 한다. 이제 담배농사 그만하라는 소리로 들린다. 뒤집어서 담뱃잎들을 망가뜨려 놓고는 흠을 잡아내고 있으니 화가 머리끝까지 나서 고함을 질러 대고 말았다.

"그렇게 막 뒤집고 헤집어 놓으면 멀쩡한 잎도 다 망가지

겠소. 애써 죽어라 고생해서 말려온 연초를 왜 그리 함부로 다루시오. 누구 열 받아 죽는 꼴 보려고 그러시오?"

매년 수매장을 다녀올 때마다 명이 줄어드는 느낌이지만 올해는 특히 더했다. 아침 일찍 다녀와서는 넋이 나간 사람처럼 밥도 못 먹고 멍하니 앉아 있었다. 밥숟가락 들 힘조차 없었다. 무슨 지령이라도 받았는지, 수매가를 어떻게 해서든지 덜 쳐 주려고 작정들을 한 듯싶다.

가격이야 내가 농사지은 만큼 받으면 되니 더 뭐라고 할 마음은 없다. 다만, 말이나 행동이라도 곱게 할 일이지, 농민들이 애타게 지어 놓은 작물을 짓밟듯이 함부로 대하는 태도는 분노를 사기에 충분하다.

그래도 간신히 만 원대로 가격을 받았다. 400포 좀 넘게 가져갔는데 240포가 1등급을 받아 평균 만 원대를 맞출 수 있었다. 작년에는 우리 집 담배가 전국 1등을 했는데 올해는 작년만 못했다.

우리 집 담배를 보면 다들 좋다고 알아주었지만 올해는 내 느낌에도 성에 좀 안 차긴 했다. 남들은 잘했다 해도 뭔가 꺼림칙했는데 역시나 판정관들 눈이 정확하다 싶었다. 그러니 그만큼 받은 것도 다행이다. 농사 잘 안된 사람들은 9천 원대에 받고 그랬으니 이정도면 잘 받은 셈이라 더 불만은 없다.

담배도 수입산으로 만들어 팔면 더 남는다고 들었다. 조합
에서는 남겨 먹는 게 조금 있으니까 조합원들에게 담배농사
지으라고 하는데 정작 KT&G에서는 회사 이익을 더 남겨야
하니까 담배 하지 말라고 하는 분위기이다.

"그 힘든 걸 왜 하세요. 형님, 담배 하지 마시고 다른 쉬운
거 하세요. 고생 그만 하시고 이제 쉬엄쉬엄 편한 걸로 하고
그러세요."

그동안 담배농가들 덕에 회사가 크고 수출도 해 온 것인데
민영화가 되면서부터는 농가들 담배 수매에 드는 돈이 아까
운지 이런 식으로 계속 압박을 하고 있다. 어차피 나중에 더
늙어서는 못 할 일이겠으나 자기네가 먼저 앞서서 하지 말라
고 하는 언사는 말이라도 너무 야속하고 서운하다.

가난했어도 체력 하나로 버텨

나는 어려서부터 부모님과 함께 담뱃잎을 따고 밟는 것이
일상이었다. 도시사람들이 와서 우리 담배농사 하는 모습을
보면 힘들어서 어떻게 하냐며 혀를 내두른다. 담배를 수확하
다 보면 담뱃잎의 진액이 얼굴에도, 손에도, 옷에도 묻어 꺼
뭇꺼뭇하게 찐득거린다. 샤워를 해도 냄새가 잘 빠지지 않을

정도이다. 연초냄새를 맡기 싫어 절대로 담배농사 안 지어야지 하던 시절도 있었다. 그런데 결국 이렇게 40년 넘게 담배밭을 떠나지 못하고 있다.

어릴 때는 잔나비띠라서 재주가 많다, 똑똑하다는 소리도 들었지만 가난한 우리 집 형편에 학교 다니는 것조차 사치였다. 신기초등학교를 졸업하고 나는 중학교 진학을 원했지만 형이 당시 중학교 3학년인데 나까지 공부시킬 집안 형편이 안 되었다. 별수 없이 농사만 지으면서 2년이 지나갔는데 그때 신기초등학교 교장선생님이셨던 윤의진 선생님께서 부모님을 설득시키셨다. 선생님은 이웃에 사시면서 부모님과도 친분이 있으셨는데, 학교에 안 다니는 나를 보시면서 늘 가슴 아파하셨던 것이었다.

"원식이 중학교 보내 줘야지. 지금이라도 학교 보내라고. 마침 중학교 입학시험도 없어졌으니 잘 됐어. 농사짓더라도 공부는 더 가르쳐야 하는 겨."

결국 윤의진 교장선생님 덕분에 나는 괴산중학교에 입학할 수 있었다. 학교에 가서 보니 내 키가 제일 컸다. 당시 166센티였는데 남보다 2년 더 자라서 들어갔으니 키가 클 수밖에 없었다. 큰 키가 눈에 띄었는지 학교 체육선생님이 배구반에 들어오라고 하셨다.

그렇게 배구특기생으로 학교를 다니게 되니, 장학금도 나오고 연습마다 식사도 제공받을 수 있어서 나에게는 큰 혜택이었다. 다만 부모님은 늦게까지 연습하느라 집에 와서 농사일 도울 시간이 없는 것에 불만이시긴 했다. 그래도 그때마다 든든한 이웃사촌이자 스승님이신 윤의진 교장선생님이 내 편을 들어주셔서 감사했다.

하지만 운동하면서 얻어먹은 것보다는 배고픈 기억이 더 많았다. 한창 먹어야 할 시기인데 먹지도 못하고 훈련강도까지 높아 깡마른 몸으로 악바리처럼 운동을 해 내며 학교를 다녔다. 특히나 집으로 돌아가는 길이 무척이나 무섭고 힘들었다. 지금은 다 평지로 길이 잘 닦여졌지만 그때는 산고개를 넘어 다니며 등하교를 했던 탓이다.

깜깜한 산길을 혼자서 걸어오다 보면 짐승이든 귀신이든 뭔가가 나타날 것만 같았다. 옆도 안 보고 빠른 걸음으로 뛰다시피 집에 돌아오면 그제야 안도의 한숨을 쉬었다. 그렇게 집에 오면 얼마나 허기가 졌는지 부엌 안을 둘러보며 먹을거리가 있나 찾아보곤 했다. 식구 많고 가난한 집이라 먹을거리가 남아있을 리 없었지만 가끔 찐 감자나 옥수수가 있으면 그걸 얼마나 맛있게 먹었는지 지금도 기억이 생생하다.

한번은 운동을 하러 가서 미역국이 나온 적이 있는데 괴산 시내에 사는 놈들은 미역국이 나왔다고 투덜거리며 안 먹는다고 해서 크게 놀란 적이 있다. 그때만 해도 괴산 시내와 내가 살던 신기읍의 수준 차이가 꽤 컸다. 나한테는 생일 때만 먹는 귀한 음식인 미역국을, 시내 사는 놈들은 맛없다고 투정을 하는 모습을 보게 된 것은 일종의 문화충격이었다.

어쨌든 배구 덕분에 청주로 유학도 갈 수 있었다. 청석고등학교 배구특기자로 들어가게 된 것이다. 그때만 해도 신기읍 촌놈으로만 살던 내가 청주시로 고등학교까지 다니게 되자 마치 넓은 세상으로 가는 날개라도 단 듯 가슴이 요동치며 설레었던 나날이었다. 청주에 가서도 3년 내내 배구선수 생활을 충실히 한 덕분에 학비를 안 내고도 고등학교를 무사히 졸업할 수 있었다.

졸업 후에는 대구로 군 입대를 하게 되었는데 이군 사령부 의장대로 뽑혀 복무를 하였다. 키가 크고 인물이 좋아야 의장대로 뽑힐 수 있었는데 내 자랑 같지만 그때는 한 인물 했었다. 제대 후에는 다시 고향에 와서 부모님과 농사를 지었다. 그리고 중매로 지금의 아내를 만났다. 서로 마음에 들어 중매로 만난 지 한 달 만에 결혼을 하였다.

가진 것 없이 결혼해서

아내의 친정고모가 중신을 해서 아내와 결혼을 할 수 있었다. 아내는 다니던 직장을 연말에 그만두고 바로 이듬해 초에 시집을 왔는데 애초에 "여기는 선보면 결혼을 해야 한다. 아버지가 올해 회갑이고 아들은 28세 노총각이니 아들부터 결혼시키고 회갑잔치 하려 한단다." 소리를 들었다고 한다.

우리 아버지 생신이 음력 2월 28일인데 양력 2월 4일에 선을 보고 데이트도 한 번 안 하고 바로 패물을 준비하여 3월 12일에 결혼을 했다. 하필 또 내가 13일날 동원 훈련을 가게 되어서, 아내는 신혼여행도 못 가고 막내시누랑 1주일을 같이 자면서 나 없이 시댁에서 살게 되었다.

아내는 시내에서 살았으니 시골에서 농사짓는 생활을 잘 몰랐다. 그래도 볼수록 호감이 들면서 서로에게 정이 들었고 아내는 처음 짓는 농사도 배우면서 금방 잘하게 되었다. 가진 것은 없었지만 큰 풍파도 없었고 시부모, 시누이들과 갈등 없이 잘 지냈다. 나도 아버지 말은 법인 줄 알던 아들이었다. 다른 사람한테는 안 참아도 아버지 말에는 순종했던 아들이었는데, 아내도 나처럼 부모님께 순종적이라 가족 간에는 화목할 수 있었다.

착한 아내는 지금껏 열심히 살면서 가난한 살림을 어지간하게 살 만큼 일구어 놓았다. 이제 와서는 여유가 생겼는지 예전 추억을 더듬어 이런 이야기도 웃으며 하곤 한다.

"시집온 해부터 매년 제사가 3번 있었는데, 시어머님이 김을 딱 열 장씩 사시더라고. 그러면서 그걸로 제사 3번 지내라고 했어요. 그때 시부모님하고 시누이 두 명하고 같이 살면서 한 끼에 김 한 장도 못 먹고 살았던 때였어요. 또 생선

한 마리도 비싸다 보니 아버님 반찬으로 조기머리 다 다져서 그거 양념해서 드리면 그것도 귀하다 여기며 드시고 그랬어요. 그때 생각하면 지금 우리는 너무 잘사는 거지. 그런데 그때는 다들 그렇게 살아서 그게 딱히 슬프거나 힘들거나 하지를 않았어요. 아버님이 연세가 있으셔도 깨어 있으신 분이라 젊은 사람들 입장도 잘 헤아려 주시고 신기읍에 살던 시절, 우리 보고는 괴산 시내에서 살라고 하시면서 배려해 주시기도 했고요."

"시집와서 한 번은 시아버님하고 같이 택시를 타고 괴산에서 신기읍으로 넘어오는데 포장된 도로가 끝나고 다 흙길인 거예요. 그러니까 택시기사가 더는 못 간다고 그만 내리래. 이런 흙길로 갔다가는 세차비도 안 나온다고 하면서. 그게 33년 전 일이에요. 그런데 그때 택시비가 3천 원이었어요, 지금은 7천 원인데. 그러고 보면 택시비도 안 올랐어요. 아무튼 그때 택시에서 내려서 시아버님하고 같이 흙길을 걸어서 집에 오던 기억이 생생해요. 아무 이야기도 안 하고 그냥 조심조심 걸어왔었는데 그 시간이 왜 이리 길게 느껴졌던지…."

담배농사를 버리지 못하는 이유

담배농사의 장점은 목돈이 된다는 것이다. 일단 다른 농사에 비해서 재배면적을 크게 할 수 있다. 품을 사더라도 다른 농사로는 그렇게 크게 지을 수가 없는데 담배는 대량 재배가 가능하다. 우리 집도 35단, 즉 만 2천 평 정도의 면직을 재배한다. 대량 재배는 벼농사도 가능하시만 벼농사보다야 가격을 잘 받으니, 기왕에 해 온 거 목돈 들어오는 보람에 하게 된다.

그리고 2모작을 할 수가 있다는 이점도 있다. 담배 수확 이후에 배추도 심고 콩도 심을 수 있다. 만약 고추라면 한 번밖에 못 할 테지만 담배는 수확 후에 후작을 하니까 다른 작물보다는 수입이 괜찮다 볼 수 있다. 또 담배는 KT&G에서 전부 다 계약수매로 거래를 하다 보니까 가격이 안정적인 편이다. 대신 신규로는 허가를 안 주려고 한다. 그전에는 하고 싶으면 다 해줬는데 이제는 하던 농가 이외에는 계약을 안 주려고 하니 나름 보호받고 있는 셈이다. 농토거리 팔기는 아깝고 하니, 힘에 부치더라도 그냥 하는 데까지는 하려고 한다.

땡볕에 허리가 휘도록 연초를 딴 후 커다란 잎을 하나하나 따서 건조하는 것은 여름 내내 계속된다. 다시 이를 건조시키고 한 단씩 묶어 보관하는 작업은 11월까지 계속된다. 그렇게 일단 양력 7월 중순 무렵이면 밭에서 하는 담배농사는 끝난다. 예전에는 8월까지도 담배를 뺐는데 요즘은 그냥 7월에 끝내고 뒷그루를 심는다. 콩도 좀 심고 배추도 심어서 절임배추로 팔면 수익이 괜찮다.

괴산지역은 배수가 잘 되고 토질이 좋아서 담배 경작하기에 적당하다. 인삼과도 재배 조건이 비슷하다. 과거보다 재배농가가 줄긴 했는데 오히려 면적은 더 늘었다. 건조시설이며 건조기술이 기계화되는 부분이 생기다 보니 과거에 비해 대량생산을 하는 농가가 많아졌다. 그래도 담뱃잎을 따고 건조하는 작업 대부분이 다 수작업이라 인건비가 많이 들며 담배농사가 힘든 이유이기도 하다. 특히 수매를 위해 한 단씩 묶어야 하는데 그 과정이 특히 어렵다. 아무나 인부를 쓸 수도 없는 것이, 한 단 속에 들어 있는 담뱃잎의 크기가 일정해야 하는데, 한두 장이라도 크기가 다르면 등급판정에서 불이익을 받기 때문이다.

보통 한 단이 1.5에서 2킬로그램가량 되고 이것을 만들려면 담뱃잎 200포기를 따야 한다. 가끔씩 감정원들이 와서 작업하는 것을 시찰하곤 하는데 한번은 감정원이 할머니들 하는 것 보고 잘못했다고 지적을 하자 그 할머니가 반격을 하셨다.

"그러면 거기 감정원 아저씨가 한번 시범을 보여 줘 봐요. 두 단만 해 놓고 가시오. 그러면 그것 보고 그대로 할 테니."

그 감정원이 해 보겠다고 만지더니 어느 순간 안 보이기에 어디 갔나 했더니 밖에서 담배를 피우고 있는 것이었다. 결국 종당에는 한 단도 못 해냈다.

"과장님, 한 단 묶으려면 200포기를, 그것도 한두 잎씩 따서 만드는 것인데 그게 어떻게 똑같겠어요. 그렇게 똑같은 이파리로만 묶으려면 하루 종일 두 단도 못 해요."

식물은 주인 발자국 소리 듣고 큰다

전국 최고의 담배 생산 농가라는 칭호도 들었다. 남들보다 조금이라도 더 기술과 노력을 들이고자 애썼다. 남들 잠잘 때 잠 안 자고 밭을 들락거리고 물이 필요하다 싶으면 더 신경을 쓰면서 더욱 노력했다.

식물들은 주인 발자국 소리를 듣고 크는 법이다. 보기엔 그냥 크는 것 같아도 그게 아니다. 일단 주인이 부지런해야 한다. 물론 농사에 적합한 토지와 기후가 필요하니 땅도 중요하다. 그 다음은 건조기술 터득이다.

나도 담배 품질 보는 눈은 정확한 편이다. 감식안은 있는 셈이다. 감식안을 키우려면 감정원과 비슷한 수준의 지식도 필요하겠지만 직접 농사지어 본 경험이 더 정확할 때가 많다. 그래도 감식해서 수매해 가는 건 감식원들이니 그들 눈에서 한 번 더 보는 수준으로 궤도를 올리는 중이다.

　건조실에서 말리는 연초 냄새는 고소하다. 여름에 따서 건
조를 바로 시키는데 기계에 넣고 벌크에 기름으로 불을 때서
7~8일간 열풍으로 바짝 말린다. 이때의 건조가 곧 기술이
다. 거기에 노하우가 있다. 연두색 잎을 예쁜 노란색으로 만
드는 것이 관건이다. 그냥 말리는 것 같아도 다 오랜 경험과
노하우로 몸에 밴 기술이 필요하다.
　연초는 맛이 써서 쥐도 안 꼬일 정도지만 쌀벌레마냥 작은

벌레가 건조 중인 연초에 생길 때도 있다. 3~4년 전에는 병충해 때문에 굉장한 위기를 겪기도 했다. 기존의 국산 담배 종자는 감자 바이러스에 취약해서 한번 옮겨 붙으면 담배농사를 다 망치게 된다. 이 때문에 감자 농가들하고 싸움도 붙고 해서 분위기가 흉흉했었다. 병 때문에 어쩔 수 없이 브라질 종자로 바꿔서 재배하고 있는데 재래종보다는 품질이 좀 떨어진다는 약점이 있다.

일반 재래종자도 일부 재배하고 있는데 이전보다 소독을 더 하면서 노력을 하는 편이다. 무엇보다 감자밭이 근처에 얼씬도 못 하게 해야 한다. 모르고 작은 텃밭에 감자를 조금이라도 심었다가는 담배가 싹 몰살될 수 있다. 요새 위기가 그것이다. 브라질종자로 재배하니 품질은 떨어지는데 바이러스 때문에 어쩔 수는 없고 말이다.

이제는 누구도 안 부러워

바쁠 때는 우리 애들도 담배 밭에서 일을 시키고 그랬지만 농사를 물려줄 마음은 절대로 없었다. 특히나 딸은 연초 냄새만 맡으면 속이 역해진다며 구토를 하기 일쑤였다. 곱디고운 우리 딸이 구토를 할 때마다 마음이 많이 아파 밭에 오지 못하게 했다. 그래도 바쁜 철에는 부모님 돕겠다고 일을 거들며 도와주던 심성 착한 아이였다.

이제 딸은 직장에 다니며 자상한 공무원 남편과 사이좋게 살고 있고 아들은 진천에서 사회복지사로 일하고 있다. 아이들이 잘 자라서 원하는 일을 하고 잘 생활하고 있으니 더 바랄 것이 없다. 다들 농사를 이어받을 것 같지는 않지만 사위는 나중에 들어오겠다는 말도 한다.

젊을 때는 12년 동안 배구대표로 도민체전에도 나갔었다. 그럴 때는 일이 밀려 농사에 지장이 생기기도 했지만 도민대표로 나가는 경기여서 당연히 내가 나서야 했다. 배구 덕분에 고등학교도 졸업하였으니 내가 받은 혜택을 그렇게라도 갚아야 한다는 마음이 앞섰다. 그것도 다 젊을 때 이야기이고 이제는 농사만 짓기에도 힘에 부치다. 그래도 아직까지 건강한 몸으로 농사지을 수 있는 것을 다행이라 여긴다.

금연인구가 늘고 있다지만 나는 아직도 하루 한 갑씩 담배를 태운다. '심플 1미리'인데 제일 순한 것이라고 해서 그걸 태운다. 그래도 담배농사로 먹고 살아 왔는데, 담배를 멀리할 수는 없지 않은가. 건강에 안 좋다고 하니, 순한 걸로 골라 피우는 정도이다.

몇 해 전에는 회갑 기념으로 동생네 식구들과 동남아 여행도 다녀왔고 딸아이가 특별한 선물도 해 주었다. 거실 벽 가운데 걸린 리마인드 웨딩사진이 그것이다. 모르고 보면 우리 딸내미 결혼식 사진인 줄 안다. 자세히 보면 우리 부부다. 보정작업을 해서 주름도 펴 주고 해서 실제와 좀 다르긴 하지만 그 사진을 볼 때마다 다시 결혼해서 사는 마음이 든다.

　이제는 더 끈끈해진 정으로 서로를 의지하며 살아가기에 신혼 때보다 더 행복하다는 생각도 해 본다. 한때는 도망치고 싶었지만, 평생을 바친 담배농사 덕분에 지금은 누구도 부럽지 않은 시간을 갖게 되었다. 이것이 내가 담배농사를 버릴 수 없는 이유이다.

최고의 품질로 자부심,
재래종 유기농태양초

국립원예특작과학원 현장명예연구관
/ 옛날맛농장 안광진 대표(장연면)

　40여 년 이상 고추농사를 지어 왔지만 결국 옛날 방식으로 고추농사를 짓고 있다. 7,600㎡(약 2,300평)의 시설하우스에서 유기농으로만 고추를 재배하고 있다. 병충해에 취약한 고추를 무농약 친환경으로만 재배한다는 것은 여간 어려운 일이 아니다. 실패도 많이 하고 여전히 악전고투 중이지만 주는 대로 먹겠다는 심정으로 얼마간 내려놓았다. 유기농 재배를 알아주시고 귀한 음식 맛있게 잘 먹었다고 칭찬해 주시는 고객들이 있어 그 힘으로 유기농재배를 해내는 것 같다.

땅심과 자생력으로 키워 내

고추 유기농 재배에 앞서 우선 땅심을 키우기 위해 화학비료 대신 질소·인산 등의 영양분이 풍부한 청보리를 재배한다. 청보리는 고추 아주심기 시기에 파종해 무릎 높이로 자랐을 때 땅바닥에 그대로 눕혀주는데 이것이 훌륭한 비료가 되는 셈이다.

청보리는 단기적으로는 화학비료에 비해 양분 공급 효과가 떨어지지만 해를 거듭할수록 땅을 비옥하게 만든다. 또 청보리는 자라면서 고추와 양분 쟁탈을 벌이는데, 이 과정에서 고추의 생육이 더욱 건강하게 이루어진다. 청보리를 심으면 고추가 땅속 영양분을 빼앗기지 않기 위해 뿌리를 더 깊게 내리기 때문이다. 뿌리가 깊게 뻗을수록 영양분 흡수량이 많아져 고추가 튼튼해지는 원리이다.

고추농사에서 가장 문제가 되는 병해충도 농약을 전혀 사용하지 않고 친환경적으로 해결한다. 할미꽃 뿌리 추출물을 1,000배로 희석시켜 고추에 뿌리고 있는 것이다. 친환경 자재인 할미꽃 뿌리는 진딧물 등 해충피해 예방에 탁월한 효과가 있다. 흰가루병도 재배환경을 조절해 예방하고 있다. 헛골에 물을 흘려 습도를 높이는 방법으로 흰가루병을 예방하고 있는데 시설 내부가 건조하면 흰가루병 포자가 공기 중에 쉽게 떠다니지만 습기가 많으면 포자가 이동할 수 없다는 점을 이용한 것이다.

병해충과 더불어 고추재배 농가들을 힘들게 하는 것이 저온피해이다. 그래서 시설 안에 일라이트 부직포 터널을 설치해 저온피해를 막았다. 일라이트 부직포 터널은 보온력이 좋아 기습적인 저온피해를 막아주고 낮과 밤의 일교차를 줄여 석과(씨 없는 고추) 발생률도 낮추는 효과가 있다.

농약을 사용하지 않는 대신 식물의 자생력을 키워 고추의 품질을 높이는 것이 관건이다. 그러다 보니, 유기농고추에는 유익균을 많이 줘야 한다. 바실러스균, 효모균, 유산균은 땅에 넣어주고 광합성균은 햇빛을 받는 균이기 때문에 고추나무 위에 뿌려주면 잎이 두꺼워지고 단단해진다. 이렇게 친환경적으로 재배된 괴산 고추는 매운맛이 진해 적은 양으로도 깊은 맛을 낼 수 있다.

이 같은 방법으로 생산한 건고추를 대부분 직거래 방식으로 판매한다. 가격은 시세에 상관없이 항상 한 근(600g)에 2만 원 정도를 고수하고 있다. 올해 고추 값이 많이 떨어져 일반 고추가 한 근에 5천 원 대인 것에 비하면 월등히 비싼 가격이다. 그런데도 없어서 못 판다. 품질이 좋다는 입소문이 나면서, 늘어난 단골고객이 한두 명이 아니다.

지금도 저장고 안에는 팔 만한 물품이 하나도 없다. 집에서 먹을 산나물 말린 것들만 있을 뿐이다. 고추 외에도 재배하는 옥수수, 배추, 쌀, 마늘도 모두 완전 유기농으로만 생산하는데 이 역시 금방 동이 난다. 심지어는 집 앞 입구에 가로 수 용도로 심은 사과나무의 사과까지도 다 팔려 나간다. 단골들이 우리 집 농산물이면 무조건 믿고 사 먹으려 하기 때문이다. 품질만 좋으면 소비자들이 먼저 찾는다는 것을 경험하고 있다.

고객들 품앗이에 의지하기도

요즘 농가들은 기업형으로 하는 게 추세인데, 매출은 높아 보여도 실질적으로 남는 것은 없다. 다들 품값 나가는 거 제하면 남는 게 별로 없다고 한다. 나 같은 경우는 그냥 안식구하고 둘이 하는 걸로 만족한다. 그렇다고 전부 다 둘이서만할 수는 없고 주말에 아이들이 와서 도와주기도 하고 식구처럼 우리 집 일을 도와주는 이웃과 손님들도 있다.

단골손님 중에는 오랜 인연으로 가끔 와서 도와주는 분이 있다. 우리 집 식구처럼 우리 집에서 나는 건 다 좋다고 하면서 찾아오고 안식구한테 형님, 형님 하며 왔다 갔다 하는데 그런 분들이 웬만한 일꾼보다 더 낫다. 농사를 옛날식으로 하다 보니 사는 방법도 어쩐지 옛날식이 되어 버린 것 같다. 사실 우리 집 농사는 그래야 농사가 되지 기업형으로 해서는 되지를 않는 구조이다.

가족들처럼 도와주는 분들과 힘을 합쳐 일을 하기 때문에 더욱 정성을 쏟을 수 있다. 깨끗하게 내 식구 먹을 것이라는 마음으로 농사를 한다. 돈을 주는 것도 아닌데 이렇게들 다 도와주니까 아직 세상은 살 만하다는 생각이 든다.

이렇게 손님들이 내 것을 팔아주고 거들어 주니 같이 오래 살면서 의리가 있고 정이 생겼다. 어쩌다 실수로 이물질이 들어가도 이해해 줄 정도가 되었다. 이렇게 진짜 내 소비자를 만들기까지 오래도록 고생을 했다. 농사야 부모님 대부터 쭉 해 왔지만, 지금과 같은 유기농법으로 인정을 받기까지 꼬박 15년은 고생을 한 것 같다.

우리 집 농토의 유기인증면적이 7천 평가량 된다. 전부 다 유기농인데 배추농사만 해도 벌레가 다 먹고 못 쓰는 게 많아 너무 힘들다. 그냥 밭에 버려 둔 것 천지니 덕분에 우리 집 닭들만 호강한다. 닭들을 풀어놓고 키워도 걱정이 없다. 벌레 먹은 배추며 땅 속 지렁이까지 다 주워 먹고 튼튼히 자라니 말이다.

힘들어도 주는 대로 먹겠다는 마음

처음 유기농으로 전환할 때가 가장 힘들었던 시기였다. 하다 보면 어느새 식물에 병이 들어 다 없어져 버리니 화가 나서 그냥 농약을 쳐 버릴까 마음을 먹은 적이 한두 번이 아니었다. 싸우기도 많이 싸우고 술 먹고 농약 뿌리려다 이를 악물고 참기도 참으면서 별짓 다 했다. 농약 대신 친환경유기재 약을 쓰기는 하지만 그것만으로는 확실한 효과가 없다. 그러다 보니 어느 순간부터 노하우보다도 그냥 옛날식으로 일단 하고, 하는 데까지 한다는 입장이 되었다. 주는 대로 먹고, 욕심 안 부리고 마음 편하게 하면 된다. 1개 나오면 1개 먹고 2개 나오면 2개 먹고 그래야 되지, 일반 농사처럼 원하는 수확량 정해 놓고 하면 안 된다.

안 될 때는 속상하기도 하지만, 이제는 그런 것도 없이 거의 달관의 경지에 올랐다. 작년 고추농사도 병충해로 인해 하우스 한 동이 다 망했었다. 그래도 지금 밥 먹고 살고 있지 않나. 자꾸 그런 일에 신경 쓰면 스트레스만 받고 힘들다. 살아남는 건 있겠지 하는 마음으로 여유 있게 생각해야만 할 수 있는 것이 유기농 농사이다.

유기농 안 믿을 때가 가장 속상해

완전 유기농으로 인정받으려면, 무농약 재배를 3년 하고 2
년 전환기 과정을 거치며 엄격한 심사를 통과해야 한다. 갈
수록 심사기준이 엄격해지고 있는데 지금은 유해성분이 162
가지에서 320가지로 늘었다. 검출되면 안 되는 성분들이 더
늘고 있고 검사하면 대번에 성분이 나오기 때문에 유기농자
재라고 해도 늘 재확인을 해 가며 쓰고 있다. 일일이 천연비
료만을 써야 하고 농약 대신 비싼 유기자재로 나온 약을 쓰
기는 하는데 독성이 없으니 잘 듣지도 않는다. 그래도 안 쓰
는 것보다는 나으니까 비싸더라도 유기농천연자재를 쓰기는
써야 한다.

고추농사는 해충을 차단하는 것이 가장 힘든 일인데, 물

양을 늘려서 푹 적셔야 그나마 벌레가 죽는다. 완전히 푹 젖도록 샤워를 시켜야 죽지, 그냥은 안 죽는 것이다. 유기농작물 중에 벼는 유기농으로 농사하기가 쉬운 편이다. 유기농으로 재배하기 가장 까다로운 게 채소이고 그중에서도 고추가 제일 힘들다. 배추도 벌레만 잡으면 되니까 고추보다는 수월한 편이다. 고추는 벌레가 엄청나게 잘 생기기 때문에 병충해를 잡는 것이 제일 큰 숙제이다.

고추에 달려드는 벌레는 잠깐 사이면 다 퍼진다. 하우스 한 동에 퍼지면 금방 전체에 퍼져서 미처 손쓸 시간도 없고 이미 퍼진 후엔 아무리 천연 약을 쳐봐야 소용이 없다. 그러니까 유기농이 귀하고 비쌀 수밖에 없는 것이다. 괴산군에도 유기농을 늘리려고 권장은 하는데도 전체적으로는 오히려 줄고 있는 실정이다. 유기농 농산물이 가격이 세다고 해도 하다 보면 몸이 너무 힘들고 스트레스를 심하게 받으니까 안 하려고들 하는 것이다.

유기농에 대한 소비자의 인식도 문제이다. 사람들은 가격이 비싼 것만 보고는 어떻게든지 불신을 한다. 유기농이 어디 있냐며 못 믿는 사람들이 의외로 많다. 그런 이야기를 들을 때가 가장 기분이 나쁘다. 죽자 사자 노력해서 농사해 놨는데 함부로 말하고 폄하하기 때문이다.

유기농은 아는 사람은 아는데 모르는 사람들은 여전히 모른다. 그래도 고정고객이 있고 늘 찾아 주고 믿어 주니까 힘을 얻는다. 유기농이 고급이라고들 이야기하지만 겉치레가 심한 아줌마들이 찾는 게 아니고 오히려 겉보기엔 수수한 아줌마들이 찾는다. 그런 걸 보면 유기농은 돈 있다고 먹는 것은 아닌 것 같다. 진정 음식에 신경 쓰고 가치를 아는 분들이 찾으신다. 보기에는 우습게 보여도 유기농으로 먹는 것이 진짜 몸에 좋기는 좋다. 바로 효과를 보지는 못해도 꾸준히 섭취하면 효능을 안다. 나만 해도 우리 집에서 나오는 식자재만 먹고 살면서 여태 감기 한 번 안 걸리고 일하고 있다.

시중에서는 농약은 일정 기간이 넘으면 분해되어 없어진다고 하고 기준량을 넘지만 않는다면 평생을 먹어도 괜찮다고 하는데 나는 그 말을 못 믿겠다. 분해되어 없어진다면 식물에서 농약성분이 검출이 안 되어야 한다. 하지만 검사하면 대번에 다 검출되는데 그게 무슨 없어진 것인가. 땅에도 자꾸 쌓이면서 식물에도 축적이 되기 마련이다. 농약의 안정성을 강조하기보다는 유기농의 중요성과 가치를 더 강조하여야 할 것이다.

부모된 마음으로 생각해 봐도 다들 자기는 뭘 먹어도 괜찮지만 아이들한테는 좋은 걸 먹이려고들 한다. 우리 집에 전기세 받으러 오는 분에게도 그런 말을 들은 적 있다. 자기는 아무거나 먹어도 되는데 애들이 걱정이라며 어디서 구입해야 하냐고 묻기에 한살림이나 생협에 회원가입해서 사 먹으라고 알려줬다.

생각해 보면 요즘 사람들은 맛있는 것만 찾아 먹고 밖에서 사 먹는 것을 좋아하는데 내 입에는 맞지 않는다. 그런 음식을 식당에서 먹으면 물만 먹히고 니글거려서 별로인데 남들은 그런 걸 좋다고 먹는다. 연하고 부들부들한 것만 맛있다며 찾는다.

오늘도 쌀 떨어졌다고 급하게 보내달라는 전화를 받았다. 바로 보내 줘야지 하루라도 늦었다가는 밥 못 먹는다고 난리난다. 가정용 도정기로 바로 도정한 후 4킬로그램씩 소포장해서 20킬로그램 박스로 보낸다. 고객들이 우리 집에서 나오는 건 다 믿으니 돌아가며 여러 개를 시키는 경우가 많다. 절임배추, 고추, 마늘, 현미찹쌀, 옥수수까지 얼른 보내줘야지 늦어지면 야단한다. 벼도 품질이 최고 좋은 걸로 심어야지 수량만 많아 봐야 헛일이다. 최고로 좋은 걸로만 농사짓는 것이 규모는 작게 짓더라도 돈 버는 방법이다.

수몰지구로 고향을 잃고 정착한 곳

내 고향은 원래 제천 청풍면이다. 80년대 초 충주댐 건설로 내 고향 청풍면과 아내 고향인 한수면까지 다 수몰되고 말았다. 대부분이 영세 농가였던 고향 사람들은 뿔뿔이 흩어져거의 다 연락이 끊겼다. 가끔씩 오고 가는 사람들아 더러 있기는 하지만, 만나도 옛날 추억만 곱씹다 만다. 지금도 물속에 완전히 잠겨있을 고향을 생각하면 아직도 가슴이 아프다.

실향민 하면 이북이 고향인 사람을 떠올리기 마련이지만, 수몰지구 실향민이 더 서글프다는 생각이 든다. 어딘가에 있는 고향이 아니라, 아예 사라져서 없어진 고향이라는 점에서 마음 한구석에 상실감이 계속해서 존재해 왔다.

고향에서도 부모님과 작게 농사를 지으며 살았기에 근처의 비슷한 환경을 찾아 이곳 괴산 장연군 광진리까지 오게 되었다. 나는 그 당시 결혼해서 이미 30대 나이였다. 부모님과 처자식을 이끌고 처음 여기로 왔을 때는 모든 것이 낯설고 막막하기만 했다. 그 전에 살던 한수면은 교통편이라도 좋았는데 여기는 완전히 오지였다. 어쩔 수 없이 부모님과 오두막살이로 시작했다.

지금 집은 내가 다시 다 지은 집인데, 그 당시에는 그야말로 작은 오두막이었다. 큰아이가 6살이었고 당시 유치원을 다니다 이사 왔는데 여기로 와서는 보낼 유치원도 없었다. 그래도 다행히 이웃들 인심이 좋아 금방 괴산 생활에 적응해 나갔다. 재미있는 것은 내 이름이 안광진인데 이곳 마을 이름이 '광진리'라는 것이다. 마치 이 동네에서 태어나 이름을 그렇게 지었나 생각할 수도 있을 이름이다. 이름이 같아서인지 어느 순간 이곳 생활도 편안하게 익숙해졌고, 이제는 진짜 내 고향이 되었다.

한번은 TV토크쇼에 괴산고추 대표로 나간 적이 있다. 음성고추 대표하고 나랑 둘이 나가서 자랑하고 그러는 프로였는데, 다 편집하여 나가니까 이기고 지고도 없었다. 생방송 같으면 모르는데 편집해서 양쪽이 비슷하게 보이도록 나가니까 우리 집 고추를 보고 감탄하던 현장의 분위기가 제대로 반영되지 않았다.

그렇게 여기저기 매스컴에도 나오고 하다 보니, 괴산고추를 대표하는 사람으로 인정도 받게 되었다. 괴산군에서도 고추를 대표작물로 내세우면서 고추축제도 하고 그러는데 다른 지역과의 차별화를 위해 많이 노력하는 것 같다. 축제 때 나갈 고추도 특별히 선별해서 내보내는 방향으로 가고 있는데 잘하는 것 같다.

최고 품질로 인정받아야 괴산고추가 활성화될 것이다. 가까운 음성하고도 서로 자기네 고추가 낫다고 경쟁을 하고 있는데, 이것이 가격경쟁으로 붙어서는 안 될 것이다. 같은 농민끼리 가격경쟁을 하면 어느 쪽이든 죽는 건 농민들일 뿐이다. "괴산고추가 최고로 좋으니까 괴산 가서 고추 사야겠다."라는 말이 들려야지 "음성보다 싸니까 괴산고추 사야지." 소리를 들으면 망하는 것이다.

단 하루도 쉬는 날 없어

고추밭 하우스가 11동인데 이것도 벅차서 하우스에 안에는 덜 딴 고추들이 매달려 있다. 일부러 남긴 게 아니고 미처 일을 못 해서 둔 것들이다. 그나마도 서리가 와서 다 얼었다 녹았으니 이것들은 집에서 국이나 반찬에 넣어 먹는 용도가 될 것이다.

마늘도 이제 심어야 하는데 조금 늦은 감이 있다. 마늘은 12월 초에 심어서 봄에 수확할 수 있으니 겨울작물로 딱이다. 12월 말에는 고추를 파종해야 하니 이제부터 슬슬 고추 채마밭에서 고추씨도 따 놔야 하겠다. 겨울에 심어 모종을 키운 후 봄에 옮겨 심고 나면 또 접목하고 고추밭 만들 준비를 해야 한다. 다람쥐 쳇바퀴 돌듯이 돌고 또 도는 것이 농사일이다. 여행도 못 가 보고 놀러도 한 번을 못 가고 그야말로 꼼짝을 못 한다. 7천 평 땅인데 애들은 일을 줄이라고도 하지만 그러면 누가 밥 먹여 주겠나. 여태껏 애들 뒷바라지를 하느라 재산 늘린 것도 없다.

그저 이 정도만 유지하고 아무 탈 없이 일할 수 있으면 된다. 남에게 손 안 벌리고 일하면서 사는 게 남은 희망이다. 창고도 다 있고 하우스도 잘 돌아가고 있으니 그게 재산이면 재산이라고 생각한다. 이제 건강만 지키면 되는데 냉동창고에는 집에서 먹을 유기농 반찬거리들이 상시 있으니 그것으로 건강관리하면 된다. 운동이야 농사일 하는 게 운동이니 건강도 큰 걱정은 안 된다.

애들도 대학을 마치고 직장들 잘 다니고 있다. 지난주에는 배추를 수확하느라 바쁜 시기인 걸 알고는 일부러 휴가를 내서는 머무르는 내내 도와주고 갔다. 도시에서 살긴 해도 농사일이 바쁜 철이면 먼저 챙기며 부모를 걱정하고 도와주러 오는 착한 아이들이다. 아이들에게 좋은 걸 먹일 수 있는 것도 다행이라 여기며 농사짓는다.

욕심 버리고 주는 대로 먹는다는 마음으로 유기농 재래고추를 재배하듯, 앞으로의 인생도 마음 편하게 즐겁게 살고 싶다. 굳이 욕심을 낸다면 고객들이 "살면서 이렇게 좋은 고추는 처음 봤어요. 이 집 고추가 최고 좋은 것 같아요." 소리를 계속 듣는 것이다.

쌀을 놓을 수
없는 이유

용암골농장
이관식, 김영희 부부(사리면)

수확기가 끝난 요즘이 그래도 시간이 좀 한가한 때다. 오전 7시에 일어나 축사로 가서 소, 염소 사료를 먹이고는 집에 오면 8시 30분, 밥 한술 뜨고는 면이나 군의 볼일을 보고 다시 집에 와서 논밭이며 하우스 일을 좀 하다가 다시 짐승들 밥 주러 간다.

농사 경력이야 20년 됐지만 나이로는 막내급에 속하다 보니 농민회 일이며 마을 분들 모임 관련 업무 등이 많다. 3년 전까지는 이장직을 6년간 맡아 보기도 했다. 젊은 이장이다 보니 어르신들을 대신하여 고충 처리 업무를 주로 맡으며 마을 농사를 위해 발로 뛰는 일들을 해왔다. 요즘엔 마을 분들 공공비축미 매상에 대한 일을 봐드리고 있는데 내 일은 아니지만 다 같은 식구라는 마음으로 마을 일에 앞장서는 편이다.

내가 하는 농사의 주력품목은 벼농사인데 쌀값 하락이 심각하다. 작년에 비해서 매출이 너무 떨어져 걱정이다. 작년에는 6만 평에 논농사해서 2억 정도 매출은 올렸다. 그런데 올해는 1억을 간신히 넘긴 수준이다. 변동직불금을 보태준다고 해도 이미 5~6천만 원을 버리고 계산해야 하는 상황이다. 농사로 들인 경영비를 제하면 돈이 남아야 하는데 오히려 마이너스가 되니, 올해 농사 결산도 하기 전에 한숨부터 나온다. 심각하다 못해 재난 상태이다.

특별한 대책은 없지만 농민집회라도 꼬박꼬박 참가하고 있다. 그나마도 안 하면 벼농사 농가들이 모두 찬밥 신세가 될 것 같으니 참석하여 의견표명이라도 하는 중이다. 박근혜 대통령도 후보 시절 대선공약으로 쌀 한 가마니에 최소 23만 원은 보장해 주겠다고 호언장담했었다. 그것만 보장됐으면 먹고사는 데 아무 지장이 없었기에 다시 박근혜 후보에 한 표 찍었었는데 지금 와서는 심각하게 후회하는 중이다.

괴산에서도 수요일마다 촛불집회를 하고 있다. 농업인들 주도 아래 전교조, 공무원노조 등이 참석해 30~50명이 시계탑 앞에서 집회를 진행하고 자유발언도 한다.

피해농민들 말고는 쌀 문제에 너무 관심들이 없다. 40킬로그램 쌀 한 포대 값이 전라도는 28,000원, 여기는 33,000

원, 경기미가 잘 나오면 4만 원에 가격이 책정되고 있다. 작년에 비해 만 원씩 떨어진 금액이다. 밥 살림이 심각하다.

수입쌀이 문제라지만 사실 그보다 더 큰 문제는 농산정책의 부재이다. 나는 처음부터 쌀 수입개방을 찬성한 사람이다. 처음부터 수입을 허가하여 닥칠 피해를 먼저 겪고 대책을 세우는 것이 혼란을 극복할 방법이라 생각했다. 처음부터 수입물량을 받아 경험했으면 애초에 대책을 강구했을 것이다. 어차피 맞을 매, 나중에 수입쌀과 경쟁이 되려면 미리부터 방법을 찾고 정책을 수립했어야 했다. 이렇게 뒷북 칠 일은 만들지 말았어야 했다. 그런데 수수방관하다가 이제 와서야 의무물량 때문에 어쩔 수 없다며 쌀농사 말고 다른 대체작물을 찾으라고 둘러대기 바쁘다. 쌀 농가들만 무방비로 폭격을 맞은 것이다.

의무 물량만 아니면 우리나라는 쌀이 부족한 나라이다. 쌀은 물론이고 식량 자급력이 안 되는 나라이다. 미리부터 대책을 마련하지 않고 쌀값 안정을 약속하며 걱정 말라고만 하더니 농민들을 바보로 만들었다.

현실성 있는 대안이 필요해

쌀 재고는 쌓여가고 있는데 정부에서도 특단의 조치를 내려야 한다. 차라리 사료화하려면 빨리 하든지 해야 하고 지금같이 쌓아만 두면 창고보관료 등으로 운영비도 안 나온다. 차라리 바다에 버리는 게 낫다. 창고에서 1~2년씩 보관료 내가면서 운영하는 돈이 더 많이 들어간다. 그럴 거면 고기 밥으로 주고 짐승 밥으로 주지 왜 이중으로 돈만 낭비하는지 모르겠다.

처음 농산물 개방은 자동차, 반도체를 잘 팔아먹기 위한 양보 차원이라고 했다. 그래서 농부들도 눈물을 머금고 국가의 대의를 위한 차원이라 여겨 받아들인 것이다. 그렇다면 돈 되는 수출품으로 인한 이윤의 0.1%라도 떼서 농가를 보조해 주는 것이 공정하다. 정부도 국내 농가들의 적자부분을 메워 주는 것이 국익을 위해 희생한 농민들에 대한 최소한의 예의이자 생존책을 마련해 주는 길이다.

자동차·반도체 매출의 0.1%만 농가에 지원해 줘도 국가의 식량위기를 대비할 수 있다. 밀가루처럼 나중에는 쌀값도 어마어마해질 것이다. 해마다 벼농사 면적은 줄고 있는데 아직까지 붙들고 있는 벼 농가마저도 점차적으로 농사를 포기하게 될 것이다. 결국 수입쌀로 연명하다가 최후에는 밀가루처럼 비싼 돈 주고 사 먹게 될 게 불 보듯 뻔하다. 그나마 면적이라도 넓게 하는 나 같은 기업농도 남는 게 없는데 작게 짓는 영세농은 더 말할 것도 없을 것이다. 소일거리로 식구들 먹이려고 하는 농사라 해도 자식들이 돈 안 보태주면 백 퍼센트 적자일 것이다. 벼농사만 지으시며 근근이 생활하는 농가들 생각하면 더욱 걱정이 된다.

10만 평 경작해도 품삯으로 다 나가

복합영농으로 인삼, 도라지, 생강, 옥수수 등 이것저것 많이 하니 면적을 다 합하면 10만 평이 넘는다. 대부분 임대한 땅에서 도지(경작료)를 내고 하는 것이고 내 땅은 6천 평가량 된다. 어쨌든 면적이 넓으니 인부들이 많이 필요해 인건비에 맞아 죽을 지경이다.

일손이 많이 필요할 때는 11명까지 고용한다. 외국인 근로자들 임금은 여자의 경우 130~150만 원 정도이다. 한 달에 4일은 쉬게 하는 데다가 먹이고 재워 주기까지 한다. 80대 노인분들 일당도 6~7만 원 드리고 있는데 그것보다는 덜 나가는 것이니 생산비를 조금이나마 줄일 수 있긴 하다. 이들마저도 없으면 농장이 돌아가는 게 불가능할 정도이다.

공장들도 마찬가지일 것인데 우리나라 실업문제에 할 말이 많다. 다들 힘든 일을 안 하려고 해서 문제이다. 편한 일, 돈 많은 일만 찾느라고 실업자가 되는 것이지 진짜로 일할 곳이 없는 게 아니다. 의미 없는 학력 가지고 저울질하느니 열심히 뭐라도 일하려 하면 다 먹고 살 수 있다. 우리나라에 실업자가 많다는 게 이상할 정도이다. 하루 일당 9~10만 원

주는 일자리도 많이 있는데 이 돈이면 쌀 한 짝 값이다. 못 먹고살 사람이 없다.

경작인들만 수지가 안 맞아 그렇지 누구나 열심히만 하면 시골 와서 돈 벌 일은 많이 있다. 우리 농장만 해도 2년 정도 한국인 직원을 쓴 적이 있다. 농사일도 부지런히 하고 기계도 잘 다루고 해서 하루에 일당 12만 원씩 주고 2년을 고용했다. 올해 3월까지 있다가 자기 일 한다고 그만두고 나갔다. 그분의 경우만 해도 본인이 쉬지만 않으면, 일은 매일 있었으니까 평균 연봉 3천 이상 가져갔다. 날찌만 미리 알려주면 얼마든지 쉴 수도 있었다. 생활비도 절약이 되니 돈도 꽤 모았을 것이다. 그렇게 2년간 모은 돈으로 자기 일 시작하러 갔으니 모쪼록 잘살기를 바란다. 그런데 그런 자리라도 일하러 오는 사람이 없는 것이 농촌의 현실이다.

농업부도 맞고도 굳건히 재기했는데

부모님께 땅 받은 것이 있긴 했다. 논 800평, 밭 600평. 그런데 그것도 중간에 다 팔아먹었다. 일찍이 농업부도가 났었기 때문이다. 2001년에 5억의 부도를 맞고 신용불량자로 전락했었다. 땅을 팔아 급한 빚만 갚고 일부는 탕감 받은 후 농사에만 전념했다.

그때 어린 마음에도 농사로는 희망이 없을 것 같아 다른 데 눈을 돌렸던 것이 문제였다. 농사를 접은 것은 아니지만 다른 영업 관련 일(다단계)에도 손을 댔는데 그걸로 돈을 잃은 것은 없지만 대신 농사에 소홀해져 농사를 망쳤기에 부도가 난 것이다.

당시 카드빚에 재산을 다 털어먹고 전기세도 못 낼 정도였다. 땅을 팔아서 빚을 정리하고 일부는 감면받고도 신용불량자로 살아야 했다. 남의 땅을 임대해서 다시 처음부터 농사를 시작했다. 농촌은 신용불량자라고 땅을 못 부치게 하지는 않거니와 빈 땅은 많으니 도지만 내면 얼마든지 농사지을 방법은 있었다.

아껴 쓰면서 간신히 살다 보니 어느 순간 땅도 조금씩 살 수 있었다. 평당 3~4만 원할 때 조금씩 사 두었다. 지금은 비싸니까 살 수도 없지만 그때는 1년 벌어서 천 평을 산 적도 있었다. 물론 대출을 받긴 했지만 그래도 벌면서 갚아나갈 희망이 있었던 것이다. 그렇게 허리띠 졸라매다 보니 3년 전까지만 해도 5~6백 평 땅은 매년 살 수 있었다. 지금 생각하면 그렇게라도 땅을 사 둔 것이 얼마나 다행인지 모르겠다. 땅 살 때 부채도 많이 졌지만 기본 땅이 있으니 다 털어 내면 먹고는 살겠지 하는 계산은 나온다.

농기계 값은 왜 이리 비쌀까

재산은 없어도 집에 있는 농기계가 5억 원어치는 된다. 트랙터 3대, 벼 말리는 건조기 5개, 지게차, 이앙기 2대, 콤바인 2대. 그런데 이것도 벼농사 안 짓게 되면 다 무슨 소용이랴. 다들 벼농사 그만두고 나면 누가 사 가지도 않을 테니 그저 고철 값이나 받게 될지도 모른다. 그렇게 생각하다 보면 그냥 또 농사를 지을 수밖에 없다는 결론이 난다. 이 기계들과 해 온 농사경력을 빼면 남는 게 없기 때문이다. 트랙터만 해도 독일산 1억 5천만 원짜리다. 외국 기계를 사는 이유는 고장이 잘 안 나기 때문이다. 국내산은 장기간 쓰다 보면 여기저기 오일이 다 비친다.

사치품도 아닌데 농기계 가격이 너무 비싸다. 어마어마하게 세금을 매기는 탓이다. 들여올 때 가격은 7천만 원인데 농민에게 1억 5천에 판다. 농민에게 그렇게까지 세게 매기다니 가혹하다. 국산 농기계는 30% 정도 저렴하기는 해도 그만한 값어치를 못 하니까 외국기계를 선택할 수밖에 없다. 진짜 바쁠 때 기계 고장하면 낭패이기 때문에 가격이 비싸도 고장 안 나고 튼튼한 것을 사는 것이 낫기 때문이다. 이것들을 장만하는 것으로도 다 대출을 받았으니 매년 기계 값 갚아 나가느라 바쁘다. 다 갚을 만하면 또 고장이 나니 새 걸로 교체해야 되고 또 갚는 일이 되풀이되어 왔다.

내년에는 쌀값이 더 심각할 텐데 농사를 지어야 할지 말지 걱정하느라 느는 게 술이다. 올해보다 더 하락해서 벼 값이 2만 원대로 떨어지지 않을까 예측을 해 본다. 불길하지만 어쩐지 현실이 될 것 같다. 농사를 현재로서는 안 할 수도 없고 공허할 뿐이다. 마음 같아서는 다 같이 농민파업 하자고 들고 일어나고 싶다. 그러다가도 당장 부채 갚을 일부터 시작해서 생활기반이 파괴될 것이 엄두가 안 나 억지로 끌려가듯 농사짓는 심정이다.

공적자금, 농업은 왜 안 되나

국가에 가장 서운한 것은 딱 한 가지다. 쌀 농가들 양보해서 자동차·반도체로 돈 벌었으면 농업에서 구멍 난 부분을 메워 달라는 것이다. 공적자금을 투입해서 정부차원의 근본적 해결책을 만들어 달라는 것이다. 돈 있고 힘 있는 자만 잘

살게 하고 약자층은 외면하는 양극화 구조가 너무 싫다.

농민들은 땅이 개발되어 돈 버는 경우가 아니고는 땅으로 는 돈을 벌 수가 없는 구조이다. 그런데 국가에서는 부실기업 살리기에는 공적자금으로 수십조씩 내놓으면서 줄도산 날 농 가들에 대해서는 나 몰라라 한다. 농민들 일이니 각자 알아서 살아남으라는 격이다.

벼농사하는 전체 농가에서 쌀값 하락으로 피해보는 총 금 액이 다 합해 2~3조 원이다. 그 돈을 투입해서 벼 농가의 위 기를 막아주면 나라와 식량산업이 잘 굴러갈 텐데 나라 예 산으로 그 돈이 불가능할 일일까? 무엇이 중요한지를 모르 고 자기들 이권싸움 하는 데만 정신이 팔려 있는 것 같다. 대 선 때마다 감언이설로 온갖 공약을 다 걸면서, 정작 지키는 경우는 한 번도 없었다. 이럴 거면 아예 선거 때 내세운 공약 내용을 법으로 공문화해서 책임을 묻게 했으면 좋겠다. 그리 고 공약내용을 불이행할 시에는 책임지고 물러나게끔 해야 할 것이다. 당선을 위해서 국민을 속이고 나중에 가서는 모 르쇠로 일관해 버리는 게 어제오늘 일은 아니지만 적어도 쌀 값 23만 원은 고수하겠다고 호언장담해 놓고 반 토막으로 만 들어 놓는 양심은 도대체 이해할 수 없다.

직불금이 그나마 조금은 보탬이 되겠지만 차라리 그 돈 안 받고 가격 좋은 게 낫지 직불금 받아 해결될 일이 아니다. 40 킬로그램 쌀자루를 메고 나가 봐야 개사료조차도 비싼 거는

못 산다. 담배 한 보루도 못 산다. 이런 한심한 현실에 성질만
나고 마음이 아프다.

대체 작물 있으면 알려주세요

벼농사 외에 부업으로 하던 작물들도 올해는 전부 박살이
났다. 인삼도 똥값, 도라지, 생강도 다 틀렸다. 콩도 가격이
좋다고는 하지만 수확이 별로고, 소 값도 좀 나아지다가 김
영란법 때문에 뚝 떨어져 버렸다. 선물용으로 나가던 것들
인데 그게 안 되니까 이 사단이 난 것이다. 인삼도 마찬가지
다. 10만 원짜리 선물하려면 인삼 3뿌리밖에 못 넣는데 그걸
로 어떻게 선물을 하겠나. 소고기도 10만 원짜리 선물세트를
만들려면 그 돈으로는 빈약해서 안 하느니만 못하다. 그러니
농가 피해가 너무 크다. 김영란법도 임시적으로 해 보고 시
행했어야 하는데 급하게 시행부터 한 점이 큰 실수였던 것이
다. 결국 피해 보는 것은 농민들뿐이다.
우리는 찰벼농사를 짓는데 올해 특히 가격이 바닥이라 일
반 벼만도 가격이 못하다. 15년 벼농사하며 이런 가격은 처
음 봤다. 수입찹쌀이 들어와서 가격이 터무니없이 떨어진 것
이다. 작년에 비해 1만 5천 원 이상 떨어졌다. 우리가 추수
한 가마니 수가 3,700개인데 개당 만 원씩만 해도 3,700만
원이 날아간 것이다. 너무 심하다. 이러니 지금도 농민회 차

원에서 군청 앞에다 쌀 포대를 야적해 놓고 정부에 시위하는 중이다. 보호해 준다는 말만 하고 이렇게 내버려 두다니, 지켜진 것이 하나도 없다. 직불제도 아마 농림부장관 말대로 칼질이 들어가게 되면 금액이 대폭 삭감될 것이다. 앞으로 가격 하락은 더 심해지고 극심한 고초를 겪게 될 것이다. 농업만 봐도 이런데 과연 우리나라가 버틸까, 살 수 있을까, 오늘도 그냥 잠들긴 글렀다.

벼농사마저 무너지면 그나마 가격이 좋은 작물들도 100% 무너진다. 해마다 벼농사 면적이 줄고 다른 작물로 전환하고 있기 때문이다. 그런데 농사에서 가장 많은 면적을 차지하는 벼농사를 무엇으로 대체한단 말인가. 올해같이 배추 값이 좋을 걸 기대하고 배추라도 심었다가는 내년에 배추가 넘쳐나 값이 폭락할 것이다. 그럼 또 다른 걸로 전환하는 식으로 남은 면적을 채우려 들다가는 도미노처럼 농가들이 연쇄부도가 날 수 있다. 과수농사만 해도 개인이 할 수 있는 게 1헥타르 정도인데 논농사는 기계화가 가능하니 개인이 20헥타르도 한다. 그런데 그 자리를 과수로 채웠다가는 과수농가가 다 망하는 지름길이 될 것이다.

기초수매, 휴경지원 등 선진농업정책 시급

 일본이나 미국은 농업도 선진화되어 정해진 농가마다 정해진 품목과 수량만 농사짓는다. 우리나라도 수매제도가 정착되어야 한다. 그래야 포화상태가 안 오고 균형 있게 농업이 발달할 수 있다. 기초수매제를 도입하면서 재배면적이나 수확량도 정해 주고 생산이 초과될 것 같으면 휴경 면적도 정해 주고 대신 휴경지의 경영비를 보전해 주면 된다. 국가도 억지로 사 주고 남는 물량 돈 들여 보관할 필요 없으니 손해를 덜 보게 되며 농민도 쌀 가격이 안정되고 쉬는 경작지에는 돈 안 들여도 되니 손해 볼 일이 없는 것이다.
 수매제도를 하면서 농산물도 돌려짓기하게 되면 땅도 살아나고 연작 피해도 안 오니 그렇게 농사짓는 게 현명한 것이다. 그런데 이런 이야기를 아무리 해도 농림부에서 귀를 기울이지 않는다. 기획재정부에 얘기해도 소용이 없다. 대꾸도 안 하니 우이독경이다.

 우리 괴산군은 그동안 군수 자리도 공백이라 군 자체적으로도 큰 허점이 많았다. 쌀 대책이 될 만한 작물도 선정하고 빨리 사업을 만들어서 해야 되는데 수장 자리가 비어 있으니 실행과정이 만만치 않다.
 7~8년 전쯤엔 우리 괴산에도 휴경재배 정책이 있었다. 휴경지로 등록되면 벼농사를 안 해도 일반 이익금, 직불금을 주

었다. 물론 휴경 중이라도 언제든지 경작할 수 있게 땅을 기본적으로 관리하는 건 해야 한다. 그 정도 관리만 해도 휴경 기간에는 최소한의 이익금 보장을 해 주었다. 이러한 휴경농 제도는 선진국을 본뜬 것이다. 유럽과 일본의 선진농업 견학을 다녀오며 얻은 방법이었다. 그때만 해도 선신농법을 시도했었는데 지금은 농촌이 거꾸로 퇴화하고 있는 느낌이다.

수입농산물 문제도 그렇다. 의무물량이 아니라도 품귀현상이 일어났다 싶으면 수급 조절을 명목으로 바로 수입을 해 버린다. 그렇게 농산물 가격을 잡는다면서 농민들만 못살게 한다. 가격이 좀 비싸면 비싼 대로 덜 먹어도 된다. 그럴 때 농민들 빚도 조금 갚아야 하는데 국내산 농산물 가격이 오른다 치면 바로바로 수입부터 해 버리니 누굴 위한 정부인지 모르겠다. 의무물량이 아닌데도 그렇게 수입부터 하고 보니 우리 농민들은 결국 또 헐값에 농산물 팔라는 소리가 되는 것이다.

정부에서 "내일모레 수입합니다." 하고 발표하면 경매 값이 바로 반값이 된다. 만약에 기초수매제도를 도입해서 수매하고 그러고도 모자라서 수입을 해서 보충하는 것이라면 아무 이견이 없겠지만 그냥 가격을 안정시키겠다고 수입물량을 들여오면 농민들만 힘들어진다.

미모의 농부가 늘 곁에 있어

아내가 운영하는 블로그 이름이 미모의 농부이다. 굴곡진 내 인생에 한줄기 빛이 있다면 내 아내 김영희다. 영희가 있어 애 셋 잘 키워오며 이만큼이라도 살게 되었다. 누구보다 농사일에 적극적이면서도 항상 긍정적이고 밝다. 이앙기에 트랙터 운전까지 농사로는 못 하는 게 없는 아내는 인터넷으로 '용암골농장' 사이트며 블로그를 운영하는 용암골농장 공식 대표이기도 하다. 내가 인상 쓰며 벼 농가 대책회의를 다니다가도 집에 오면 편안하게 느낄 수 있는 것이 다 아내의 환한 미소 덕분이다.

여성농업인 상까지 받을 만큼 능력 있는 미모의 농사꾼. 자기관리도 철저해서 외출할 때 보면 여전히 아가씨같이 예쁘다. 처음 만나 사귈 때는 내가 영업일을 하고 있을 때라 농사지을 생각은 못 하고 시집왔을 텐데 나 만나 고생하면서도 여태까지 불평 한마디 없었다. 나와는 달리 늘 긍정적이라 농사짓는 것도 재미있다고 하고 시어머니며 동서와도 피붙이처럼 잘 지낸다.

바쁜 철이 끝나고 시간이 나면 난타며 요가, 댄스, 장구 등을 배우러 다니는데 뭐든 꾸준히 하는 성격이다. 난타를 배우면서는 스트레스가 쫙쫙 풀린다며 나에게 권유하기도 했다. 어쩔 때 보면 안쓰럽기도 하지만 나름 지금의 생활에 만족해하는 것이 무척 고맙고도 자랑스럽다. 봄부터 가을까지 이앙기에 콤바인, 트랙터까지 손수 운전하며 모내기부터 추수까지 거침없이 해내는 모습은 내가 봐도 멋지다. 나 혼자로는 한계가 있어 같이 안 할 수가 없긴 한데, 젊은 여자가 이앙기 끌고 논두렁에 나가는 모습은 시골에서도 흔치 않은 풍경이다.

일찍 결혼한 덕에 큰아들은 대학생이고 둘째는 고등학생, 막내도 내년이면 고등학생이 된다. 아이들 셋 이만큼 키워놓은 게 제일 안심되고 다행스러운 일이다. 아직도 뒷바라지 끝내려면 멀었으니 그저 농산물 가격이나 안정되길 바랄 뿐이다. 농사 지어 부자 될 생각도 아니고 우리 식구 먹고살면서 나만 더 노력하면 저축도 조금 할 수 있다는 희망만 있다면 바랄 게 없겠다.

3대에 걸친 인삼경작,
끝없이 배워가는 과정

괴산인삼생산자협의회
이영우 회장(장연면)

인삼농사의 성공은 예정지 선택에서 좌우되고 그것을 볼 줄 아는 안목은 끊임없는 배움과 경험에 달려 있다. 인삼을 30년 농사해 왔어도 여전히 알아야 할 것투성이다. 다른 농사와는 달리 인삼은 재배가 까다롭기도 하거니와 까딱 잘못하면 6년, 8년의 노고가 허사가 된다. 최고로 치는 6년근을 재배하려면 먼저 2년 동안 토양 만들기 작업이 선행되고 다시 6년간 꼬박 공을 들여야 한다. 그러다 보니 시간도 금방 간다. 어느새 30년이 되었지만 돌아보면 엊그제 일 같기만 할 정도로 눈 깜짝할 사이에 나이를 먹었다. 아마 삼 농사를 해서 더 그런 것 같다. 예정지 잡고 재배 들어가면 7~8년은 되어야 수확을 하고 다시 그렇게 한 바퀴 더 돌면 15~6년이 훌쩍 가버리니 말이다.

내 인삼경작의 첫 번째 지론은 배워야 한다는 것이다. 아는 것 없이는 아무리 몸으로 부딪친다 해도 실패확률이 높다. 우리 집 화장실에는 항상 인삼경작에 대한 책자가 놓여 있다. 잠깐이라도 틈이 나면 책을 펼쳐 보고 다시 한 번 확인하는 것이 일상이 되어 있다. 인삼 재배에 관한 정보뿐만 아니라 가공법, 효능에 대해 수시로 본다. 밭에서 보고 느낀 것들과 관련해 왜 잘되고 안되었는지를 꼼꼼히 따져 보고 원인을 찾아본다.

연구원들한테도 귀찮으리만큼 많이 쫓아다니며 물었다. 병충해 먹은 인삼이나 썩어버린 인삼을 들고 다니며 인삼특작본부나 인삼공사 연구원들을 찾아가서는 자문을 구하였다. 어떤 경우는 답을 찾기까지 몇 주가 걸리기도 했다. 사실 박사급 전문가라 해도 각자의 연구 분야에 대해서만 지식이 있지 다른 분야에 대해서는 잘 알지 못한다. 그러다 보니 병충해 전문, 시설가공 전문, 육종 분야 전문 등 각 분야별 연구원들한테 수시로 물으러 다닐 수밖에 없었다.

지금도 여전히 물어보면서 공부를 해 나간다. 그나마 전보다 나아진 것은 스마트폰이 있다는 것이다. 옛날에는 전화로 아무리 설명을 해도 전달할 수 없는 부분이 있어서 인삼을 직접 들고 가서 보여주어야 해결되곤 했다. 육안으로만 봐서는 구분이 안 되는 비슷비슷한 병이 굉장히 많다 보니 말로는 설명이 안 된다. 때로는 사료를 떠다 주면 그걸 현미경으로 판독해 가면서 원인을 규명하곤 했다. 그런데 이제는 스마트폰으로 사진을 찍어 전송하며 자문을 구할 수 있으니 전보다는 훨씬 수월해진 셈이다.

수확 앞두고 도난당해

일본으로 농업에 대한 견학을 간 적이 있다. 그때 일본 농가를 돌아보면서 느낀 점이 많은데 특히 가업을 잇는 문화가 인상 깊었다. 우동집이든 초밥집이든 가업을 이어 몇 백 년 동안 같은 업을 이어나가는 장인 문화에 감동을 받았다. 우리 농민에게도 평생을 바쳐야 제대로 할 수 있는 일이 있는데 인삼 경작이 그렇다는 생각이 들었다. 일본의 장인문화가 바로 우리 인삼농가에 필요한 철학이라는 생각을 하고 온 값진 경험이었다.

그런데 하필이면 그렇게 의미 있는 경험을 하게 된 직후, 집에 돌아와 보니 인삼밭이 털려 있었다. 4년생 수확을 앞두고 있던 인삼밭을 털어간 것이다. 600평 규모의 밭에서 3분의 1을 캐 갔다. 전문적으로 작정을 하고 트럭으로 실어간 것이 분명했다. 특히나 인삼농사가 잘 지어져 잔뜩 기대하고 있던 해였다.

도둑놈도 직업이 되려면 좋은 걸 보는 눈이 있어야 되나보다 싶었다. 속이 썩어들어 가며 괴롭다 못해 헛웃음이 나오는 상황이었다. 그 뒤로 방범을 강화하고 신경을 쓴 덕에 그런 대도는 막아 왔지만 그래도 조금씩은 도난사건이 있었다. 그야말로 피땀으로 일군 농사를 맨입에 털어가려는 사람들, 정말 딱한 사연이 있어서면 아주 조금은 눈감아 줄 수 있지만 트럭으로 실어간 도둑들은 반드시 잡아서 처벌하고 싶은 마음이다. 날씨나 기후로 인한 천재지변이나 내 기술의 부족으로 인해 인삼을 잃은 것도 속상하지만 이렇게 도난당한 기억이야말로 가장 힘들었던 순간이 아닐까 싶다.

나의 경우, 대부분의 인삼농사를 개인으로만 하고 있는 편이다. 총재배 면적은 약 7만 평 정도되며 그중 80% 이상이 인삼공사 및 조합과 계약을 맺어 안정적으로 농사를 지을 수 있는 편이다. 현재는 그나마 상황이 여의치 않아 계약면적이 축소되어 계약업체를 다변화 하다 보니 궁여지책으로 글로벌인삼영농법안 주식회사를 만들어 많은 주주들이 유기농 인삼을 위주로 아모레퍼시픽 하청업체와 납품계약을 맺어 농사를 짓고 있는데 이 또한 품질로 승부를 걸어 제대로 자리를 잡았으면 하는 마음이다. 우리 가족만이 아니라 나와 연계된 많은 사람들의 생계가 인삼으로 엮여 있다는 생각을 하게 된다. 규모가 커지면서 나름 중소기업을 운영하는 운영자의 입장에서 다른 이들을 바라보게 되었다.

인삼으로 돈도 벌고 여유 있는 생활도 가능해졌지만 그만큼 책임감도 늘었다. 협회 회장직을 맡으면서도 그러한 부담을 느끼며 다른 농가나 이웃에게 조금이라도 도움이 되는 사람이 되고자 마음을 먹었다. 이것이 내가 삼 농사를 계속 해야 하는 이유이기도 하다. 아버지의 삼 농사에 바치신 10년과 내가 바친 30년이 있기에 그래도 다른 농가보다는 인삼에 대한 경험이 많이 축적된 편일 수 있다. 그동안 인삼농사에 대한 많은 연구가 되어 왔지만 제대로 아는 건 10%도 안 된다고 생각한다. 아직도 무궁무진하게 연구해야 할 분야가 바로 이 인삼이라고 본다.

오늘도 5시 30분에 기상해서 7시에 현장 도착 후 밤 7시까지 삼만 보며 지냈다. 여름엔 더 늦게까지 일이 이어진다. 이렇게 매일이 반복된다. 주말도 쉬지 않고, 비 오는 날이 쉬는 날이다. 시간이 없으니 딱히 여가생활이 있지도 않거니와 스트레스 해소법도 없다. 담배는 조금 해도 술도 안 먹으니, 거의 농사일에만 매달리는 셈이다. 그나마 시간이 나면 누군가와 얘기하는 것을 좋아한다. 가끔 강연도 나가고 협회 일도 보러 가고 사람들 만나 의논도 하고 연구원들 찾아가 또 물어볼 거 물어보고, 그래도 이 생활에 불만이 없다. 몸에 밴 익숙함 때문인지 이대로의 삶이 그냥 일상이 되었다.

서울 대기업 입사를 앞두고

아버지는 교육열이 강하신 분이셨다. 반기문 총장이 나온 명문 충주고등학교에 내가 진학하게 된 것이나 청주대 법대를 들어갈 수 있었던 것은 땅을 팔아가면서 공부 뒷바라지를 해 주신 아버지 덕분이었다. 아내와도 대학교 4학년 때 연애로 만났으며 결혼과 함께 서울에 있는 대기업으로 입사할 계획이었다. 중학교 동창인 아내와는 자연스럽게 만남이 이어져 결혼을 하게 되었는데 그때는 내가 농사지을 사람이 아니라서 결혼을 했는지도 모르겠다.

그러나 지금까지 살면서 아내는 단 한 번도 농사일 하는 것에 대해 푸념하거나 힘들어하지 않았다. 내 입으로 나를 만나서 로또 맞았다며 장난스레 말해도 아내는 그냥 웃기만 하고 부정하지 않는다. 그런 아내의 착한 성품 덕에 부모님과도 잘 지내며 두 아들도 착실한 농사꾼으로 후계를 잇도록 만들어 갈 수 있었다.

입사일을 받아 놓고 서울로 가려던 일정이 무산된 것은 어쩌면 운명이었을지도 모르겠다. 그때 아버지께서 농사일을 마치고 귀가하던 중 경운기에 태운 인부 할머니께서 내리시다가 사고가 나서 병원에 입원하게 된 것이 계기였다. 농번기철에 사고 수습까지, 집에서 해결할 일들이 많다 보니 입사날짜에 맞춰 서울로 갈 수가 없었다.

그렇게 시간이 지났고 그해 가을에는 아버지께서 배포 크게도 나에게 트랙터를 구입해 주셨다. 트랙터로 다른 논밭의 일들을 해 주면 그 일당으로 아주머니들 30명 품삯을 벌어 올 수가 있었다. 그 트랙터로 다른 집들 일을 해 주면서 우리 집 삼밭에 필요한 품값을 해결하고 돈도 벌었다. 그때만 해도 트랙터 있는 집이 없다 보니 동네 사람들이 일해 달라고 줄을 설 정도였다. 아버지는 혜안이 있으셨던 것 같다. 다들 엄두가 안 나서 사지 못한 수천만 원짜리 트랙터였지만, 그걸 계기로 농사를 더 잘 짓게 되었던 것이다.

아내도 아버지의 판단력에 감탄하며 같이 농사를 배워나가는 것을 자청하였다. 나도 내심 서울 안 가서 잘됐다는 생각을 하며 본격적인 농사일을 배우게 되었다. 서울 가 봐야 방 얻을 돈도 없으니 아버지가 땅을 파시거나 빚을 내셨어야 했을 테니 지금 생각하면 천만다행이다. 충주고 동창회를 매달 하는데 아무리 잘나가는 동창들이 있어도 전혀 부럽지가 않다. 직장 다니며 겪는 어려움과 스트레스를 서로들 익히 알다 보니 오히려 내가 부러움의 대상이 되어 버렸다.

결혼 초 아내와 같이 세웠던 목표치는 이미 달성했다. 결혼 초에 상상하기로는 지금의 내 나이가 무척 많다고 여겼는데 지금 내 나이 아직 50대이니 농촌에서도 젊은 축에 든다. 농사를 접을 나이는 아니고 목표설정을 바꿔서 또 다른 계획을 실현하고 있다.

아버지와 나의 시행착오가 밑거름이 되기를

아버지는 처음부터 인삼을 재배하신 것은 아니셨다. 누에와 담배농사를 하면서 삼농사로 차츰 전환하신 것이다. 아버지가 당시에 누에 23장을 치셨고 담배농사도 많이 지으셨다. 양잠을 하시면서는 태풍이 몰아쳐 하우스가 다 날아가 버리는 바람에 망친 적도 있고 삼농사 초창기에는 잘 안 돼서 미처 자라지도 않은 삼을 파셔야 되는 상황도 많았다. 내가 고등학생이었을 때부터 인삼으로 시행착오를 겪으시며 6년근까지 못 가고 중간에 팔아 버리는 경우도 많으셨던 것 같다. 씨앗만 겨우 수확해서 다시 심고 또 팔기를 반복하며 삼농사의 경험을 축적하셨던 시기이셨을 것이다.

내가 결혼 후에 정착한 뒤 아내는 연년생으로 아들 둘을 낳아 키우면서도 농사일을 하루도 쉬지 못했다. 한 명이라도 일손이 더 필요한 것이 농사일이다 보니, 온 식구가 다 나서서 노동을 해야 했다. 6년근으로 처음 수확을 해서 큰돈을 벌었던 때가 가장 행복한 것으로 기억이 나는데 그 돈을 어디에 썼는지는 잘 모르겠다. 빚 갚고 남은 건 조금씩 모아서 땅을 사고 시설에 투자하면서 규모를 키워나간 것이 전부이다. 뒷밭도 사고 지금의 집도 짓고 창고도 많이 지어 나가다 보니 어지간한 중소기업 수준의 매출은 올리고 있다.

2세들을 위한 멘토 역할

늘 아쉬웠던 점은 인삼농사를 하는 경작자들이 서로 교류를 하면서 멘토 역할이 되면 좋겠다는 것이었다. 서로의 노하우를 공유하며 그룹으로 농사를 지으면 도움이 많이 될 텐데 예전부터 그런 문화가 잘되어 있지 않았다. 나부터도 사실 남에게 알려줄 처지가 못 되고 부족함이 많다고 생각했는데 어쩌면 서로들 그런 마음으로 나서지 못한 것일 수도 있겠다 싶다. 하지만 부족하면 부족한 대로 시행착오를 공유하는 것만으로도 크고 작은 도움이 될 수 있었을 것 같다.

사정이 이렇다 보니 어디 물어볼 데가 없어서 혼자 궁리하며 배워나가게 된 것이 연구원들에게 물어보게 된 시초였다. 연구원들에게 가장 많이 받은 도움은 병충해와 관련한 치료약이나 예방법이었다. 수만 가지 병충해의 원인과 치료법에 대해 연구한 자료와 치료법은 아무리 삼 농사를 많이 지은 사람이라도 일일이 판단할 수 없다.

그러나 정작 좋은 인삼을 경작하고 땅을 관리하는 방법이나 노하우에 있어서는 연구원보다 인삼 경작자의 실전감각과 경험이 훨씬 중요하다. 이러한 경험치가 공유되는 자리가 있었으면 하는 마음이다. 그런 점에서 2세대 젊은 경작자들 모임을 만들어 구성하도록 나서게 되었다. 꼭 2세대가 아니더라도 외지에서 온 귀농자나 인삼경작에 뜻이 있는 사람이라면 누구나 구성원이 될 수 있다.

괴산군은 농정군이다 보니, 아무래도 젊은 층 인구가 많이 빠져나가는 실정이다. 지금 같은 추세라면 괴산군이 없어질 수도 있다는 자조적인 목소리까지 나온다. 오죽하면 작년 한 해 동안 장연면에 출생신고 건수가 한 명이라는 이야기가 돌 정도이다. 그나마 다행인 것은 인삼 경작에 있어서는 2세대들이 이어나가는 경우가 꽤 있다는 것이다. 괴산군의 인구를 늘리기 위해서는 바로 그 2세대들이 잘 정착할 수 있도록 지원을 하는 것이 급선무라고 생각한다. 인구를 늘리겠다고 주민등록만 괴산군으로 옮기게끔 하는 형식적인 정책이 아닌, 실질적인 차세대 거주민들에게 정착을 확실히 도와줄 수 있는 방안을 세웠으면 좋겠다. 군에서도 조례로 결정을 하여 차세대를 위한 지원책을 마련한 것으로 알고 있다. 그런데 조례안만 있을 뿐 시행이 안 되고 있는 것 같아 안타깝다.

인삼 쪽에는 그동안 농사해서 돈 번 사람이 꽤 있다. 그러다 보니 부모들이 기반을 닦아 놓은 것을 토대로 2세대가 이어갈 방향성이 생겼을 것이다. 농사로 비전이 보이는 경우가 아니면 당연히 대를 이어가기 어렵다. 나도 우리 아들 둘까지 이어서 하면 3대에 걸쳐 하는 것이다. 인삼을 3대에 걸쳐 농사지었다는 점을 높게 샀는지 올여름에도 인삼공사에서 인터뷰를 하고 정관장 홍보책자에 그 내용이 실린 적이 있다. 인삼공사 세미나에 초대되어 참석했을 때도 그런 점을 강조하였다.

"인삼공사도 115년이 넘는 전통이라고 하지만 이제 시작이나 다름없습니다. 더 오래도록 계속 이어가려면 인삼농가도 대를 이어서 하는 곳을 우대해야 되지 않겠습니까? 우리나라의 인삼이 최고의 명성을 유지할 수 있도록 대를 거듭하는 기업과 농가가 늘어나야 할 것입니다."

내 인삼이 아닌 괴산인삼이 명품이 될 수 있기를

인삼 재배 면적이 여기저기 합쳐서 7만여 평에 이르다 보니, 많을 때는 15~6억 매출을 올리기도 하는데 평균 잡아 10억 매출은 올리는 것 같다. 그렇다고 내가 삼 농사를 제일 잘 짓는 사람은 아니다. 내 생각에 괴산에서 삼 농사 잘 짓는 사람은 따로 있는데, 규모는 작아도 농사를 야물게 잘 짓는 분이 저쪽 마을의 박완규 씨다. 해마다 삼 농사를 잘 지으시는 걸 보면 인삼농사의 달인은 그분이라는 생각이 절로 든다. 어쩌다 한번 잘 짓는 거야 누구나 가능하지만 그분은 일정 수준 이상을 늘 유지하시며 안정적으로 수확을 하신다.

나도 그분의 노하우를 좀 알고 싶으니 앞으로 교류를 많이 하면서 정보를 좀 얻어야 할 것 같다.

안 그래도 내가 괴산 인삼생산자협의회 회장을 맡으면서 마음먹은 것이 인삼농가들 사이의 친목 도모였다. 그래서 올해 처음으로 인삼재배농가 한마음 체육대회를 개최하였는데 11개 읍면 인삼생산자협의 회원과 인삼재배농가 약 400여 명이 참석한 즐거운 자리였다. 처음으로 인삼재배농가 한마음대회를 개최하면서 한 자리에 모여 함께 즐길 수 있는 시간이 마련돼 너무 좋았다. 공굴리기, 인삼 팔씨름 대회 등 체육경기와 노래자랑을 하면서 왜 진작 이러지 못했나 싶었다. 인삼재배농가의 화합과 단결을 도모하고 권익 신장과 상호 정보 교환의 장을 위해 앞으로도 연중행사로 키워 나가야겠다는 생각도 하였다.

서로에 대한 친밀감을 가지는 것도 중요하지만 앞으로 농사의 실패담과 성공담을 허심탄회하게 나누고 괴산 인삼의 입지를 다져 나갈 저력을 키워갈 수 있을 것이라는 점이 더 희망적이다.

내 실패 경험담, 밑거름 삼기를

농사 초년기 시절 농사에 대한 견학 프로그램을 가서 뇌리

에 박힌 장면이 있었다. 흙이 군데군데 묻은 농사복을 입은 채로 나오신 농사의 고수 한 분이 무일푼으로 시작해서 농업으로 성공한 사례를 발표하셨다. 그때 든 생각이 나도 훗날 한 번쯤 저 위치에 서고 싶다는 마음이었다.

그 소망을 여러 번 이루긴 했다. 농사 경력 13년 이상에 해당 전공 과정 품목을 재배한 지 4년이 넘어야 학생이 될 수 있는 충북농업마이스터대학 1기 졸업생으로 이 학교에서 4년을 공부했다. 그 뒤로 이 대학 강단에 설 기회가 생겼다. 마이스터 강단에, 작목반, 연구회단체 이런 데서 강의요청이 들어오면서 내 경험을 이야기할 수 있었다.

그런 자리에서 나는 성공사례라 하기는 부끄럽고 실패사례를 통해 배웠던 부분을 많이 알려 주고자 했다. 그게 성공이든 실패이든 농사의 체험이기에 값진 경험이 되는 것이다.

돈을 많이 버는 방법이 아니더라도 최소한 실패를 줄임으로써 불필요한 지출을 막을 수는 있다는 생각으로 최선을 다해 발표를 했다. 실패를 막는 것도 돈을 버는 방법이니 나의 다양한 성공·실패 사례를 들려주는 것이 무척 보람 있었다. 2세대 작목반 모임을 결성해서 구성해 주고 멘토 역할을 하는 이유도 그것이다. 농사 잘 짓는 사람들이 주변에 농법을 전파해서 공생하는 방법을 찾아야 할 것이다.

요즘에는 '논 삼 및 유기농 인삼재배' 연구에 몰두하고 있다. 한번 삼을 경작한 땅에는 다시 삼을 심을 수 없기 때문에, 부족한 경작 예정지에 대한 가장 믿을 만한 대안이 바로 논 삼이라는 생각이다. 또한 시대적 소비자 요구에 부응하기 위해 청정 유기농 인삼재배야말로 우리 두 아들을 비롯해 모든 괴산의 아들들과 논 삼 및 유기농 인삼재배에 대한 연구도 함께 진행해 보려는 기대감을 가져 본다.

감자 농사,
친환경 유기농법으로

감물감자
이태영 전임 작목반장(감물면)

　작년까지 감물면 감자작목반장을 맡았다. 감자를 많이 재배하기는 하지만 감자만 재배하는 것은 아니다. 감자만 해서는 수지타산이 맞지 않고 다른 농가들처럼 복합영농을 하고 있다. 철철이 감자, 옥수수, 배추, 양배추, 고추, 브로콜리 등을 돌아가며 재배하고 있다 보니 일 년 내내 쉴 틈이 없다.

　부모님이 하시던 농사일을 물려받았지만 땅은 물려받지 못했다. 부모님은 땅을 형에게 물려주셨고 나는 그 땅을 부치고 남의 땅에 도지를 줘 가면서 일을 해야 했다. 형은 대학 공부를 해서 집안을 일으킬 기둥이라는 믿음으로 부모님과 함께 열심히 형 뒷바라지도 하며 농사를 해 나갔다. 우리 세대에서는 흔하게 볼 수 있는 상황이었다. 부모님이 담배농사를 주로 지으셨는데, 나도 담배를 재배하다가 84년부터 감자를 심게 되었다.

감자를 600평(2단) 심었던 것이 시작이었다. 그때는 감자 가격이 좋을 때라 괜찮았다. 수확을 하면 짝수(1짝에 20킬로그램)도 많이 나오고 인건비도 지금보다 싸서 감자농사 짓는 게 재미있었다. 그런데 지금은 모든 게 다 올라 생산비가 많이 들어 남는 게 없다.

인선비만 해도 그전에 비하면 4배나 늘었다. 수확 철엔 용역회사를 통해 외국인 노동자를 쓰기는 하지만 속이 답답할 때가 많다. 절반이 일을 잘하는 사람이면 나머지 절반은 일을 안 하고 쉬려고만 해서 스트레스가 심하다. 주인 없으면 담배 피우고 딴 데 쳐다보니 일 다그치는 것도 너무 힘들다. 일꾼들에게는 아침, 점심, 오후 새참에 음료수, 술도 사이사이 넣어줘야 한다. 이런지라 오히려 남의 농사 품 파는 게 낫다는 생각도 든다. 한 달 내내 일하는 아주머니들이 180에서 200만 원은 벌어가는 현실이니 뭐 하러 땅을 부치나 싶다.

인건비는 비싸졌어도 능률은 그전의 반도 안 된다. 감자 캐는 것이나, 싹 자르는 것은 다 기계로 하는데도 그렇다. 비닐을 끼우고 주워 담는 작업인데도 제대로 해내지 못한다. 예전 생각하면 일하는 게 너무 성의가 없는 것 같아 속이 상한다. 전에는 혼자서도 2단씩 하던 일들을 지금은 6~7명이 달려들어도 6단을 못 하니 말이다.

농사는 시간과 노동력의 싸움이다. 농사꾼이라면 다 그렇게 살 것이다. 제때에 종자를 심고 때에 맞춰 수확하는 것을 맞추지 못하면 농사를 다 망친다. 그러다 보니 아플 수도 없고 무조건 때에 맞춰 일을 해내야 한다. 그렇게 온몸을 바쳐 일해도 불가항력이라는 것이 있다. 감자도 바이러스에 감염되면 전멸을 하기도 한다. 바이러스 걸린 감자에 붙어 있던 진딧물이 다른 데까지 옮기면서 급속도로 전염이 될 수 있다.

감자바이러스는 감자뿐만 아니라 담배농사에도 영향을 준다. 나도 전에 담배를 25단 재배하면서 감자를 병행했었다. 그때는 이 부락에 담배 농사하는 농가가 7~8가구 정도 있었는데 감자농가에서 바이러스가 옮았다며 서로 티격태격 싸움도 나고 의도 많이 상했었다. 그러면서 서서히 담배농가들은 다른 곳으로 갔고 여기는 감자가 유명한 곳이 되었다. 나도 담배를 다 접고 감자와 다른 작물을 하게 된 데에는 감자바이러스로 인한 스트레스가 한 부분 차지했다.

감자농사로 고민이 많아

그랬지만 지금은 오히려 담배농사를 지을 걸 그랬나 싶을 정도로 감자농사가 고민스럽다. 감자 무게가 많이 나가다 보니 나이 먹고 농사하기에는 힘이 부치기도 하다. 감자 수확철이 되면 감자밭마다 온통 노랗게 물든다. 계란 크기 이상인 감자는 수확을 해도 그 밑의 크기는 거두어도 돈이 안 되니까 그냥 내버려 두기 때문이다. 5월 가뭄이 심하다 보니까 해마다 그런 풍경이 펼쳐진다.

그래서 감자 철에 감자를 사러 오시는 손님들에게는 한 바스 사 가실 때 밭에 널린 감자는 그냥 담아 가시라고 말씀드린다. 그러면 고객들은 신나서 가마니 자루로 가득 담아 가신다. 그래도 우리는 손해 볼 것이 없으니, 인심이라도 베푸는 것이다.

예전에는 한 짝당 1만 2천 원가량 나갔다. 그런데 올해는 가뭄이 심해서 크기가 반 이상 줄어서 상품성 있는 감자를 수확하기가 어려웠다. 대신 가격은 괜찮게 나왔는데 수확이 적으니 별로 이문이 없었다. 그나마도 작년에는 짝당 7~8천 원밖에 안 되었으니 그것에 비해 올해는 가격이 잘 나온 편이다. 농협에서 짝당 만 원, 만 2천 원꼴로 쳐 주어서 다행이었다.

가뭄이 가장 문제이다. 감자는 수분이 많이 있어야 알이 많이 달리고 굵어지는데 꼭 굵어질 때인 5월에만 날이 가물어 굵게 만들기가 힘들다. 5월이 알이 굵어지는 비대기이고 6월에 출하를 하게 되는데 그 사이가 고비인 것이다.

밭감자가 작아도 맛은 더 있어

감자는 수분이 생명이다. 수분이 많아야 알이 많이 달리고 굵어진다. 그런데 우리 집은 밭감자를 심다 보니 관수시설이 안 되어 있어 가뭄피해가 더욱 크다. 논에서 하는 논감자는 근처 저수지 물을 끌어다 쓰지만 이 지역에는 밭감자가 많다 보니 수확이 적기 마련이다. 알 굵기가 작으면 등급판정에서 밀리게 되는 탓이다.

사실 맛으로 치면 논감자보다야 밭감자가 더 맛있다. 논감자는 수분을 많이 머금어서 알이 굵어 크긴 하지만 맛을 보면 밭감자에 비해 당도가 떨어진다. 그런데 등급판정은 오히려 논감자가 더 잘 나온다. 아무래도 크기가 큰 것을 더 선호하기 때문이다. 수확량이 160, 170짝은 나와 줘야 하는데, 올해는 120~140짝 나왔으니 평년에 비해 40짝이나 수량이 덜 나온 것이다.

맛과 영양으로 등급을 매긴다면 밭감자를 더 쳐줘야 할텐데, 크기만으로 논감자를 더 높게 매기는 것은 밭감자 농가들만 삭이는 부당함이다. 우리 집 단골 고객들은 그걸 알기에 해마다 감자를 사러 오시면서 흠집 나고 알이 작은 감자들도 열심히 주워 가신다. 그래도 남는 감자들은 말려서 전분 가루를 내서 판매하는데 이것도 단골들이 찾으신다. 이번에도 감자전분을 50킬로그램 만들어 놓았다.

상품성이 없는 감자를 가공해서 판매하니까 수익은 괜찮은데, 이것도 보통 일이 아니다. 감자를 깨끗이 씻어서 건조기에 넣고 발효시켜 말린 다음에 가루로 빻아야 한다. 노동과 정성이 많이 드는 일이니 소량밖에 못 만든다. 그나마 이렇게라도 해야 용돈벌이라도 되니 그냥 쉬느니 일하는 것이다. 농촌의 생활이란 게 쉬는 시간조차도 허투루 보낼 수가 없는 법이다.

사실 작물을 전환하려 해도 농사일 중에 타산 맞는 게 특별히 없다. 다들 힘들다고만 하고 실제로 수익성 높은 작물이 없다. 고추만 해도 내가 군대 제대하던 1978년에 한 근 가격이 8천 원이었다. 그런데 지금도 8천 원이 안 넘고 있다. 그사이 인건비는 몇 배가 늘었는데도 말이다.

유기농 감자로 전환하려

반은 유기농, 반은 일반 감자를 심었었는데 그나마 유기농으로 지은 감자는 단가가 좋아서 괜찮았다. 짝당 2만 4~5천 원 받았으니 일반감자에 비해 2배 이상 높게 매겨진 것이다. 힘은 들었어도 유기농으로 다 전환해야겠다는 마음이 들게 된다.

원래 농협에서도 일반 감자에 대해서 1만 천 원씩에 수매하기로 약속을 했었다. 그런데 이번에 농민들에게 7~8천 원에 주고 말았다. 선별을 해서 등급별로 준다고 하면서 약속한 수매가격을 깎아버린 것이다. 등급이 안 되니 값을 적게 매겼다는 것이다. 그 가격이면 시장에다 파는 것보다 못한데, 약속한 금액만 믿고 있었던 농민들은 어떻게 하란 말인가. 무슨 일을 그따위로 하느냐며 농민들이 들고 일어섰고 그것 때문에 농협하고 문제가 많았는데 아직 결말이 나지 않았다.

농협에 내는 사람들 실정이 다 그렇다. 약속한 수매단가만 믿고 심은 건데 뒤통수 맞은 격이다. 나도 일반 감자는 6단 반 심어서 120짝이 나왔는데 농협에서 그나마 가격 잘 받아서 짝당 만 원 이상씩 받은 건데도 통장에 찍힌 돈은 150만 원이다. 여기에 인건비, 씨 값 빼면 뭐 남겠는가. 수중에 들어오는 돈이 없다.

그래서 내년에는 유기농 감자만 하고 일반 감자는 대폭 줄이려고 한다. 힘들기는 해도 유기농 인증을 받은 농산물은 가격을 높게 쳐 주니, 이거밖에 없다는 생각이다. 유기농은 농약을 안 치니까 약값은 많이 안 들어가는데 병충해에 취약하다 보니 당연히 실패율이 높다. 자칫하면 한 번에 역병이 걸려 농사를 다 망칠 수 있다.

처음에는 농협과 계약을 맺고 2년간 친환경으로 감자를 재배했었다. 그러다 다시 감물 흙사랑영농조합법인에 가입을 하려니까 농협에서 한 건 인정을 안 해 준다고 해서 다시 2년을 또 고생하고 3년 차에 무농약 인증을 받은 후 4년 차에 유기농 인증을 받게 되었다.

우리 감물지역의 흙사랑영농조합의 유기농인증조건은 엄청 까다롭기로 유명하다. 자체 회의도 많이 하고 감물 유기농 농산물을 고품질로 높이기 위해 법인 차원에서부터 철두철미하게 감독을 한다. 감물지역의 오랜 농가들이야 이러한 인식이 잘되어 있는데 처음 들어오는 사람은 교육을 잘 받아야지, 임의대로 했다가는 이도저도 아니게 된다.

내가 하는 유기농 밭이 5천 평이고 올해로 8년이 더 되었다. 누구나 원하면 유기농으로 농사짓는 것을 언제든지 보여주고 있다. 화학비료는 전혀 쓸 수가 없고 농촌진흥원에서 인증한 비료만 사용한다. 인증 안 된 것을 썼다가는 바로 검사에 걸려서 대번에 인증취소가 된다. 이제는 남의 땅 임대는 그만 두고 우리 땅에다 유기농 작물만 해야 하지 않을까 싶다. 6천 평 정도 되니까, 그것만 가지고 농사지어도 살 만은 할 것 같다.

농업이 먹고 살려면 친환경유기농밖에 없다고 본다. 친환경유기농산물은 일단 가격이 정해져 있다. 얼마나 잘 짓는가에 따라 약간의 변동은 있어도 소득이 안정적인 편이다. 일반 농산물은 가격이 매년 요동치니 위험요소가 너무 많다.

귀농자 많아지는 추세, 다들 열심히 해

여기 감물에는 귀농하는 사람들이 하나둘씩 늘고 있는데 원주민들과 귀농자들이 대체로 잘 어울리는 편이다. 다들 처음 몇 해는 실패를 해 봐야 배우지 대번에 잘하는 건 불가능하다. 자꾸 여기저기서 듣고 술도 한 잔씩 먹어가면서 물어보고 배워 나간다.

나만 해도 와서 물어보고 그러면 가르쳐 주지만 안 물어보는 사람에게 자발적으로 가르쳐 줄 리는 없다. 또한 사람 봐가면서 인성이나 예의가 있는 사람 같으면 가르쳐 주지, 예의가 없는 사람이면 굳이 가르쳐 주려고 하지 않는다.

귀농한 친구들이 많은데 그래도 다들 보면 농사를 잘 짓는 것 같다. 그들을 경쟁자라고 생각하지는 않는다. 나는 나대로 그 친구들보다 더 잘하니까 경계하거나 그러지는 않는다. 남 잘된다고 나 안되는 것도 아니고, 남 안된다고 나 잘되는 것도 아니다. 어렵게 농촌으로 왔을 텐데 다 같이 잘살면 좋을 뿐이다. 가뜩이나 괴산군에 인구가 줄고 있는 형편에 젊은 인구들이 자꾸 유입되는 것은 반가운 일이라 여긴다.

기왕 하려면 친환경농업을 하는 게 좋은데 이 일이 쉴 새가 없다. 특히 제초작업을 하는 것이 보통 일이 아니다. 제초제를 안 쓰니까 한 달에도 몇 번씩 제초를 해야 한다. 밭에는 물론이요 밭둑도 온통 제초작업을 하느라 정신이 없다. 심지어 이웃한 밭이 유기농 밭이 아닐 경우 그 밭의 밭둑도 제초작업을 해줘야 한다. 혹시라도 이웃 밭에서 쓴 제초약이 우리 밭둑에 묻을 수 있기 때문이다. 한 4~5미터는 깎아 줘야 약 성분이 묻어올 염려가 없다. 그래서 드는 생각이 마을 전체가 모두 다 유기농을 하면 좋겠다는 마음이다. 그러면 서로 깎으니까 편하기도 하고 감물 전체의 농산물 위상도 올라갈 것 같다는 생각이다.

그런 이유인지 생각보다 유기농을 하는 곳이 많지는 않다. 우리 부락에도 3~4명밖에 없다. 나보다 먼저 한 사람도 있고 늦게 시작한 사람도 있다. 하다 보면 귀찮고 힘드니까 포기하는 경우들도 많이 보았다.

제초작업의 경우 장기 작물 같으면 부직포를 깔아 주는 것으로 대신한다. 밭고랑은 안 깎아도 되지만 부직포 까는 데에 돈이 엄청 든다. 그러다 보니 감자 같은 단기작물은 그냥 제초작업을 할 수밖에 없다. 감자는 한두 번 깎으면 제초작업은 끝나니 그런 점에서 유기농 감자는 할 만하다.

감자 맛은 감물이 최고

감물감자축제도 홍보가 많이 돼서 외지에서도 많이 놀러 오고 인원이 늘고 있다. 감자축제 덕에 소비도 늘고 현장판매량도 많아 고무적이라 생각한다. 무엇보다 감물감자를 인정해 주는 소비자들이 늘고 있다는 것이 다행스러운 일이다.

자매결연지와도 끈끈해져서 주문을 받아 직배송을 해 주는데 여기 단가 그대로 주면서 운임비는 여기 농민들이 부담하고 있다. 원래 소비자가 부담해야 하는데 그러면 비싸다고 안 먹으니까 우리가 부담하고 있는 것이다. 이런 식으로 해서 송산, 의정부로 해마다 두어 차씩 들어간다.

소비자들이 여기 감자를 맛보면 다른 데 감자는 맛이 없다고 한다. 그래서 처음에는 한 박스를 사다가 며칠 지나면 또 한 박스 주문이 온다. 택배비 때문에 기왕이면 한 번에 두어 박스 사라고 부탁을 드리니 이제는 다들 믿고 두어 박스씩 산다. 저장고에 들어갈 것도 없이 6월 한철에 대부분 판매가 된다. 아무래도 저장고에 들어가면 본연의 맛이 떨어지기 때문이다.

그래도 우리 집 저장고에 아직 남아 있기는 하다. 이걸 봄에 가서 먹으면 또 굉장히 달아서 별미가 된다. 수분이 날아가서 달긴 더 달다. 저장고에 있어도 자연스레 5~10퍼센트씩 수분이 줄어들기 때문이다. 잘만 저장하면 유기농감자는 한 달에 천 원꼴로 가격이 올라간다. 봄에 가서 팔면 3만 원대로 더 비싸게 팔 수도 있다.

하지만 저장해서 판매하려다 낭패를 볼 수도 있다. 저장하는 방법이 어려워 잘못하면 썩힐 수가 있기 때문이다. 우리 집은 3.2평짜리 저장고인데, 농사짓는 것들 이것저것 다 넣고 문 자주 여닫으니 저장발이 안 좋아 오래 두기가 어렵다. 농협 같은 경우는 수매한 감자를 전용 저장고에 두니까 변함이 없는 편이다. 출하할 때도 온도조절기를 내린 후 한꺼번에 다 출하하니까 저장성이 확실히 좋다.

이웃과 상부상조할 수 있어

감자는 퇴비를 많이 먹는 작물이다. 고구마는 약간 척박한 땅에서 잘되고 감자는 비옥한 땅에서 잘된다. 우리 집은 특히

나 퇴비를 많이 쓴다. 300평에 퇴비만 5톤을 쓰는데 이웃들도 놀랄 정도이다.

그렇게 5~6년을 퇴비를 사용하고 나면 토질이 달라진다. 거기에 감자, 옥수수, 배추를 심는다. 신기한 것은 옥수수 심고 배추를 심으면 배추가 더 맛이 좋다는 것이다. 절임배추를 팔면 고객들이 어떻게 배추가 이리 단 맛이 나냐고 좋아하신다. 기본적으로 퇴비를 많이 주어 관리한 땅이니까 확실히 맛이 좋다.

퇴비는 집 뒤에 돈사가 있어서 거기서 가져다 쓴다. 따로 퇴비를 사다 쓰지 않으니 좋고 돈사에서도 묵힌 퇴비를 가져가니 좋아한다. 1년 이상 묵히고 발효된 퇴비인 것을 눈으로 직접 보고 가져가는 것이니 거름의 질은 보장이 된다. 돈사 근처에서 냄새는 조금 나지만 얼마든지 참을 수 있는 이유이다. 이런 게 농촌의 상부상조이다.

작년까지는 내가 감물감자 작목반장을 맡았지만 친구이자 동생인 이웃 마을의 박용근 씨가 올해부터 작목반장을 맡게 되었다. 워낙에 농사를 잘 짓기로 유명한 친구이다. 감물감자를 비롯해서 감물면의 농업 발전을 위해 봉사정신으로 앞장서고 있는 친구이기에 고민도 함께 나누며 마을 일을 의논한다.

농사로 힘들었어도 이 일을 통해 땅도 사고 집도 지으며 아들, 딸 대학공부 다 시킬 수 있었다. 큰 숙제는 마친 셈이니 이제는 오랜 지기 및 귀농인들과 더불어 다 같이 농사로 웃을 수 있는 날을 만들고 싶다. 농사로 돈도 벌고 살기도 좋은 감물면과 괴산이 되도록 작게나마 노력하고 싶을 뿐이다.

사랑으로 크는 괴산의 자랑,
친환경 유기농 표고버섯

선우농장
전종화 대표(감물면)

　나의 인생에 전환기를 주고 여기까지 도움을 주신 감물친구 지인분들 고맙습니다.

　고향은 괴산이지만 초등학교 이후 서울에서 살다가 대전에서 기계공으로 직장을 다녔다. 그리고 지금의 아내를 만나 25세 때 다시 괴산으로 들어왔다. 와서도 농사를 지은 것이 아니라 배운 기술을 바탕으로 농기계와 차량을 수리하는 공업사를 차렸다.
　그래서 나는 괴산이 고향이라고 해도 농사를 지어본 적은 없었다. 기계 만지는 일만 하던 나보다 집사람이 농사는 더 잘 지었다. 아내는 대추로 유명한 충북 보은 출신이다. 어릴 때에 친정에서 담배농사를 지었기 때문에 가족들과 농사일을 많이 했다고 한다. 괴산에 올 때 아내도 각오는 되어 있었다. 나보다 아내가 농사일을 주도해야 한다는 것을 말이다.

공업사를 그만두고 농사로 전환한 지는 10년이 넘었다. 소규모 공업사로는 대형 공업사를 상대할 수 없었다. 일감이 많지 않아 수입이 줄어들면서 버섯농사를 시작했다. 처음에는 느타리버섯을 하다가 느타리도 대형 농장에 밀려 돈이 되지를 않아 걱정만 늘어갔다. 느타리버섯 특성상 대량으로 공장식 재배가 되다 보니까 소규모 농가에서 하기에 적합지 않게 된 것이다.

당시 느타리농사 하시던 분들도 표고가 괜찮다고 하며 표고로 바꾸던 시기였다. 표고버섯은 공장에서 찍어내듯 많이 농사할 수가 없으니까 느타리보다는 소규모 농가도 할 만하다. 시대가 급변하다 보니 농사일도 변화무쌍하게 흘러가는구나 싶었다.

고마워요, 채택기 씨

여기까지 오게 된 것은 남의 도움이 50%, 내 노력이 50%였다. 생각해 보면 채택기 씨 덕분에 이렇게 자리 잡을 수 있었다. 괴산 사리면에 사는 채택기 씨에게 표고버섯 재배기술을 배워서 시작했기 때문이다. 그분이 시험 재배한 것이라며 버섯 표본을 주면서 권장을 하는 바람에 표고버섯으로 갈아탈 수 있었다. 또한 이분을 통해 인근 농가들도 더불어 표고버섯농사를 짓게 되었다. 생각해 보면 채택기 씨 덕분에 괴산에서도 특히 이 감물 지역에 표고버섯농사가 빨리 정착될 수 있었던 것이다.

공업사를 하다가 농사로 전향하던 시절, 제일 힘들었던 시기라 더욱 감사한 마음이다. 공업사를 운영하며 갖고 있던 연장하고 기계를 다 파니까 고물 값으로 백만 원밖에 남지 않았다. 그렇게 시작했건만 전에는 이 터에서도 돈이 나오다가 안 나오고, 땅도 사서 늘려야 하고, 그러다 보니 7~8년은 돈만 들고 힘들었다. 거기에 남의 기계를 빌리는 것도 한두 번이라 내 기계도 장만해야 했고 그러다 보니 유지비도 안 되는 형편이었다. 게다가 애들 둘 다 대학생이라 가장 돈이 많이 들던 시기였다. 다 빚으로 가르쳐서 그 후유증이 남은 상태로 작년에는 작은 아들 결혼한다고 하여 우선 기존의 빚은 미뤄놓고 결혼을 시켰다.

이런 상황에서도 인덕이 있었는지 순전히 남의 도움으로 표고버섯농사를 하게 된 셈이다. 그렇게 다른 이가 우리 보고 표고버섯농사 해봐라 해서 시작했는데, 이제는 반대로 우리가 남에게 표고버섯농사 한번 해봐라 하는 상황이 되었다. 우리가 버섯을 잘한다고 소문이 났는지 날마다 와서 보고 물어보는 사람들이 생긴 것이다.

물론 노하우를 다 알려주지는 않지만 노상 와서 조르는 사람들은 결국 비밀을 알아 가게 된다. 기존에 하던 사람들은 그냥 종일토록 보는 것만으로도 바로 알아차린다. 어떤 사람은 물 온도도 재 간다. 작은 차이에도 버섯의 발생상태나 질이 달라질 수 있음을 아는 것이다.

첫 표고농사만 운 좋게 잘되더니 그 뒤로는 시행착오의 연속이었다. 마음처럼 수익이 나지 않아 돈 욕심 버리고 일을 배운다는 마음으로 지낸 시기였다. 그리고 이제 뭘 좀 알겠다 싶으니까 시설투자 할 것들투성이었다. 투자를 하지 않으면 수익이 개선되지 않는다는 사실을 알게 되자 돈이 들어오는 대로 빚을 더 얹어가며 시설을 보완해 나갔다. 우물도 파고, 냉·난방시설도 하고, 하우스도 더 늘리고 해야 했다. 끊임없이 돈이 들어가야 했다.

그래도 나에게 큰 장점이 있었다. 기계를 잘 다루고 만들 줄 안다는 것이다. 기계 쪽 일을 했고 공업사도 했기 때문에 웬만한 시설의 개·보수나 장비 수리는 혼자서 할 수 있었다. 그나마 거기서 절감되는 비용도 있기는 했다.

아내와 같이 온종일 일을 하다 보니 일에 대한 견해 차이로 투닥거리는 일도 많았다. 그래도 대체로 아내의 말을 따르는 편이다. 몇 해 전에도 아내가 나에게 뭐라고 설명하면서 버섯농사 하는 데 쓸 기계를 하나 제안하여 만들어 보라고 했다. 결국 열심히 시키는 대로 만들어 냈다. 인건비 절감 효과를 많이 보았다.

이렇게 달려온 지난날들을 생각해 볼 때마다 다시금 채택기 씨가 생각난다. 표고버섯 재배를 시작하지 않았더라면 우리 인생도 깜깜했을 것이다. 지금까지 올 수 있도록 많이 봐 주고 가르쳐 준 것에 대해 늘 고마운 마음을 지니고 있다.

귀농작물로 인기 있던 표고버섯, 이제는 신중해야

견학 오시는 분들에게는 실례를 무릅쓰고 나이를 물어본다. 50대 이상이면 시작하지 않도록 말리고 싶은 것이 솔직한 심정이다. 우리 부부의 경험대로라면, 버섯재배 노하우 익히는 데만 10년이 훌쩍 갔다. 하다 보면 10년은 금방 지나 버리는데 돌이켜 보면 처음 3~4년은 수업료 내는 기간이었다.

얼마 전에도 2억 갖고 해 보겠다는 분이 오셨는데 그 돈으로는 들어오지도 말라고 했다. 몇 억은 있어야 한다. 우리야 그동안 시설을 구축해서 재배환경과 경험치, 그리고 판로가 형성되어 있으니 그냥 갈 수밖에 없고 이익도 남는 거지만, 노하우도 없이 지금 시작하는 사람들에게는 장점이 별로 없다. 갖고 있는 땅이 없으면, 땅을 사든 빌리든 일단 땅값이 들고, 집도 구해야 하고, 시설 투자에 시행착오까지 모두 비용이 되는 것이다. 그렇게 해서 벌어도 재투자해야지 하다 보면 고난의 연속이다. 설상가상으로 이제는 버섯 값이 예전 같지 않아 수익도 생각보다 많지 않다. 잘못하면 돈만 많이 들고 그나마 있는 재산마저 날릴 수 있어 조심하라는 것이다.

그나마도 우리는 살던 동네에 집도 있고 공업사 하던 땅도 있으니 초기 투자비용이 덜 들어간 편이다. 그런데 아예 외지에서 들어와 시작하는 사람이라면 만만치 않은 돈이 들어간다. 그래서 나이 들수록 내 자본 없이는 시작하시 말라고 조언하고 싶다.

4~5년 전만 해도 수익이 많이 났는데 이제는 표고버섯농가가 많이 늘어나서 가격이 하락 추세이다. 그렇기 때문에 지금 들어오려는 사람들은 신중하게 생각할 필요가 있다. 버섯 자체도 중국산이 많이 들어와 그로 인한 타격도 있다. 하지만 버섯농사를 하던 사람들은 다른 농사는 하기 힘들다. 땡볕에 일하지 않으니 덜 고단하고 수입도 다른 작물에 비하면 높은 편이기 때문이다. 거기다 이미 시설투자까지 되어 있으니 무조건 버섯을 하긴 해야 한다.

언론이나 정부에서 뭔가 추천하는 품목은 이미 시기가 늦은 경우가 많다. 너무 먼저 앞서가도 문제고 그렇다고 뒤늦게 쫓아가도 문제가 되는 것 같다. 전에 브로콜리 농사를 짓는 이웃이 있었는데 그때는 브로콜리가 대중적인 인기가 없었다. 제값을 못 보고 손해만 본 것으로 기억한다. 그런데, 그걸 요즘에 했다면 못 팔 걱정은 없었을 것이다. 지금은 브로콜리뿐 아니라 다른 야채들도 재배가 많이 되고 있다. 몸에 좋다고 많이들 찾아 가격이 괜찮으니까 말이다.

쉬는 날 없어도 고달프지 않아

여름에는 오전 5시에 일어나 5시 30분이면 일하러 나가고 겨울에도 오전 7시면 나간다. 여름에는 해가 길고 작업량도 많아 저녁 9시까지는 농장에 있어야 한다. 겨울에는 해가 일찍 지니까 오후 5시쯤 들어와 조금 여유가 있는 편이다.

여름에는 하루에 4번 버섯을 따야 할 때도 있어 일도 많고 바쁘기도 바쁘다. 하우스가 4동이면 한 동은 따고 있고 한 동은 버섯이 나오게끔 발이작업을 한다. 버섯종균이 내려가다가 끊어지는 자리에서 버섯이 나오게 되는 것인데 그것을 인위적으로 사람이 하는 것이 발이작업이다. 또 다른 한 동은 버섯을 솎아 가면서 고품질 버섯으로 만들어 가는 과정에 있고, 나머지 한 동은 어지간히 딸 때가 되어 가는 상태에서 마무리 작업을 하는 단계. 이렇게 순차적으로 작업을 번갈아 해 나가는 것이다. 여름에는 버섯이 금방 자라는 편이라 이렇게 한 동씩 바로바로 돌아가면서 하다 보니 제일 바쁜 시기가 된다.

물론 아주 한여름의 경우에는 너무 더워서 버섯이 잘 안나온다. 에어컨 전기료만 한 달에 70~80만 원이 나오도록 돌려도 그렇다. 그렇다 보니 생산비가 많이 든다. 겨울에도 너무 추워서 잘 안 나오고 난방비 값도 비슷하게 든다. 그러다 보니 버섯 생산비는 봄, 가을이 적게 들고 맛도 그때가 제일 맛있는데 가격은 가을과 한여름이 제일 비싸다. 그러니 팁을 하나 알려 주자면, 소비자들 입장에서는 봄에 버섯을 많이 사 먹는 깃이 가장 맛있을 때 저렴하게 구입하는 방법이 된다.

우리 부부는 우리 표고버섯만 보니까 우리 것이 다른 집 버섯보다 좋은지 아닌지 잘 모른다. 그런데 먹어 본 사람들은 우리 집 표고버섯이 특히 맛있다며 다시 찾곤 해서 우리도 놀라곤 한다. 그런데 항상 버섯의 질이나 맛이 같지는 않아서 그때그때 조금씩 다르다는 것이 문제이다. 다양한 요인이 있을 텐데 그 세밀한 부분까지 알아내는 것이 앞으로의 숙제인 것 같다. 배움의 길은 끝이 없으니 말이다.

버섯의 질이 제일 좋을 때가 있다. 날씨에 따라서 가장 좋을 때 뽑아내는 것도 기술이라는 것을 경험을 통해 체득하게 되었다. 작년에는 특히 질 좋은 버섯이 늦가을까지 나와서 신나게 작업을 했던 기억이 있다. 또한 갓 부분에 예쁘게 균열이 생기며 자란 버섯이 있다. 이것을 표고버섯 중에서도 으뜸이라고 치는데 이 버섯을 맛본 분들 중에 이것만 찾으시는 분들이 있다. 작년에 이런 버섯이 꽤 있어서 보내 드렸는데 올해는 작년만큼 나오지 않았다.

　전화주문 하시면서 그런 버섯을 찾으시는 분들에게 다른 것을 보내주면 실망할 게 뻔해서 아예 없다고 하고 보내지를 않는다. 그냥 돈 조금 덜 받아도 도매시장에 내는 게 속 편하다. 혹시라도 받은 사람이 실망하게 되는 것은 내 자존심이 허락하지를 않기 때문이다. 신용 문제나 고객관리 차원에서가 아니고 그냥 그게 우리 부부의 생각이다. 그래도 버섯을 사겠다고 하면 반드시 버섯 상태가 어떻다고 솔직하게 이야기를 하고 동의를 구한다. 혹시라도 있을 컴플레인을 예방하고 싶거니와 우리 부부도 스트레스 덜 받아야 표고농사도 더 잘 지을 것이기 때문이다.

인터넷 판매, 아직은 미미해

　괴산군청에서 직접 운영하는 괴산유기농디지털마켓에 회

원농가로 가입한 상태이다. 인터넷을 통한 판로를 시작할 수 있는 기회라고 생각했다. 인터넷 블로그를 통해 재배농가들의 사진과 생산과정 등이 자세히 소개되어 있어 소비자 입장에선 믿고 구입할 수 있는 통로가 될 것 같다.

그런데 전화로 통화를 해서 구입해야 하는 시스템이라 간편한 전자상거래라고 할 수는 없다. 좀 더 간단히 주문하고 결제할 수 있는 인터넷상거래로 개선되어야 젊은 소비층들을 공략할 수 있지 않을까 하는 생각을 해 본다.

그동안은 디지털마켓에서 들어오는 주문이 미미했었는데 요즘에는 조금씩 늘어나는 추세에 있다. 괴산군청은 회원수를 늘리는 데 집중하지 말고 홍보와 판매를 늘리는 데 신경

유기농 생표고버섯 재배하는 〈괴산 선우농장〉

을 써야 한다고 본다. 그러면 회원은 자연히 늘 것이다. 괴산 디지털마켓이 앞으로도 잘 운영되어 인터넷 판로가 많이 개척되었으면 하는 마음이다.

최근에 젊은 귀농가족이 우리 마을로 이주해 왔는데, 처음에는 버섯농사를 지을 계획이라고 했다. 그런데 다른 일도 병행하면서 버섯농사를 짓겠다는 생각을 갖고 있었다. 별로 좋은 생각이 아닌 것 같았다. 버섯만으로도 바쁘기 때문에 다른 거 하면서 같이 농사짓는 것은 어렵다는 말을 해 주었다. 그리고 차라리 인터넷을 이용해서 이 지역 농산물을 판매해 보라고 제안했었다.

괴산 지역 농산물들을 인터넷에 올려서 판매를 하고 수수료를 가져가는 편이 더 낫지 않을까 싶은 마음이었다. 농민들은 받을 돈만 받으면 되고 인터넷 거래를 대행해 주면서 약간의 마진을 붙이는 것도 좋은 생각 같다. 귀농해서 꼭 농사만 지으려 할 것이 아니라 다른 분야의 일을 개척하는 것이 틈새를 공략하는 것일 수도 있다. 우리에게도 도움이 되고 본인에게도 더 낫지 않을까 하며 제안했던 것인데 수긍하는 것 같았다.

젊은 사람이라 역시 다르긴 다른 것일까. 인터넷이며 컴퓨터 다루는 것이 능숙해서인지 인터넷으로 판매하기 위한 시도를 부지런히 하고 있다. 그런 인재들이 시골에 들어와서 새로운 바람을 일으키는 것도 좋은 것 같다. 새로운 이웃이 우리 물건을 많이 팔아주고 너무 잘 팔려서 물건이 모자랄 정도가 되면 옆 동네 소개시켜 줄 수도 있고 하니 괴산군 전체에 도움이 될 만한 일이다. 사실 아직 이름도 모르고 밥도 한 번 안 먹은 사이이긴 한데 오래도록 같이 이웃해 살면서 농촌사회에 새로운 정보화의 물결을 전해 주었으면 하는 마음이다.

괴산 친환경 유기농 표고버섯,
고품질 전략으로 가야만

괴산지역이 버섯청정지역이라고 하고 괴산버섯이 가격이 세게 나오는 걸 보면 괴산이 버섯재배하기 좋은 환경인 것 같기는 하다. 무엇보다 물이 좋으니까 그 점이 큰 강점일 것이다. 괴산은 공장 하나 없는 청정지역이고 뚫기만 하면 천연 암반수가 나오니 개울물이든 관정(우물)을 파서 지하수를 쓰든지 물이 일단 좋다. 그래도 내 생각에는 하우스 안에서 인위적인 환경을 조성하는 것이 큰 만큼, 지리적 요건 이상으로 자본력이 중요하다는 입장이다.

한편 이 지역엔 괴산 감물 흙사랑영농조합이 있어서 단합이 잘 되는 편이다. 친환경 유기농 농사를 짓는 사람들 모두 같은 회원이라서 같이 잘 어울릴 수 있다. 감물면 버섯 농가

만도 50가구가 넘는데 타 지역보다는 그런 점에서 주민 간의 교류와 조화가 원활한 편이다. 다른 데 가 봐도 감물 사람들이 유기농 농사를 보편적으로 잘 짓는 것 같다. 시작도 일찍 했지만 선구자 격으로 농사를 잘 짓는 분들이 몇몇 계시니까, 옆옆이 다 도움을 받아 잘 짓게 되는 것 같다.

또한 흙살림연구소를 통해서 유기농 재배에 대한 교육도 받고 농가들끼리의 정보교류도 활발히 이루어지는 편이다. 유기농 인증 표고버섯에 대한 수요 증가와 농업 위기에 대응하기 위한 일환으로 이루어지는 교육에도 참여하면서 공부를 지속해 왔다. 유기농 표고버섯 선도 농가를 돌아보고 어떻게 유통이 이루어지는지를 직접 눈으로 확인해보기도 했다. 이런 교육은 실제 교육생들의 농장을 둘러보고 친환경 인증 생산 현장을 점검해보는 기회도 가질 수 있어 도움이 된다. 지역에 친환경 유기농 인증 농가의 수가 늘어나면서 서로 간의 결속력과 친밀감도 강해졌다. 이러한 교류가 괴산의 표고버섯을 더 고품질로 만들어 가는 데 기여할 수 있을 것이라 생각한다.

관광객들이 많이 오는 산막이옛길도 여기서 가까운데, 산막이옛길에서 파는 버섯도 거의 다 감물면에서 가져다가 파는 것이다. 여기서 바로바로 가져가서 파니까 당연히 싱싱하고 맛있어 많이 팔린다. 시식하라고 생 표고버섯을 잘라서 여기 들기름에 찍어서 맛보게 하면 안 사가는 사람이 없다.

문제는 거기서도 가격경쟁이 붙다 보니까 우리한테 버섯을 사 갈 때도 자꾸 싼 저품질 버섯을 찾는다는 것이다. 우리도 가격을 최대한 낮춰서 주려고 하지만 무조건 싸게 줄 수는 없다. 자꾸만 싼 걸 찾으니 당연히 품질이 떨어지는 버섯을 내줄 수밖에 없다. 그런데 그런 버섯을 가져다 파는 것은 괴산군 표고의 이미지를 실추시키는 것 같아 마음이 좋지 않다. 더구나 저렴한 가격만 따지다 보면 소비자의 발길도 끊기지 않을까. 우리까지 피해를 보게 되고 고품질 표고버섯의 이미지에 타격이 올까 봐 걱정이 든다. 가격경쟁이 능사가 아니라 더 좋은 품질을 무기로 제값을 받는 것이 살아남을 수 있는 전략이 된다는 생각이다. 군민들이 다 같이 고민하고 논의해 보았으면 좋겠다.

일할 수 있는 게 노후대책

우리 농장이 감물면에서 버섯농사 상위권에 들어가는 규모인데도 불구하고 통장에 잔고가 없다. 돈 다 갚을 만하면 다시 장비 들이고 하우스 비닐도 교체하느라 돈 들고, 관정을 파야 해서 투자하고, 전기가 모자라니까 전기설비하고, 여름엔 냉방시설을 해놓고 이듬해는 난방시설을 하고, 그러다보니 또 하우스비닐을 갈 때가 되는 식이다. 그러다 보니 '농사 그만두는 날엔 저 배지 값이야 남겠지.' 하는 마음이다.

매년 버섯종자인 배지 7만 개를 가져오려면 그 돈을 만들어 놔야 하니까 통장에 돈이 안 남는다. 그냥 우리 땅 가지고 먹고 살고 하면서 그걸로 끝이지 돈은 없다. 확실한 수익이 보여야 하는데 이상하게 잔고가 없는 이유이다. 그래도 농사꾼이라서 좋은 게 하나 있으니 바로 정년퇴직이 없는 것이다. 잘릴 걱정 없으니까 일할 수 있을 때까지 계속 할 수 있어 좋다. 그냥 일할 수 있다는 게 노후대책이다. 작은애가 들어온다고는 하는데 지금 들어오면 안 된다고 했다. 아직 우리가 청산할 빚이 있으니까. 작은애가 이제 27세인데 한 10년쯤 사회 물 좀 더 먹다가 오라고 했다. 애들 들어오면 쓸쓸하지는 않겠지만 신경 쓸 일도 많고 몸도 힘들 것 같다. 책임감도 더 생길 것 같고 안 하고 싶어도 해야 할 테니 말이다.

10년 기한을 둔 것은 우리가 먼저 자리를 잡으면 오는 것이고, 아들이 먼저 자리를 잡으면 안 오면 된다는 생각에서이다. 눈에 넣어도 안 아픈 자식들이지만 생계와 일에 있어서는 철저히 자립하여 자신의 영역을 만들어 나가는 것을 바랄 뿐이다. 아들이 들어온다고 해도 내 거와 네 거를 다 갈라서 영역을 분명히 할 생각이니 단단히 각오를 하고 들어와야 할 것이다.

지난 10여 년 어둡고 긴 터널을 지나 희망의 불빛이 보인다. 우리 부부는 앞으로 우리 가정에 평화와 행복이 영원하길 바랄 뿐이다.

괴산 밖을 못 나간
꿀벌 같은 인생

(사)한국양봉협회 충청북도지회
황종철 괴산지부장(괴산읍)

양봉을 한 지도 어언 40년의 세월이 지났다. 그러고 보니 여기 괴산에서 나고 자라 지금까지 한 번도 괴산 밖을 나가 본 적이 없다. 물려받은 농토나 가업이 있던 것도 아닌데 어쩌다 외지 한번 못 살아보고 이 자리에서만 있었나 싶다. 시간이 물살처럼 빠르게 흘러간 것만 같다.

처음 사회생활을 시작할 때 한 일은 양봉이 아니었다. 운송업체에서 기능직으로 월급을 받는 생활로 시작하였다. 문제는 아이들도 태어나고 하면서 월급만으로는 생활이 힘들다는 점이었다. 많지 않은 급여로 아이들 셋과 미래에 대한 대비까지 생각해 보니 답이 나오지 않았다. 어쩔 수 없는 생계 차원에서 부업으로 양봉을 시작하게 되었다.

연정태 선생님 감사합니다

양봉은 중학교 때 농과시간에 배웠던 것을 기억해서 하게 되었다. 중학교에서 배운 것 중 가장 기억에 남는 것이 바로 농과시간이었다. 당시에 농과 선생님이셨던 연정태 선생님께서 양봉하는 방법을 가르쳐 주신 것이다. 주변에 양봉하는 농가도 없었거니와 촌에서 자란 우리들에게도 양봉하는 방법은 아예 새로운 세계였다. 한 번도 구경 못 해본 벌과 벌집들을 하나하나 만져 보며 꿀을 뜨는 과정들은 그야말로 신세계이자 살아있는 체험학습 그 자체였다. 그때 배운 그 기술 하나 가지고 지금껏 살고 있으니 중학교 시절 건진 가장 위대한 배움이라고나 할까. 결국 중학교 졸업 이후에도 벌은 머리에서 떠나지 않았다.

취직을 하고 받은 월급은 당시 기준으로 1만 4천 원 정도였다. '이걸로는 힘들겠다.'라는 생각과 함께 가장 먼저 떠오른 것이 바로 양봉이었다. 학교 선생님한테 배운 기술이 조금이라도 있으니 그 정도만으로도 결심이 서게 된 것이다.

그러니 중학교 시절 연정태 선생님에 대한 고마움은 죽을 때까지 잊을 수 없다. 내 생애 최고의 은인인 연정태 선생님을 꼭 한 번 만나보고 감사하다는 말씀을 드리고 싶었는데 내 나이 벌써 65세가 되었다. 선생님을 만나 뵙지 못하더라도 늘 선생님을 잊지 않는 제자가 있었다는 사실을 꼭 알려

드리고 싶다.

이이들이 도와줘 가능했던 양봉일

직장생활을 하면서 바로 지금 이 자리에서 양봉을 40년 하고 사슴농장도 25년 했다. 지금은 다 치우고 양봉만 하고 있는데 당연히 혼자서는 불가능했다. 생각해 보면 식구들이 고생이 많았다. 아내가 고생한 것이야 두말할 것 없지만 아들 2명과 딸 1명의 금쪽같은 자식들에게 양봉일을 시키면서 꿀 뜨는 기간 내내 공부도 못 하고 일만 하게 했으니 미안하기도 많이 미안했다.

지금 아이들은 외지로 나가서는 거기서들 직장생활을 하고 있다. 양봉일 같이 하자고 해도 아직까지 그럴 마음이 없다고 한다. 직장생활 좀 더 하다가 나중에 들어온다고 하는데, 생각해보면 그럴 만도 하다 싶다. 어려서부터 벌통 앞이나 사슴농장에서 놀이 대신 노동만 해 온 셈이니 아이들에게는 고향에 대한 애환이 먼저 떠오를 것 같다.

아들만 해도 고등학교 때까지 도와주었으니 직장을 잡고 나가기까지 10대, 20대의 기억이 온통 벌과 사슴으로 자리 잡혔을 것 같다. 그래도 아직까지 꿀 뜨고 힘든 작업은 토·일요일에 와서 많이 도와주고 있다. 농사일이라는 게 다른 집들도 마찬가지이지만 집안 식구들의 노동력이 절대적이

다. 식구들의 일손이 자산이 되고 가족이 많아야 유리한 구
조이다. 특히 꿀 뜨는 작업은 경험이 필요한 섬세한 일이다.
아무나 일꾼을 써서 될 일도 아니기에 여전히 가족들의 도움
이 절실한 형편이다.

아이들이 외지로 나가고 나서 우리 부부의 힘만으로는 양
봉을 하는 것이 여간 힘들지 않았다. 다행히 당시에 청주에
있던 친한 친구가 귀농하려 괴산에 와서 잠시 쉬던 상황이라
그 친구의 도움을 받아 고비를 넘길 수 있었다. 어쩌나 싶어
도 그렇게 해결방안이 생기기도 했다.

가장 기특한 일꾼은 꿀벌들

　1년 중 양봉하면서 제일 바쁠 때는 5월과 6월이다. 그전에 4월부터 서서히 꿀 뜰 준비에 들어가는데 이때는 벚꽃꿀이 나오는 시기이다. 아직 완연한 봄은 아니지만 벚꽃이 만개하는 시기, 그 잠깐 사이에 나오는 벚꽃꿀은 신선한 봄 내음 그 자체이다. 꿀 뜨는 시기마다 한철 등장하는 꽃들의 향내가 그대로 담겨있기 때문에 벌꿀은 가장 완벽한 자연의 성찬이 아닌가 싶다.

　벚꽃꿀을 뜨고 나면 5월부터 본격적으로 아카시아꿀을 채집하게 된다. 5월에 흐드러지게 핀 아카시아 향기만 맡으면 가슴이 설레면서 드디어 결실을 보는구나 싶은 생각에 봄바람 불듯 마음이 들뜨고 한편 걱정도 되고 한다. 그러다 6월이 되면 밤꽃이 좋아서 밤꿀을 뜨고 클로버, 산야초, 쥐똥나무, 옻나무, 헛개나무 등이 피면서 잡화꿀이 나오는데 충북에서도 유일하게 우리 지역에서만 잡화꿀이 나오고 있다.

　우리 집 꿀은 거의 직거래로 판매되는데 아카시아꿀은 한 병에 4만 원, 잡화꿀은 5만 원에 판매하고 있다. 소비자들이 잡화꿀을 더 선호하니까 가격이 저절로 그렇게 되었다. 아카시아는 드럼당 400만 원씩 10드럼이 나온다. 잡화꿀은 3개 반 드럼이 나오는데 드럼당 가격이 500만 원 나온다. 한편 직거래로 다 못 나가는 것은 양봉조합으로 넘어가고 있다. 조합으로 가게 되면 드럼에 300만 원 정도밖에 안 나오니 웬만

하면 직거래로 판매하려고 노력한다.

　분봉도 하고 꿀도 뜨느라 가장 바쁜 5, 6월이 지나면서부터는 공백 기간이 좀 있다. 그리고 8월 말에서 9월까지는 벌을 잘 키우고 숫자를 늘려야 하는 시기이고 9월 말부터는 월동 사양에 들어간다. 다시 2월이 돌아오면 또 키우는 시기로 들어가는데 이때는 화분떡을 만든다. 벌이 다리에 뭉쳐 오는 화분을 기계에 분쇄해 설탕물로 반죽하여 만든 화분떡을 꿀벌들 먹이로 주는 것이다. 네모지게 뭉쳐서 벌집에 집어넣으면 벌은 그걸 먹으면서 새끼들을 낳아서 키워나간다. 먹어보면 들쩍지근하니 맛있다.
　설탕 대신 꿀로 반죽한 화분떡은 사람에게 판매하는데 화분떡이 몸에 좋다 보니 많이들 찾으신다. 화분을 벌통에서 인위적으로 빼 오는 것을 너무하다고 생각할 필요는 없다. 화분이 벌집에 가득 채워져 있으면 섭을 못 뜨기도 하거니와 화분을 안 받으면 산란도 어렵게 된다. 더구나 다음 해에 벌을 키우려면 화분이 있어야 하니까 벌들을 먹여 살리는 구조이다. 물론 사람에게 좋은 화분을 주고 싼 화분 사와서 벌에게 먹게 하고, 벌에게 꿀 빼오고 대신으로 설탕물을 주니 벌입장에서는 불공정한 거래라 할 만하다. 그러면서도 아무 불만 없이 성실하게 꿀을 따오니 꿀벌들은 세상 최고의 일꾼이 아닐 수 없다.

꿀벌들은 사람 대신 꿀을 따 오고 화분을 가져오고 수정도 시키고 프로폴리스에 로얄젤리도 만들어 준다. 그런데 사람은 그걸 한 번에 홀랑 다 가져다 팔아먹으니 사실 꿀벌들이 생각이 있다면 가만있지 않을 일이다. 이렇게 고마운 꿀벌들이니 기특하다 못해 한 마리 한 마리가 너무나 소중하게 느껴진다. 그리고 보면 사람들이 참 못됐다. 인간들만 좋은 것 먹겠다고 꿀벌들 식량을 뺏어오는 셈이니 말이다. 더구나 어느 인간이 이토록 충성스럽고 성실하게 일을 하겠는가. 내가 꿀벌을 사랑할 수밖에 없는 이유이다.

꿀에 대한 몇 가지 상식

잡화꿀은 이름처럼 다양한 꽃에서 나오는 꿀을 벌들이 채집해 와서 모아 만드는 것인데, 전에는 크게 인기가 있는 꿀이 아니었다. 아카시아 같이 향이 분명하고 순수한 꿀을 더 선호하던 시절도 있었는데 요즘에는 잡화꿀이 더 인기이고 가격도 더 나간다. 우리 집만 해도 잡화꿀은 벌써 다 나가고 아카시아꿀만 일부 남아있는 상황이다.

이유는 바로 잡화꿀에 토종꿀을 대체할 만한 자연 성분과 영양이 들어있기 때문이다. 토종꿀이 거의 나지 않고 있다는 사실은 이미 많이들 알고 있을 것이다. 토종벌이 거의 다 전멸하다시피 해서 전라도에만 5~10퍼센트 남아 있다고 알고 있다. 이전에 50통, 40통 하던 사람도 이제는 1~2통 하는 정도라 하니 토종꿀이 얼마나 귀한지 알 만하다. 토종꿀은 봄에 꿀을 뜨지 않고 모아 두었다가 가을에 가서 한 번 떠내는데 여러 가지 꿀이 복합이 되고 양도 적어 당연히 귀할 수밖에 없다.

이렇게만 보면 양봉꿀보다야 토종꿀이 더 귀하고 좋은 꿀이다. 그런데 토종벌들에게는 한 번에 싹 다 꿀을 걷어가게 되니 따로 먹이를 주어야 한다. 그 먹이로 설탕물을 주고 저렴한 화분을 사다 설탕을 섞어 먹이로 주고 그런다. 양봉도 똑같은 입장인데 다른 점은 토종은 한꺼번에 떠내고 양봉은 그때그때 떠낸다는 것이다. 그리고 오해하지 않아야 하는 것이 겨울에 설탕물을 먹인다고 해도 어차피 꿀을 뜨는 건 꽃에서 꿀이 나오고 그 꿀을 벌들이 채집해 온 다음이니까 벌집에서 떠낸 꿀에는 설탕이 들어 있지 않다는 것이다.

어쨌든 현재 시중에 파는 꿀들은 양봉꿀이 더 낫다. 토종꿀은 확실하게 검증된 것이 아니면 거의 가짜이기 때문에 오히려 설탕 안 섞인 꿀을 먹으려면 양봉이 나은 것이다. 꿀이 나오는 철에는 벌들도 그 꿀을 먹으며 살지만 꿀을 뜨지 않는 가을, 겨울에만 생존을 위해 설탕물을 준다. 그러니 양봉꿀이 나오는 시기에는 벌도 꿀을 먹고 남은 꿀을 내어주는 것이므로, 순수한 벌꿀임에 틀림없다.

한편 꿀 중에 소위 솔았다고 하는 꿀이 있다. 솔았다는 건

꿀에 하얀 결정체가 생겨 굳어지는 현상인데 이것을 오해에서 설탕이 가라앉았다고 생각하는 사람들이 있다. 그런데 그런 꿀이 절대로 나쁜 꿀이 아니며 성분이 전화당으로 바뀐 꿀일 뿐이다.

쉽게 이야기하면 밤, 아카시아 같은 확실하게 다년생인 꽃에서 나온 꿀은 절대로 솔지 않는다. 그런데 1년생 풀인 클로버, 메밀, 유채 같은 꽃에서 나온 꿀은 손다. 그러니까 1년생 풀에서 채집된 꿀을 사용하는 잡화꿀이나 토종꿀에서 꿀이 소는 것이니 안심해도 좋다. 80도 이내의 물에 병째로 넣고 30분 정도 중탕하면 다 풀리니 좋은 꿀로 알고 먹으면 되는 것이다.

뉴질랜드 같은 데서 사온 꿀은 솔아서 유통기한을 적어둔다고 하는데, 우리나라 꿀은 거의 안 소는 꿀이 많으니까 유통기한도 따로 없고 그렇다. 간혹 우리 집에서 나가는 꿀 중에도 소는 경우가 있어서 문의가 들어오는 경우가 있는데 설명을 해도 믿지 않는 눈치면 그냥 다른 꿀로 바꿔 드린다. 1년생 풀이 많이 들어간 잡화꿀일수록 소는 현상이 있다는 것만 알려 두고 싶다.

풍밀, 폭밀을 기대하며

온도에 민감한 벌꿀이다 보니 일단 봄날의 햇빛과 습도,

바람 등을 느끼는 것으로 올해 벌꿀농사의 성패를 가늠해 보곤 한다. 1년에 평년작으로 보면 10~13드럼이 나온다. 그런데 풍밀이 되면 15드럼까지도 거둘 수 있다.

꿀이 많이 나오려면 온도와 습도가 맞아야 한다. 어떤 꿀이든지 날씨가 안 맞으면 꿀이 안 된다. 날씨가 추우면 꽃에 있는 꿀샘이 속으로 기어들어가 꿀의 양이 적게 나오게 되는 반면 온도가 따뜻하고 활동하기 좋으면 꿀샘에서 꿀이 생산되어 바깥으로 분비되며 이를 폭밀이라고 한다.

경험상 폭밀은 4~5년에 한 번씩 주기가 온다. 그때가 가장 행복하다. 가만있어도 기분이 좋아 웃음이 떠나질 않는다. 그런데 올해가 그 주기에 해당하는 해인데 풍밀이 오지 않았다. 내년을 기대해 보는데 기상이변 때문에 걱정도 된다.

처음에 양봉을 부업으로 할 때는 직장생활을 하던 중이다 보니 동료들에게 말하면서 입소문으로 팔게 되었다. 그때 당시만 해도 일반 서민들이 꿀을 얼마 못 먹었던 시대이다. 지금처럼 흔하게 두고 먹는 것이 못 되고 귀한 식품에 속했거니와 꿀 값도 비싸서 한 병에 3만 원에 팔았다. 10병만 팔아도 30만 원인데 쌀 2짝 이상 되는 값이니 부가가치로 따져 봐도 최고의 작물이었다. 연간 소득을 따져 봐도 직장소득보다 꿀 판 소득이 더 많을 정도였다. 초창기에는 그랬지만 30~40년이 지난 지금 병당 가격은 겨우 만 원 올랐다. 40년 전에나 지금이나 거의 안 오른 셈이다.

결국 남은 건 양봉뿐

양봉을 하면서 이 산속의 환경을 더 활용할 수 있는 일이 무엇일까 궁리하다가 부업으로 사슴을 2마리 사와서 번식을 시켰다. 그랬더니 20마리까지 늘어나게 되었고 수익 또한 기대 이상이었다. 하지만 그것도 잠깐, 중국산이며 뉴질랜드산 녹용이 들어오다 보니까 국산 녹용 가격이 자꾸 떨어졌다.

특히 제일 문제됐던 것은 매스컴에서 녹혈을 생으로 먹으면 기생충이 머리에 생겨 온몸으로 퍼진다는 보도를 한 이후이다. 진위 여부는 알 수 없지만 아무튼 그 이후에는 농장에 오는 손님들 발길이 뚝 끊겼고 녹혈 역시 한 잔도 안 나갔다. 당연히 판매는 바닥을 쳤고 종당에는 다 치워 버릴 수밖에 없었다.

나야 사슴을 부업으로 했으니 생계에 치명적 위협을 느끼지는 않았지만 사슴농장을 주업으로 하시는 분들이라면 큰 타격이었을 것이다. 언론 보도 한 번으로 영세한 농가들의 생계가 위태로워질 수 있다는 사실은 적잖은 충격이었다. 언론에서도 힘없는 농민이나 서민들의 생사여탈권을 쥐락펴락하는 악의적 보도가 되지 않도록 책임의식을 가져야 할 것이다.

사슴을 접은 이후에도 염소를 200마리 가량 사육하였다. 보아 종류의 고기염소인데 흑염소보다 배 이상 덩치가 크고 비싼 염소였다. 그런데 그것도 올해 4월에 다른 농장으로 다 팔아 보냈다. 한두 마리라도 남기면 또 그 일에 매일 것 같아 그냥 전부 다 보냈다. 이유는 갑자기 찾아온 심장 이상 때문이었다.

여태껏 건강한 육체 하나를 밑천 삼아 살아오면서 건강검진 한 번을 받지 못했다. 이렇게 병이 오고 난 뒤에야 병원이라는 데를 가게 되었다. 심장 이상으로 인한 통증과 마비증세는 나에게 던지는 무언의 메시지 같았다. 더 이상 무리하지 말고 이제는 그만 순리대로 살라는 뜻 같았다. 다행히 스텐트 시술을 받고 건강을 회복하게 되었지만 이후로 힘든 일은 다 그만두고 미련 없이 양봉에만 집중을 하고 있다.

꿀벌랜드 사업에 매진하며
꿀이 넘치는 괴산을 그려보고자

지금은 양봉협회 괴산지부장 2년 차에 들어갔다. 기왕에 다른 일은 다 그만두고 양봉에 전념을 하는 중에 양봉회장 일까지 맡고 있으니 임기까지는 최선을 다하려고 한다. 금년도부터 괴산군을 중심으로 증평, 진천, 음성 4개 군이 꿀벌랜드 사업을 따서 추진 중인데, 거기에 주력하는 중이다. 양봉회장으로서 신경을 많이 써야 되니까 양봉만 집중할 수밖에 없는 상황이다.

꿀벌랜드 사업은 4개 군이 각자 진행하되 괴산군이 중심이 되어 57억 예산 중에 32억을 운용하고 3개 군은 괴산을 위주로 같이 사업을 도모하는 형식이다. 양봉농가 숫자로만 보면 음성이 더 많은데 먼저 임각수 군수가 정부에 가서 양봉의 어려움을 이야기하며 꿀벌랜드 구상과 관련해서 예산을 따 온 것이다. 괴산군 혼자 하기는 벅찬 사업이니까 4개 군이 연합해서 끌고 가게 된 것이다.

협회 임기가 끝난 후라도 꿀벌랜드 사업에 있는 힘껏 정성을 쏟아 부을 생각이다. 일반인들의 체험학습 및 휴식공간도 되겠지만, 꿀벌농가들이 제일 필요한 농축장과 꿀벌 담는 시설 등이 들어선다는 것이 고무적인 일이다. 보통은 수작업으로 꿀을 뜨고 병에 담는 과정도 일일이 손으로 하지만 시설이 들어서면 기계화를 이용해서 정확하게 계량해 자동으로 포장까지 되게끔 하는 것이 가능해진다. 거기에 지역 농축산물 판매도 복합적으로 운영될 예정이니 양봉인으로서, 또한 괴산군민으로서 큰 사명감이 드는 일이다.

양봉협회 일을 맡다 보니 전에는 조금씩 하던 배드민턴, 수영도 지금은 전혀 못 하는 상황이다. 그냥 밤이면 혼자 30분에서 1시간 정도 산책을 하며 해야 할 일들을 구상하고 정리하는 것이 운동 겸 휴식 시간이다.

한편 꿀벌랜드 외에 양봉대학 설립도 추진 중이다. 은퇴자나 도시에서 살다가 귀농하는 사람들이 할 만한 것이 양봉밖

에 없다. 일단 자본이 적게 든다. 조그만 터만 있고 기술 습득만 하면 1년에 10배로도 늘릴 수 있다. 2년 전에도 양봉대학이 설립되어 양봉에 관련된 전문적인 지식이나 신기술을 배울 수 있었으며 오랫동안 양봉을 한 사람들에게도 양봉에 대한 배움과 정보의 교류가 큰 도움이 되었다.

다시금 양봉대학 과정을 개설해 새로 진입한 양봉인이나 귀농자들에게 도움을 주고 싶다. 괴산에서 양봉을 통해 삶의 기회를 얻고 정착을 도와줄 수 있는 교육의 장을 열고자 현재는 양봉대학 제2기 55명의 학생들이 기술센터에서 교육을 받고 있다.

다만 예전에 비해 꽃나무나 꽃이 많이 부족한 상황이라, 밀원이 될 수 있는 꽃나무들이 많이 심어졌으면 하는 바람이다. 최근 괴산군에서 소나무를 많이 심고 있는데 그에 못지 않게 실질적 소득원이 되는 나무도 심었으면 하는 아쉬움이 있다. 양봉농가 입장에서 벚나무와 아카시아 같은 밀원용 나무도 심어 달라고 건의를 하기도 했다. 밀원이 될 나무가 부족하면 양봉대학이든 꿀벌랜드든 유명무실할 뿐이다.

꽃이 만발한 풍경도 좋거니와 자연의 순수한 산물인 벌꿀 만큼이나 순수하고 착한 괴산군민들의 미래도 흐르는 꿀처럼 풍성해졌으면 좋겠다. 괴산을 못 벗어난 꿀벌 같은 인생이지만 열심히 살아온 꿀벌의 삶을 전파하는 마음으로 양봉의 미래를 내다보려 한다.

『괴산명품 농업인의 성공 이야기』
책에 부쳐서

이보규(21세기사회발전연구소장)

현직: 21세기사회발전연구소장/수필가, 시인(한국문인협회 회원)
　　　전) 서울시 산하국장 및 한강사업본부장 역임
　　　전) 용인대학교, 호서대학교 창업대학원, 동서울대학교 출강
학력: 서울시립대학교 도시과학대학원(석사)/서울대 행정대학원(국가정책) 수료
강사: 삼성경제연구소/(사)한국강사협회/국민성공시대 선정-한국의 명강사/대표강사
상훈: 새마을훈장 근면장/ 홍조근정훈장 수상 대통령 외 다수
저서: 『이보규와 행복디자인21』『잘나가는 공무원은 어떻게 다른가』외 공저 다수
출강: 전국 각 대학교 최고경영자과정/지방아카데미/각급 공무원인재개발원/각 기업체 등

나의 이야기

괴산은 내가 태어나 자라난 고향이다. 괴산을 사랑하고 자랑스럽고 단 한순간도 괴산을 잊어본 적이 없다.

나는 음력 1941년 12월, 양력 1942년 1월23일 괴산군 칠성면 태성리 367번지에서 당시 이장을 하시던 李 자 廷 자 采

자의 아들 6형제 중 셋째로 태어났다. 장풍초등학교(현재는 폐교) 제3회와 괴산중학교 제7회로 졸업하였다. 전 보사부차관을 역임한 주경식 박사와 동기생이다.

고향 괴산에서의 인연은 태성 4H구락부 회장으로 괴산군 4H연합회 초대 회장을 역임했다. 잘사는 농촌을 건설하겠다는 상록수의 꿈을 품고 야간학교 개설 등 농촌계몽운동에 매진했지만 군 복무를 마친 후 더 큰 다른 꿈을 품고 고향을 떠나 서울시 공무원 공채시험에 합격하여 36년간 서울시 공무원으로서 근무하였으며 서울시한강사업본부장으로서 자랑스럽게 기관장을 역임하고 정년퇴임하였다. 지금을 삼성경제연구소와 한국강사협회로부터 한국의 명강사로 선정되었고 유명강사가 되어 전국을 돌아다니며 명강사 활동을 하고 있다. 이번에 괴산을 지키는 훌륭한 분들이 모여 훌륭한 책을 만든다는 소식을 듣고 기쁜 마음으로 축하의 말씀을 드리고 행복에너지 권선복 대표의 초청을 받아 동참하고자 한다.

괴산槐山은 느티나무 산이라는 지명이 말하듯이 느티나무가 많다. 느티나무의 이미지처럼 단단하고 강한 생명력을 지닌 괴목은 훌륭한 목재로 이용가치가 많아 어느 가구에나 각광을 받고 있다. 괴산은 예로부터 인재가 많기로 유명하다. 괴산에 괴산의 정신이 살아서 괴산 사람들을 만들고 있다. 괴산에 태어나 고향을 두고 살아온 내가 자랑스럽고 보람 있게 사는 이야기를 하고자 한다. 아들 둘을 낳아 잘 자라서 큰아들

은 외국에서 근무하고 있고 둘째는 삼성에 근무하고 있다.

농촌 계몽 4H 구락부 이야기

고등학교 때 심훈 씨가 쓴 『상록수』를 읽고 나도 상록수의
주인공 동혁이가 되고 싶었다. 그래서 농촌계몽을 하겠다는
일념으로 태성리 4H클럽을 만들어 회장으로 봉사를 시작했
다. 초대 괴산군 4H클럽연합회장으로 중앙경진대회에도 출
전하여 많은 수상을 한 바 있다. "좋은 것을 더 좋게"를 모토
로 지덕노체의 슬로건을 걸어 농사 개량에 힘썼고 야학반을
만들었으며 문맹퇴치반과 영어, 한문 등 중등과정을 개설해
서 가르쳤다. 또 매년 추석 때는 연극과 노래자랑 등 동민위
안잔치를 열어 마을을 위해 젊음을 불태웠다.

군대 생활에서 바뀐 꿈

군에 입대해서 신병 시절, 교통사고로 내가 타고 있던 트럭이 굴러 여러 명이 부상했는데 이상하리만큼 나는 털끝 하나 다치지 않았다. 그 무렵 나는 불공평한 세상을 원망하고 희망이 없는 자신이 미워 늘 자살을 생각하고 유서를 가지고 있었다. 그런데 교통사고에서 하나님이 왜 나를 다치지 않게 보호했을까를 생각하고 스스로 이 세상에서 쓸모가 있는 모양이라는 자기 확신을 가지게 되었다.

그때 나는 자살하리라는 생각을 버리고 1군 사령부 대북 선전방송대 아나운서로서 공무원이 되어야겠다는 꿈을 갖게 되었다. 아버지가 시골 이장이기에 당시 면사무소 직원이 무척 좋아 보였다. 그래서 방송 없는 자투리 시간에 누구의 제약도 받지 않고 밤낮이 없이 시험 준비에 올인했다. 군 복무를 마치고 전역해서 몇 차례 낙방을 맛보고 서울시 행정직 9급 공무원(당시 5급 을류) 시험에 합격하여 마포구 고지대 아현 제5동사무소에서 근무를 시작했다.

초급 공무원 시절 이야기

그런데 서울에서 만나는 사람들은 어느 대학교를 나왔느냐고 물어보면 그것이 대학교를 못 다닌 콤플렉스로 작용했다. 나는 야간 청주공고로 다녔는데 우리는 스스로 올빼미라고 불렀다. 그래서 나는 동사무소에서 자취하면서 또 야간 국

민대학교에 등록했다. 6개월어치 월급을 다 모아도 등록금이 모자라는 말단 공무원 시절에 고생은 했지만 그래도 대학교를 졸업할 수 있었던 것은 무척 행운이었다.

동사무소에 근무하면서 담당 구역을 나는 늘 뛰어다녔다. 고등학교 시절 신문배달로 습관이 되어 근무가 어렵진 않았다. 정말 신바람이 나는 시간이었다. 6개월 만에 동사무소 서무 담당을 하고 3년 만에 구청 총무과로 입성하고 1년 후에는 서울시청 엘리트코스인 행정과에 발탁되었다. 행정과에서 당시 전국적으로 새마을운동이 번질 때 서울시 새마을 담당을 하게 되었다. 4H 운동이 서울의 새마을운동 기본계획을 수립하는 데 큰 도움이 되었다.

휴일과 휴가도 반납하고 오직 일에 매달려 한 달에 거의 절반은 여관 작업이었고 서울시 행정을 내가 지고 간다는 마음으로 일해서 승진을 거듭해서 11년 만에 사무관 승진 시험에 합격하여 임관할 수 있었다. 덕분에 국무총리 표창과 새마을 훈장 근면장을 수상하는 영광도 얻었다. 그 이후에 사무관 시절엔 서울 시립대학교 도시과학대학원에서 2년 6개월 만에 석사 학위를 받아서 대학교와 대학원에서 강의를 할 수 있는 계기가 되었다.

말단 공무원이 기관장으로 승진

공직은 계급사회니까 초고속 승진을 최고의 가치로 생각했다. 사무관으로 임관하여 관악구청에서 사회과장, 주택과장 등을 하다가 다시 시청의 새마을지도계장으로 발탁되어 시민홀 민원계장, 회계과 지출계장을 거쳐 송파구 개청준비반장으로서 초대 송파구 총무과장을 역임하고 서기관으로 승진했다. 국회 연락관을 거쳐 성동구청 건설, 시민, 재무국장을 거쳐 종로구 의회 사무국장 송파구청 총무국장과 재정경제국장을 거쳐 부이사관으로 승진하고 시청 민방위과장과 서울시에서 가장 큰 사업소인 한강사업본부장을 끝으로 36년의 공무원 생활을 정년퇴임 했다. 말단 9급 일반직공무원으로서 소위 별다른 '빽'도 없이 부이사관까지 승진은 무척 어려운 일이었다. 최근에는 거의 불가능한 일이라고 해도 과언이 아니다.

명강사로 활동하는 시간들

서울시 사무관 시절에 서울시인재개발원에서 여러 해 동안 강의를 했던 경험이 대학교와 일반강의 시장에서 강의 기법의 내공으로 작용, 실력 발휘에 큰 도움이 되었다. 처음에 퇴직하고 나서 남산에 위치하고 있는 안중근 의사 기념사업회에 사무총장으로 내정되어 솔깃하여 근무하기로 했다가 일요일 출근이라고 해서 교회에 다니려고 포기하고 마침 용인대학교 산업정보대학에 외래교수 제의를 받고 대학교 교수 생활을 8년간 하였다.

학생들이 인기교수라고 따라 주는 것이 보람이 있어 호서대학교 벤처전문대학원과 창업대학원 석·박사과정에서 3년간 강의를 하고 동서울대학교에서 6년간 강의로 이어져 보람 있는 일을 하면서 외부 특강활동을 시작하게 되었다.

처음에는 민방위대원 정신교육으로 시작한 특강이 명강사로 뜨기 시작하여 인간개발연구원 경북 달성군아카데미 초청 특강이 대박이 나서 일약 '이보규 강사는 재미있고 유익한 명강사'로 자리매김하게 되었다. 삼성경제연구소 선정 명강사와 한국강사협회 명강사로 선정되는 등 각 기업체, 지방아카데미, 각급 공무원, 연수원, 각 특수대학원 최고위과정 등 연간 200~300여 회의 초청이 이어져 이제는 전국적인 명강사로 70대 후반이지만 쉴 틈이 없을 정도이다.

2011년 7월 11일자 일간지 〈머니투데이〉 기사내용 원문을 아래에 그대로 실어 본다.

"은퇴한 시청공무원, 칠순에 억대 연봉 스타강사의 비결"
10년 늘어난 중년 New Old
이보규 동서울대 교양학과 외래교수

올해 칠순이 넘는 이보규 씨는 자기계발과 창업 분야에서 스타강사다. 강연으로 버는 수입만 연 1억 원이 넘는다. 그렇다고 이 씨에게 엄청난 커리어가 있었던 것도 아니다. 동사무소 9급직에서 시작해 36년간 서울시 공무원을 하다 2002년 한강사업본부장으로 은퇴했다.

시청 공무원과 스타강사, 어울리지 않는 조합 같지만 은퇴 후 이 씨는 엄청나게 공부하고 연구했다. 은퇴하고 읽은 책만 500여 권이다. 메모하고 노트 정리하고 고시생처럼 공부했다. 그래서 지금은 대학생들도 가르치고, 공무원들도 가르치고, CEO들도 가르친다. 동서울대 교양학과 외래교수, 호서대 창업대학원 초빙교수 등 교수 타이틀만 2개이다. 지자체와 대학, 기업, 단체 등 한 달 평균 강연이 30회가 넘는다. 하루 2~3건씩 뛰는 것도 예사다. 은퇴하고 나서 10여 년을 어떻게 살았는지 그림이 그려졌다.

"열 번 설명하는 것보다 제 강의를 한번 들어보시는 게 낫지 않겠어요? 두 시간 후에 덕성여대 평생교육원에서 강의가 있으니깐 그리로 오세요."

마침 이 씨에게 전화를 건 지난달 14일에는 종로상공회의소 회원들을 대상으로 한 강연이 예정돼 있었다. 종로구에서 꽤나 큰 사업체를 가지고 있는 30여 명이 대상이었다. 이날 강연 주제는 '행복 디자인과 삶의 지혜' 고난도 유머와 몸 개그까지 섞어가며 처음부터 좌중을 휘어잡는 솜씨가 보통이 아니었다.

"원래 자기가 잘생겼다고 생각하는 사람이 혼자 앞자리에 앉는데, 오늘은 예외네요."
"'신이 화가 났다'를 세 글자로 줄이면 뭘까요? 정답은 바닥에 있습니다. 바로 신발끈이죠."

이 씨는 이승만 전 대통령 성대모사도 하고, 노래도 부르고, 시도 읊었다. 근엄한 표정의 40, 50대 남성들이 얼굴이 벌게질 정도로 웃다가, 이 씨가 자기 어머니 얘기를 하자 눈물을 글썽이기도 했다. "누구나 고통이 있습니다. 고통을 있는 그대로 받아들이면 역설적으로 고통은 쉽게 극복됩니다. 멀리 보고 긍정적 마음을 갖는 것, 그게 바로 삶의 지혜이죠." 청중들을 들었다가 놓았다가 강연에 푹 빠져들게 하는 기술이 탁월했다. 기자도 푹 빠졌다.

원래 이 씨는 은퇴하고 고향인 충북 괴산에 내려가 연금이나 받으며 살려고 했다. 그런데 은퇴하고 얼마 지나지 않아 용인대에서 초빙교수 자격으로 강의를 해보지 않겠냐는 제안이 들어왔다. 서울시 인재개발원에서 예산과 회계를 강의해본 적이 있던 터라 망설임 없이 제의를 받아들였다.

이 씨가 맡은 과목은 '기업창업론'. 1980년대 송파구청에서 창업지원 업무를 했던 게 도움이 됐다. 당시 이 씨가 창업을 도와줬던 로만손 같은 회사는 지금 세계적인 시계제조업체로 성장했다. 이 씨는 이런 사례들을 실감나게 설명했고, 정영원 정주시멘트 회장 등 당시 인연을 맺었던 기업가들도 초청했다.

"큰 욕심 없이 시작했는데 요즘 말로 하면 대박을 쳤죠. 학생들로부터 주례요청도 들어왔고, 입소문이 나면서 다른 대학들의 외래교수 제의가 들어왔습니다."

강연에 관한 한 자신감이 생긴 이 씨는 이후 강연 주제를 자기계발과 리더십, 인간관계, 갈등관리, 커뮤니케이션 등으로 넓히기 시작했다. 분야가 넓어진 만큼 공부도 더 악착같이 했다.

"강의를 잘하려면 모르는 걸 아는 척해서는 안 됩니다. 내가 확신이 없는데 청중들을 설득할 수는 없죠. 청중들도 강사가 알고 하는 얘긴지, 모르고 하는 얘긴지 다 압니다."

그래서 이 씨는 강의 요청이 들어오면 며칠을 파고들었다. 카네기와 피터 드러커, 이어령 씨 등 국내외 석학들의 책은 모두 독파했다. 10여 년 강사경력이면 웬만한 강의는 다 매뉴얼화되어 있을 테지만, 이 씨는 지금도 3시간짜리 강연을 위해 6시간을 투자한다. 강연 제목이 같아도 청중들에 따라 내용이 달라질 수밖에 없고, 끊임없이 트렌드 변화를 반영해야 하기 때문이다.

이 씨의 강연을 듣고 있으면 남녀노소 불구하고 시간 가는 줄 모른다. "강연은 음식처럼 맛과 영양이 모두 중요합니다. 유익하기만 해선 안 됩니다. 재미도 있어야 합니다." 그래서 이 씨는 유행하는 유머들을 자신의 블로그에 600개 정도 올려놓고 외우고 또 외운다. 자신이 겪거나 다른 사람들에게 들었던 에피소드들은 항상 메모하고 정리해 강의에 맞게 다시 가공해 써먹는다. 그는 "내 강의를 들으면서 잠을 잔다는 건 새빨간 거짓말"이라고까지 자신만만했다.

청중 연령대에 따른 차별화 전략도 확실하다. 이 씨는 40, 50대 청중들에게는 행복과 인생에 대한 강의를 많이 한다. 아무래도 그런 얘기에 감동 받을 나이이기 때문이다. 유명 인사들의 성대모사를 통해 분위기를 띄우기도 한다.

그렇다면 칠순인 이 씨의 감각이 20대 대학생들에게도 통할까? 이 씨는 손에 쥐고 있던 스마트폰을 들어 보였다. "트위터나 페이스북 같은 소셜 미디어를 활용합니다. 그러다 보면 젊은 친구들 사이 유행어와 유머도 알게 되죠. 70대니깐 소셜 미디어 다루는 법을 몰라도 괜찮다고 넘겨버리는 순간, 강사 수명은 끝인 거죠."

이 씨에게 6월 스케줄 표를 한번 보자고 했다. 아주대 경영대학원 주최 중소기업 CEO 대상 '행복 디자인과 삶의 지혜' 강의, 호서대 글로벌창업대학원의 '창업과 기업가 전략', 태백시청 공무원 대상 '사회변화와 공직자의 대응전략', 서울 중구의회 의원 세미나 '정례회의 대비 예산안 심의기법', 양평군 농촌지도자연합회 대상 '행복 디자인과 삶의 지혜' 등 30개가 넘는 일정이 깨알 같은 글씨로 적혀 있었다.

좀 여유를 즐기며 쉬고 싶은 생각은 없을까? "돈을 벌 수 있는데 왜 쉽니까?" 한마디 농을 건넨 이 씨는 이내 진지한 얼굴로 "강의를 하고 있으면 내가 세상으로부터 인정을 받고 있다는 느낌이 들기 때문에 멈출 수 없다"고 말했다.

〈진달래 기자 aza@〉

평생을 땅과 함께하며 땀 흘려온
농·축산업인들에게
행복과 긍정의 에너지가
팡팡팡 샘솟으시기를 기원드립니다!

- 권선복
(도서출판 행복에너지 대표이사,
한국정책학회 운영이사)

　농업은 모든 산업의 기본이라고 생각합니다. 농업 그리고 그와 함께하는 축산업은 식량 보급, 즉 인류의 생존과 직접적인 연관성을 가지고 있기에 그 어떤 산업보다도 중요한 것이 농축산업이라고 보아도 무방할 것입니다. 하지만 AI, 구제역, 쌀값 폭락 등 여러 악재가 농가를 할퀴고 지나가면서 대한민국 농·축산업은 위기에 봉착한 상태입니다. 이러한 상황에서 위기를 극복하고 발전적인 방향으로 청사진을 제시할 수 있을까요?

　책 『괴산명품 농업인의 성공 이야기』는 충북의 중심에 위치하고 있으며 농·축산업에 있어 천혜의 조건을 갖춘 괴산 땅을 터전 삼아 땀 흘리는 19명의 농·축산업인을 소개하고 있습니다. 각자 생산하는 것도, 농·축산업에 투신하게 된 이유도 다르지만 고장 괴산에 대한 애정, 그리고 농·축산업인으로서의 자기 자신에 대한 자부심, 마지막으로 온갖 역경과 고난을 이겨내는 데 도움을 준 사람들에 대한 신뢰와 사랑은 모두 한마음입니다.

'작물은 주인의 발소리를 듣고 자란다.'는 말이 있습니다. 농·축산업이 얼마나 많은 땀과 노력을 필요로 하는 일인지 단적으로 보여주는 부분이 아닐까 합니다. 그렇기에 일의 특성상 정해진 휴일도 없이 논과 밭, 과수원, 축사에 몰두하며 많은 어려움을 겪으면서도 자신의 일에 애정과 자부심을 갖고 더 나은 상품 개발을 위해 힘쓰는 모습에서 대한민국 농·축산업의 희망을 보게 됩니다.

대한민국 사회가 빠르게 공업 중심으로 발전하면서 농·축산업의 경쟁력이 많이 약화되었다고 이야기합니다. 하지만 지금도 다양한 방법으로 활로를 개척하며 땀 흘리는 괴산 농·축산업인들의 모습이 대한민국 농·축산업의 청사진이 되는 것과 동시에 '정직하게 땀 흘리는 것'의 가치를 많은 사람들에게 일깨워줄 수 있기를 기대하오며, 이 책을 읽는 모든 분들에게 행복과 긍정의 에너지가 팡팡팡 샘솟으시기를 기원드립니다.

잘나가는 공무원은 어떻게 다른가

이보규 지음 | 값 15,000원

책 『잘나가는 공무원은 어떻게 다른가』에는 36년간의 공직생활을 바탕으로 한, 행정의 달인이 밝히는 공무원의 세계가 상세히 소개되어 있다. 9급 말단에서 1급 고위 공무원으로 나아가는 과정을 경험을 토대로 세세히 기술하고 다양한 자기계발 소스들을 중간중간에 삽입하여 재미와 실용이라는 두 마리 토끼를 한꺼번에 잡아내었다.

무일푼 노숙자 100억 CEO되다

최인규 지음 | 값 15,000원

책 『무일푼 노숙자 100억 CEO 되다』는 "열정이 능력을 이기고 원대한 꿈을 이끈다."는 저자의 한마디로 집약될 만큼 이 시대 '흙수저'로 대표되는 청춘에게 용기를 고하여 성공으로 향하는 길을 제시하고 있다. 100억 매출을 자랑하는 (주)다다오피스의 대표인 저자가 사업을 시작하며 쌓은 노하우와 한때 실수로 겪은 실패담을 비롯해 열정과 도전의 메시지를 모아 한 권의 책으로 엮었다.

정부혁명 4.0 : 따뜻한 공동체, 스마트한 국가

권기헌 지음 | 값 15,000원

이 책은 위기를 맞은 한국 사회를 헤쳐 나가기 위한 청사진을 제안한다. '정치란 무엇인가?' '우리는 무엇이 잘못되었는가?' 로 시작하는 저자의 날카로운 진단과 선진국의 성공사례를 통한 정책분석은 왜 정치라는 수단을 통하여 우리의 문제를 해결해야 하는지를 말한다. 정부3.0을 지나 새롭게 맞이할 정부4.0에 제안하는 정책 아젠다는 우리 사회에 필요한 길잡이가 되어 줄 것이다.

나의 감성 노트

김명수 지음 | 값 15,000원

이 책 『나의 감성 노트』는 30여 년간 의사로서 의술을 펼치며 그중 20여 년을 한자리에서 환자들과 함께한 내과 전문의의 소소한 삶의 기록이다. 삶과 죽음에 대한 겸허한 자세, 인생과 노년에 대한 깊은 성찰, 다양한 인연으로 맺어진 주변 사람들에 대한 따뜻한 시선은 현대 사회를 사는 독자들의 메마른 가슴속에 사람 사는 향기와 따뜻한 감성을 선사할 것이다.

워킹맘을 위한 육아 멘토링

이선정 지음 | 값 15,000원

이 책은 일과 가정을 양립하는 데 어려움을 겪는 워킹맘에게 "당당하고 뻔뻔해지라"는 메시지를 전한다. 30여 년간 워킹맘으로서 직장 생활을 하며 두 아들을 키워온 저자의 경험담과 다양한 사례를 통해 일과 육아의 균형을 유지하는 노하우를 자세히 알려준다. 또한 워킹맘이 당당한 여성, 또 당당한 엄마가 될 수 있도록 응원하고 있다.

늦게 핀 미로에서

김미정 지음 | 값 15,000원

이 책 『늦게 핀 미로에서』는 학위도, 전공도 없지만 음악에 대한 넘치는 열정과 사회에 기여하는 인생이 되고 싶다는 소명감으로 음악치료사의 길에 발 디딘 저자의 이야기를 보여주고 있다. 사회 곳곳의 소외되기 쉬운 사람들과 음악으로 소통하고 마음으로 하나 되며 치유를 통해 발전을 꿈꾸는 저자의 행보는 인생 2막을 준비하는 사람들에게 많은 것을 생각하게 할 것이다.

위대한 도전 100人

도전한국인 지음 | 값 20,000원

이 책은 위대한 도전인을 발굴, 선정, 출판하여 도전정신을 확산시키는 것을 목적으로 도전을 통해 세상을 바꾸어 나간 위대한 인물 100명을 다양한 분야에서 선정하여 그들의 노력과 역경, 극복과 성공을 담았다. 어려운 시대 속에서 이 책이 이 시대를 살아가는 우리 모두의 가슴속에 다시금 '도전'을 키워드로 삼을 수 있도록 도울 것이다.

정동진 여정

조규빈 지음 | 값 13,000원

책 『정동진 여정』은 점점 빛바래면서도 멈추지 않고 휘적휘적 가는 세월을 바라보며 그 기억을 글자로 옮기는 여정에 우리를 초대한다. 추억이 되었다고 그저 놔두기만 하면 망각의 너울을 벗지 못한다. 그러기에 희미해지기 전에 기록할 것을 은근히 전한다. "기록은, 그래서 필요하다"라는 저자의 말은 독자들의 마음에 여운을 남기며 삶의 의미와 기억 속 서정을 찾는 길잡이가 되어 줄 것이다.

하루 5분 나를 바꾸는 긍정훈련
행복에너지

'긍정훈련' 당신의 삶을 행복으로 인도할 최고의, 최후의 '멘토'

'행복에너지
권선복 대표이사'가 전하는
행복과 긍정의 에너지,
그 삶의 이야기!

인터파크
자기계발 분야 주간
베스트 1위

권선복 지음 | 15,000원

권선복

도서출판 행복에너지 대표
· 영상고등학교 운영위원회
대통령직속 지역발전위원회
문화복지 전문위원
새마을문고 서울시 강서구 회장
전) 팔팔컴퓨터 전산학원장
전) 강서구의회(도시건설위원장)
아주대학교 공공정책대학원 졸업
충남 논산 출생

책 『하루 5분, 나를 바꾸는 긍정훈련 - 행복에너지』는 '긍정훈련' 과정을 통해 삶을 업그레이드하고 행복을 찾아 나설 것을 독자에게 독려한다.

긍정훈련 과정은 [예행연습] [워밍업] [실전] [강화] [숨고르기] [마무리] 등 총 6단계로 나뉘어 각 단계별 사례를 바탕으로 독자 스스로가 느끼고 배운 것을 직접 실천할 수 있게 하는 데 그 목적을 두고 있다.

그동안 우리가 숱하게 '긍정하는 방법'에 대해 배워왔으면서도 정작 삶에 적용시키지 못했던 것은, 머리로만 이해하고 실천으로는 옮기지 않았기 때문이다. 이제 삶을 행복하고 아름답게 가꿀 긍정과의 여정, 그 시작을 책과 함께해 보자.

『하루 5분, 나를 바꾸는 긍정훈련 - 행복에너지』